KB058079

吾非說錄

즐비 說録 쎨록

김성회
전건우
정명섭
조영주
차무진
지 음

시공사

차례

관동행: GAMA TO GWANDONG • 김성희 ｜ 6

만복사 좀비기 • 정명섭 ｜ 64

사랑손님과 어머니, 그리고 죽은 아버지 • 전건우 ｜ 130

운수 좋은 날 • 조영주 ｜ 206

피, 소나기 • 차무진 ｜ 266

젊은 장르문학 작가들의 좀비 재담록 ｜ 331

관동행

: GAMA TO GWANDONG

김성희

1

비 오니까 무서운 얘기해달라고? 그럴까? 음, 그거 알아? 너희…… 내일모레…… 중간고산 거! 그런데 너희 반이 진도 꼴찌라는 거! 이번 시간까지 진도 다 못 나가면 학교 끝나고 남아서 나랑 보충 수업할 거라는 거! 어휴, 무서워. 섬뜩하지 않냐? 학교 끝나고 선생 보는 거. 그럼 교과서 펴라. 관동별곡. 관동별곡은 조선 시대 송강 정철이 지은 가사다. 정철의 선정의 포부가 돋보이는 작품이지. 또……. 아니, 애들이 왜 이래. 이러다 진짜 보충 수업 한다니깐? 니들 설마 나 사랑하니? 아님 말지, 왜 욕을 하니. 그럼, 얘기해주면 바로 수업하는 거다?

너네 '김민지 괴담' 알아? 김민지라는 여자애가 있었는데, 어느 날 유괴돼서 토막 살해당한 거야. 그래서 한국조폐공사 사장이었던 김민지 아빠가 딸을 영원히 기억하기 위해 우리나라 동전이랑 지폐 속에 딸 이름 김, 민, 지, 세 글자랑 딸의 토막 난 모습을 몰래 숨겨놨다는 거지. 500원짜리 동전 있는 애들은 봐봐. 거기 학 있잖아. 그 학의 다리가 사실 김민지의 토막 난 팔이라는 거야. 봐봐. 이게 어딜 봐서 학 다리냐. 고작 새 발이 이렇게 섬세할 수가 있냐. 사람 팔이랑 손이지. 어휴, 무서워. 섬뜩하지 않냐? 뭐? 다 아는 거라고? 다 아는 거라서 무효?

음…… 그럼 이건 모를 거다. 아무도 모른다는 데 500원 건다. 다들 국어 교과서 펴봐. 야야, 진정해. 관동별곡에도 숨겨진 이야기가 있으니까.

이야기는 관동별곡의 맨 앞, 서사 부분에 숨겨져 있어. 관동별곡은 전라도 담양에 은거하고 있던 정철이라는 사람이 관동, 그러니까 지금 강원도에 관찰사가 되면서 당시 강원도의 유명한 관광지를 여행하고 다닌 내용이거든. 그런데 이 서사 부분은 벼슬에서 잘리고 담양에 짱박혀 있던 정철이 갑자기 강원도 관찰사로 임명돼서, 서울에서 강원도까지 가는 여정 부분이란 말이지.

다들 알다시피 관동별곡이 엄청 길잖아. 인간이 말 엄청 많다고. 뭐 하나 보면 그냥 그렇구나, 하고 넘어가는 법이 없이 구구절절 다 써놓고 말이야. 폭포가 멋지군, 하면 될 걸 갖다가 용의 꼬리가 어떻고, 오바는 또 얼마나 심한지. 그래서 500년 뒤에 니들은 읽기 싫다고 난리를 치고, 나는 수업 시간에 토막 난 여자애 얘기나 하면서 피차 고통받는 거 아니겠냐고.

그런데 좀 이상하지 않아? 관동별곡의 맨 앞부분은 한양에서 잘나가던 정철이 갑자기 벼슬 잘리고 시골로 밀려났다가, 갑자기 임금이 불러줘서 관찰사가 되는 그런 얘긴데. 완전 드라마틱한 얘긴데, 몇 날 며칠을 해도 모자랄 얘긴데, 그깟 폭포보다 더 심각한 얘긴데, 이 부분은 전체 글의 10분의 1도 안 돼. 그나마 별 내용도 없어. 뭐 하나 봐도 그냥 그렇구나, 하고 넘어간다니까 그 TMI 심한 양반이. 교과서에는 이 부분을, 글이 속도감 있게 전개됐다, 정철이 과감하게 생략했다, 이렇게 배우는데 니들이 보기에도 이상하지? 그 인간이 그럴 양반은 아니잖아.

사실 관동별곡의 그 앞부분은 말이야, 작가 정철의 이야기가 아닐지도 몰라. 정철이 숨겨둔 이야기일 수도 있고, 국사 선생이 들으면 팩트가 어쩌고 고증이 어쩌고 하면서 시끄럽게 굴겠지만, 정철 아닌 다른 사람이 나중에 몰래 써서 끼워놓은 그런 이야기일지도 모르지. 확실한 건, 진짜 이야기는 쓰이지 않았다는 거야. 숨겨져 있었던 거지. 500년 동안 죽지 않고 영원히 살아남기 위해서. 마치 500원 속에 숨어서 영원히 살아가는 김민지처럼.

2

조선 시대 양반들이 우리가 생각하는 것처럼 다 그렇게 쓸모없는 사람들은 아니었어. 왜, 우리가 생각하는 양반은 그런 사람들이잖아. 하루 종일 손 하나 까딱 안 하고 책만 읽고, 세상에 도움은 하나도 안 되는데 책 좀 읽는다고 세상 잘난 척하는 그런 한심한 양반들. 그런 그림도 있잖아, 남들 다 새빠지게 일하는데 양반 혼자만 드러누워서 담배 빨고 있고. 그거 다 편견이다. 역사 공부를 하다 보면 조선 시대 양반 중에서도 시대를 앞서간 훌륭한 사람들이 많거든. 그런데 그게 정 대감은 아니었어. 정 대감은 그냥 그런, 우리가 생각하는 그냥 그런 쓸모없는 양반이었거든. 교과서를 봐봐.

江강湖호애 病병이 깁퍼 竹듁林님의 누엇더니,

강호에 병이 깊어, 자연을 사랑하는 병이 나서. 죽림에 누엇더니, 대나무 숲에 드러누웠다. 한 마디로 벼슬 잘리고 지방으로 내려온 백수라는 얘긴데. 그 아름답지 못한 상황을 이렇게 아름답게 표현하다니. 정신승리가 대단했거나, 고생을 덜했거나, 아님 이 사람 대신 고생한 사람들이 있었다는 얘기지. 정 대감네 가족들 얘기겠지.

정 대감이 자신의 백수 생활을 찬양하는 동안, 정 대감네 가족들은 거의 전사가 되어갔어. 급격하게 기우는 가세에 정 대감을 대신해 안 해본 일이 없었지. 정 대감의 와이프, 유씨 부인이랑 유씨 부인이 친정에서 데리고 온 여종……은 죽고 그 여종의 딸 이쁜이랑 그리고 그 딸에게 반해서 정 대감네서 일하는 남자 종 돌쇠. 다른 가족들도 있었는데, 정 대감의 백수 생활이 길어지면서 살아남은 건 이 멤버들뿐이야.

정말 찢어지게 가난하기도 했지만, 사실 정 대감이 젊었을 땐 정말 엄청났거든. 그 식구들이 고생 한 번 안 해봤단 말이지. 남이 태워주는 가마만 타고 다니다가, 갑자기 다른 사람 가마를 짊어질 수 있겠어? 만날 한양에서 흰 쌀밥만 먹다가 시골에서 흙 파먹고 살 수가 있겠냐고. 그걸 할 수 있는 사람만이 살아남았지. 정 대감처럼 정신승리를 하거나.

덕분에 이 집에서만큼은 조선의 그 엄격했던 신분제가 별 의미가 없었어. 원래대로라면 정 대감은 이 집안의 가장 큰 어른이자 가장이겠지만 실질적으로 그런 역할을 했던 건 유씨 부인이었고, 정 대감은 그 집 시종들에게도 은근히 무시당하는 무능한 가장일 뿐이었지.

그런데 처음부터 일부러 무시하려고 작정한 건 아니었어.

어떻게 돈 좀 못 번다고 양반한테 그럴 수 있었겠어. 높은 벼슬까지 했던 사람인데. 생각해봐, 정 대감을 뺀 셋은 정말로 먹고살기 위해 뭐든 했다고. 나가서 농사도 짓고 집에서 바느질도 하고. 양반인 유씨 부인까지 나서서 노동량을 늘리고 단가를 낮춰야 겨우 입에 풀칠을 했다고. 심지어 구걸을 해야 할 때도 있었단 말이야.

방구석에서 읽은 책 얘기, 무슨 꿈동산 같은 얘기나 하는 정 대감이랑 집 밖에서 산전수전을 다 겪는 셋 사이에 무슨 말이 통하겠어. 처음에는 단순히 말이 안 통하는 거였지만, 나중에는 그 데면데면한 것이 그냥 습관이 된 거야. 정 대감 얼굴만 보면 괜히 피하고 싶고, 목소리만 들어도 짜증 나고. 정 대감도 나중엔 책을 읽고 싶어서 보는 게 아니라, 더는 없는 자신의 쓸모가 어딘가엔 쓰여 있지 않을까 싶어서 계속 책을 봤던 거지.

원래는 정 대감이 이렇게까지 개무시를 당하고 살고 이렇게 될 건 아니었거든. 벼슬 잘리고 낙향한 것도 별일 아니야. 무슨 역모를 꾸몄던 것도 아니고. 그냥 당쟁에 휩쓸려서 그렇게 된 거거든. 같은 시기에 정 대감이랑 같이 잘렸던 사람들은, 몇 년 안에 다 복직돼서 한양에 있단 말이지. 정 대감만 10년 넘게 이러고 살고 있는 거라고. 어쩌다가 이렇게 됐을까?

정치인으로 무능했냐? 그건 아니거든. 오히려 임금에게는 청렴한 신하였고, 신하들에게는 올곧은 선비였어. 그건 인정하는 부분이거든. 완전 FM. 책도 많이 읽고. 사서와 삼경은 말할 것도 없고 종이에 먹물이 튄 것이라면 가리지 않고 밤낮없이 읽어 재꼈으니 모르는 게 없는 양반이었지. 그의 밝은 지식이 임금이 계시는 편전부터 무수리가 드나드는 부엌까지 미치지 않은 곳이 없고. 그래서 그랬을까. 한양에 있을 때 이런 일이 되게 자주 있었어.

에피소드 하나. 어느 날 정 대감에게 친구 김 대감이 찾아왔다. 김 대감은 두 손으로 무언가를 몹시 조심스럽고도 귀하게 받치고 왔다. 정 대감이 그게 무슨 신줏단지라도 되는 줄 알고 들여다보니, 애걔? 그건 그냥 물김치. 정 대감 표정 썩는다. 김 대감 왈.

"나의 딸아이가 처음으로 담근 김치라네. 맛이 제법이지 않은가. 내 눈엔 마냥 어린아이인데 벌써 시집갈 때가 되었나보이."

정 대감은 그 김치를 조금 맛보곤 빙긋 웃는다. 벌써부터 두 눈에 눈물이 그렁그렁한 김 대감을 보고 이렇게 위로한다.

"안심하게. 자네의 여식이 시집을 갈 때는 지금으로부터 아주 먼 미래가 되어야 할 것이네. 물김치라는 것이 보기엔 배추와 무가 물에 담겨 촉촉이 젖어 있다고는 하나, 물을 붓기 전에는 볕에 말려 물기를 제거해야 제대로 맛이 나는 법이지. 그러나 이 김치는 배추의 씹히는 정도가 무르고 무에 쓴맛이 가득하니, 자네의 여식은 눈에 보이는 것만 믿고 그 과정을 생략하여 그 지혜가 어찌 짐승보다 낫다고 할 수 있겠는가. 또한 배추와 무는 엽전 구멍 크기의 정방형 편으로 얇게 잘라야 하거늘. 이것은 크기와 모양새가 가지런하지 않아 간이 제멋대로 배어 있어 맛을 짐작할 수 없고, 그 모습 또한 보기에 나쁘니, 그 눈으로 보는 것 또한 온전하다고 할 수 없네. 마지막으로 김치 위에 얹은 고명. 아무리 고명이라 할지라도 그 법도와 체계가 있는 법이거늘. 색이 아름답고 귀하다고 하여 손에 잡히는 대로 집어넣다가 그 결과가 잡스럽고 고약해졌으니, 그 사치스러움이 집안의 기둥뿌리를 뽑아 어지럽게 한다고 어찌 여기지 않을 수 있겠는가. 사정이 이러한데 시집이라니, 당치도 않네. 지금부터라도 자네의 여식에게 서책을 가리지 않고 두루 읽혀 머리를 깨치고 두 눈을 밝게 하여 산으로 들로 쏘다니는 짐승보다는 낫게 하여야 집안 망신을 피할 수 있지 않겠는가.”

어떤 느낌인지 알겠지? 김 대감한테만 그런 거 아닌 거 알겠지. 임금 앞에서도 이 지랄이었으니, 어땠겠어. 이러니 정 대감을 누가 구해주고 싶었겠어.

10여 년 전에 당쟁으로 정 대감을 비롯해 김 대감 등등이 우르르 잘려 나갔을 때, 임금도 그냥 적당히 하다 다시 한양으로 불러들일 생각이었거든. 무슨 큰 잘못을 한 것도 아니니까. 김 대감은 몇 개월 안 돼서 다시 복직했고 말이야. 그런데 정 대감은 이상하게 왠지 내키지가 않는 거야. 처음에는 단순히 안 내키는 정도였지만, 나중에는 그게 그냥 습관이 된 거야. 누가 정 대감 얘기만 꺼내면 괜히 피하고 싶고, 짜증 나고. 그렇게 피하다가 결국 잊어버린 거지. 기억하고 있는 사람도 굳이 꺼내려들지 않았던 거고. 그런 줄도 모르고 정 대감은 계속 기다리는 거지. 임금이 불러줄 날을 기다리고, 식솔들 얼굴 볼 낯을 기다리고. 책을 읽고, 또 책을 읽으면서.

3

關관東동 八팔百빅 里니에 方방面면을 맛디시니,
어와 聖셩恩은이야 가디록 罔망極극ᄒ다.

그런데 어라? 다음 줄에 바로, 밑도 끝도 없이 임금님이 갑자기 강원도 관찰사를 시켜준다네. 봐봐. 관동 800리에, 되게 넓은 강원도에. 방면을 맛디시니, 방면은 관찰사, 지금의 도지사 비슷한 건데 그걸 시켜준다는 거야, 갑자기. 아니, 성은이 망극하긴 한데. 좀 걸쩍지근하지 않냐. 청년이 중년이 될 때까지 십 몇 년 동안 외면하다가, 대감이 거지가 될 때까지 모른 척하다가 갑자기 찾는다는 게. 벼락도 이렇게 뜬금없이 맞진 않아. 로또도 사야 맞는 건데, 이건 정 대감이 뭘 한 것도 아니고. 늘 하던 것처럼 거지꼴로 방구석에서 책만 읽고 있는데 갑자기 "어명이오" 이러고 찾아왔다는 거지.

정 대감의 그 거지같은 초가집에, 임금이 보낸 잘 차려입은 사람들이 떼거리로 들이닥쳐서는. 어리둥절한 정 대감 앞에 머리를 조아리고, 정 대감을 막대했던 종놈들에게 억지로 무릎을 꿇리고는. 임금님의 이름으로 높은 벼슬을 내리는 거지.

"어명입니다, 대감. 이제 고생은 끝났어요."

그러니까 정 대감은 임금이 계신 한양을 향해서 엎드려 절을 하고, 나머지 식솔들은 서로 부둥켜안고 우는 거지.

과연 그럴까? 꺼내고 싶지 않은 카드, 정 대감을 꺼낸 이유가. 정 대감의 고생을 끝내기 위해서? 뭐가 예쁘다고?

그 이유를 정 대감은 너무 간절하고 절박해서 몰랐겠지만, 별로 알고 싶지도 않았겠지만, 우리는 알 수 있잖아. 아무도 강원도 관찰사를 하고 싶지 않아서겠지. 나도 싫어요, 너도 싫어요, 어명이라도 싫어요. 이러니까 결국 케케묵은 정 대감을 꺼내지 않을 수 없었던 거야.

정 대감은 지방에 있어서 몰랐겠지만 서울에는 역병, 전염병이 돌고 있었어. 병에 걸린 게 아니라 귀신에 씌는 거라고 믿는 사람들도 꽤 됐지만 어쨌든 전염된다는 건 확실했지. 그 전염병 때문에 아무도 한양을 떠나서 강원도까지 가고 싶지 않았던 거야. 아니, 쌤. 역병이라면 멀리 떠나야 하는 것 아닌가요, 라고 묻는다면 원래는 그런데, 이 역병은 다른 역병이랑은 좀 달랐어. 너희 좀비 알지? 그 좀비가 조선 시대에 창궐했던 거야. 좀비가 사람을 잡아먹고, 잡아먹힌 사람은 다시 사람을 잡아먹는 좀비가 되는 그런 바이러스가 퍼지기 시작한 거지. 조선왕조실록에도 나와 있어. 뻥 아냐, 진짜. 국사 선생한테 물어봐봐. 아냐, 그냥 핸드폰 꺼내서 조선왕조실록 검색해봐.

興源曰: "飢民死亡, 近來尤多, 盡割食其肉, 只是白骨, 而積于城外, 高與城齊矣。"

최흥원(崔興源)이 아뢰기를, "굶주린 백성들이 요즘 들어 더욱 많이 죽고 있는데 그 시체의 살점을 모두 베어 먹어버리므로 단지 백골(白骨)만 남아 성(城) 밖에 쌓인 것이 성과 높이가 같습니다."

成龍曰: "非但食其死人之肉, 生者亦相殺食, 而捕盜軍少, 不能禁戢。"

유성룡이 아뢰기를, "비단 죽은 사람의 살점만 먹을 뿐 아니라 살아 있는 사람도 서로 잡아먹는데 포도군(捕盜軍)이 적어서 제대로 금지하지를 못합니다."

살아 있는 사람이 서로 잡아먹는다. 나는 이게 좀비라고 보거든. 이 좀비 때문에 한양 사람들, 특히 높은 사람들이 한양 밖을 벗어나길 꺼리는 거지. 그맘때쯤엔 한양 밖으로 나서는 벼슬아치들만 골라 먹는 좀비가 있다는 소문도 제법 진지하게 돌았거든. 무엇보다 그 당시에 임금이 있는 곳만큼 안전한 곳이 어디 있겠어. 임금도 어디로 튀고 싶어도, 이 좀비가 언제 어디서 들이닥칠지 모르니까 존버하고 있는 거지, 그냥. 전쟁 나서 피난 갈 때는 임금 대신 총알받이 할 사람들이 있는데, 이 역병은 총알받이가 다시 총알이 돼서 덤비는데 가긴 어딜 가겠어. 그렇다고 관찰사를 안 보내? 세금 안 걷을 거야? 조선 벼슬아치들이 어떤 놈들인데.

그래서 시골에서 아무것도 모르고 있는 정 대감을 강원도로 보내려고 한 거지. 세금을 걷어서 한양으로 보내려고.

4

延연秋츄門문 드리드라 慶경會회 南남門문 브라보며,
下하直직고 믈너나니 玉옥節졀이 알픠 셧다.

관찰사 같은 지방관에 임명되면 '사은숙배'라고 임금의 은혜에 감사하며 절하는 건데, 그걸 하고 갔어야 했어. 강원도로 바로 간 게 아니라 한양에 들러서 갔어야 했다 이거지. 그래서 정 대감이랑 그 식솔들도 한양에 왔겠지. 임금한테 인사하고 나왔어. 그리고 한양에서부터 관동을 향해 가는 관찰사 부임 행차를 시작했겠지.

원래도 관찰사 행차라는 게, 정 대감만 가마에 달랑 태우고 가는 그런 게 아니었거든. 수십 명이 같이 가. 관찰사를 시중드는 사람, 호위하는 사람, 가마 메는 사람, 내비게이션 역할 하는 길잡이도 당연히 따라가고. 풍악을 울리는 사람들도 가고, 인증샷도 찍어야 하니까 그림 그리는 사람들도 따라가는 거지. 퍼레이드, 축제였거든. 조선 시대 사람들은 TV도 없고 인터넷도 안 되고 볼 게 없으니까 이런 게 최고 볼거리였단 말이지. 이런 퍼레이드 한 번 하면 다들 몰려나오고. 좋은 자리에서 보려고 미리 와서 자리도 잡고. 한 마디로 관찰사의 위신도 서고, 동네 사람들도 신나고 그런 거였어, 관찰사 행차라는 게.

그때 임금도 민심이 흉흉하니까 특별히 더 신경 써서 화려하게 관찰사 행렬을 꾸려준 거야. 가마도 더 좋은 거 내려주고, 오케스트라도 짱짱하게 해서 주고, 찔렸는지 호위하는 군사들도 더 많이 붙여주고. 그러니까 정 대감은 완전 대박 감동. 임금님이 나 진짜 사랑하는구나, 이러고.

정 대감은 자신도 으리으리한 가마에 올라타고, 고생하던 아내도 꽃가마에 태우고, 시종들에게도 그의 위엄을 보이는 듯했어. 그렇게 궁을 나서서 관동으로 가려는데.

어쩐지 구경하는 사람들이 많이 안 보여. 있긴 있는데 예전 같지가 않단 말이지. 조용해. 이때까지만 해도 정 대감은 이상한 걸 못 느꼈어. 기쁨에 취했거든. 정 대감이 이상한 걸 느낀 건 조금 뒤야. 아무리 가도 악공들이 풍악을 안 울려. 정 대감이 아랫사람을 통해서 몇 번 말했는데도, 쭈뼛쭈뼛 서로 눈치만 보면서 연주를 하지 않는 거야. 그러자 정 대감이 직접 가마 창으로 머리를 내밀고 소리를 쳤어. 와이프랑 시종들에게 10여 년 만에 위엄을 보이는 자리에 이 무슨 고춧가루냐고.

"감히 어명을 받든 관찰사 행차에 풍악을 울리지 않는가! 너희들은 임금의 명을 저버리는 게 아니냐! 지엄한 어명을 받들지 않는 자에게 내 곤장을 칠 것이다!"

악공들은 마지못해 풍악을 울리기 시작했어. 그때 우리 음악 알지? 신나긴 한데 그만큼 엄청 시끄럽잖아. 북 치고 장구 치고, 징에 꽹과리에. 나팔 같은 것도 막 불고. 그러니까 구경하던 사람들이 슬금슬금 뒤로 물러나는 거야. 처음엔 정 대감의 위엄에 길을 터주는 줄 알았는데, 이건 길을 트는 정도가 아니라 완전 휑해지네. 왜 그랬는지 〈부산행〉 같은 좀비 영화를 본 사람이라면 알 거야. 좀비들이 소리에 엄청 민감하잖아.

"으아아악!"

그러자 곧 땅이 둥둥둥 울리고, 어딘가에서 좀비들이 우르르 튀어나왔던 거지. 누군가가 비명을 지르는 걸로 시작해서 관찰사 행렬은 아수라장이 됐고.

악공들은 악기 내팽개치고 도망가고, 화공들도 화구 버리고 도망가고, 그래서 이때 그림이 없는 거고. 군졸들도 무기를 버리고 도망가버렸어. 나라에서 붙여준 시종들도 무슨 의리가 있다고 정 대감네를 지키겠어. 다리가 풀려 미처 도망치지 못한 사람들만이 좀비랑 엉켜 바닥을 뒹굴고 있었지.

정 대감네는 이게 무슨 일인가 싶어서 오도 가도 못 하고 멍청히 섰겠지. 정 대감 일행이 보기에 좀비는 감히 양반, 그것도 관찰사 행차에 뛰어든 정신 나간 자들이었어.

"어허, 네놈은 감히 예가 어느 안전이라고⋯⋯."

정 대감이 군졸과 엉켜 있는 웬 미친놈에게 소리쳤어. 그러자 그 미친놈은 고개를 쳐들고 정 대감을 봤겠지.

"흭!"

정 대감은 그 미친놈의 눈을 보고서야 그자가 평범한 미친놈이 아니라는 걸 알 수 있었어. 희뿌옇게 썩은 눈알에 구더기가 드글드글 끓고 있었으니까. 군졸은 이 틈을 타 정 대감 쪽으로 그 미친놈 떠밀었고, 정 대감은 뒤로 물러났지. 후텁지근한 공기로 무슨 고기 썩은 내가 훅 끼쳤어.

그런데 이상하게도 정 대감은 구역질보다는 재채기가 나는 거야. 온몸에 소름 대신에 두드러기가 우두두두 돋고 말이지. 일종의 알레르기 증상이 있는 것 같았어.

"무, 무엄하다! 에, 엣취! 네놈이 반상의 법도를 어기고 감히 내게……."

정 대감은 재채기를 하면서도 군졸이 버리고 간 칼을 얼른 주워 들었어. 미친놈이 점점 다가올수록 재채기도 심해지고 두드러기도 심해져서 이제는 막 눈도 가렵고, 도저히 앞을 볼 수가 없는 거야. 처음에 칼을 들었을 땐 아무리 눈에 구더기가 끓어도 사람은 사람, 적당히 겁만 주고 쫓아야지 했는데. 이제는 알레르기 때문에 진짜 어떻게든 그 새끼가 꺼졌으면 좋겠는 거야. 칼을 미친 듯이 휘둘렀지. 그런데도 이 미친놈은 겁도 없는지 막 다가오고. 아프지도 않은지 칼에 맞아도 끄떡없이 계속 오고. 결국 겁먹고 칼을 놓친 건 정 대감 쪽이었던 거지. 어느새 미친놈이 코앞까지 다가왔어. 그대로 정 대감 얼굴에 이빨을 박아 넣으려는 순간, 무더운 공기를 가르는 시원한 바람과 함께 미친놈이 푹 꼬꾸라졌어. 미친놈의 머리에 화살을 박은 청년이 말했지.

"미치셨소? 그 칼로 놈의 머리를 꿰지 않고 뭘 했던 겁니까? 이놈들은 사람이 아니라 귀신이오. 걸신들린 걸귀란 말입니다."

결국 정 대감의 화려한 관찰사 부임 행렬은 처참한 피난

행렬이 되고, 다 도망가고 남은 건 정 대감네 식솔들과 활 잘
쏘는 잘생긴 청년 하나뿐이었어. 근데 꽃가마 안에 있던 유
씨 부인은 이 난리를 보고 별로 놀라지도 않더라. 양반 부인
이 종들이랑 더불어 구걸을 하고 다니기까지 얼마나 험한 꼴
들을 봤겠어. 이쯤이야, 뭐. 대충 상황 파악 끝나자마자 "내
팔자가 그렇지 뭐" 하면서 가마에서 내려 팔을 걷어붙였지.

　일단, 요란하게 재채기를 해대며 걸귀를 끌어 모으고 있
는 정 대감 저 인간을 끌고 와 방금 자신이 내린 꽃가마에
처넣고 문을 꼭꼭 닫았어. 그리고 군졸들이 버리고 간 창 하
나를 집어 들고 가마 앞에 버티고 섰지. 유씨 부인 옆엔 이
쁜이가 와서 섰고, 이쁜이 옆에는 바로 돌쇠가 와서 붙었지.
셋은 정 대감을 태운 꽃가마를 중심으로 빙 둘러쌌어. 그리
고 슬금슬금 다가오는 걸귀를 상대했지. 활 잘 쏘는 잘생긴
청년이 말했어.

　"걸귀를 만났을 땐 가진 걸 버리고 몸을 가볍게 해 도망치
는 것이 제일입니다. 이러다 끝이 없겠습니다. 저를 따라와
요."

5

　정 대감의 재채기와 두드러기가 안 멎는 거야. 정 대감은

아무래도 그 걸귀라는 것에 알레르기가 있는 게 분명해 보였어. 걸귀를 직접 마주치지 않고 그 냄새만 맡아도 정 대감은 난리가 났으니까. 두드러기는 둘째 치고, 온몸으로 해대는 요란스러운 재채기 때문에 소리에 민감한 걸귀를 불러들일 위험이 있었어. 정말 가지가지 한다, 정 대감의 식솔들은 생각했지. 도저히 같이 데리고 다닐 수가 없어. 그렇다고 버리고 갈 수도 없잖아. 어명을 받고 강원도 관찰사로 가야 할 몸인데. 그래서 정 대감은 아내가 타던 꽃가마에 태워졌어. 가마를 짊어진 돌쇠가 구시렁대고, 졸지에 같이 짊어지게 된 청년이 혀끝을 차는 소리도 들려왔지. 드디어 아내에게 꽃가마를 태워주었다는 기쁨도 잠시, 정 대감은 또다시 아내의 짐, 식구들의 짐이 되고 만 거야.

平평丘구驛역 물을 ᄀ라 黑흑水슈로 도라드니,

얼마나 갔을까. 정 대감의 재채기가 서서히 멎었어.
"우리 마을은 걸귀로부터 안전합니다."
청년이 산다는 마을에 도착해서야 정 대감은 꽃가마에서 내려 드디어 바깥 공기를 쐴 수 있었지. 두드러기가 가라앉진 않았지만, 그 지독한 재채기가 멎은 것만으로도 정말 살 것 같았어. 마을이 걸귀로부터 안전하다는 말은 정말인 것 같았어. 작은 마을이었는데, 한양 한복판보다도 활기가 넘치는 거야. 애들은 여기저기 모여서 시끄럽게 뛰어놀고, 어른들도 나무 그늘 밑에 모여서 더위를 식히고 있었어. 마을 사람들의 표정은 아주 좋아 보였지. 정 대감네가 지방에 있을 때도 걸귀를 몰랐지만, 마을 분위기가 이렇게까지 좋은 적은 드물었거든. 이번 여름엔 특히 유난히 더웠으니까, 농사가 시원찮아서 걸귀가 아니더라도 활기는 없었지.

"저희 마을엔 말이 있고 다른 곳으로 가는 길도 잘 뻗어 있어요. 여기서 농사가 좀 안 돼도 아주 먼 지방까지 가 먹을 걸 들여올 수 있습니다. 흉년을 거의 모르고 지냅니다."

교과서에 보면, 평구역에서 말을 갈아탔다고 되어 있잖아. 평구역이 당시 경기도 양주에 있던 거거든. 한양이랑 가까운 동네지.

마을에 역병이 지나간 흔적, 그러니까 불에 탄 집이라든가 하는 폐허가 적지 않은 걸 봐서는 여기도 걸귀의 피해를 입은 것은 분명하긴 한데. 한양에서 그 많은 군사들로도 잡지 못한 걸귀를 이 작은 마을에서는 어떻게 잡았을까?

"저희 마을이 아마 조선팔도에서 걸귀의 피해가 가장 심한 마을이었을 겁니다. 길이 잘 닦여 있어서 굶주림은 면했지만, 그만큼 걸귀의 침입도 쉬웠을 테니까요. 덕분에 저 같이 글공부를 하는 선비들은 물론이고 젊은이, 늙은이, 어린아이에 이르기까지 걸귀는 눈 감고도 잡을 수가 있습니다."

활 잘 쏘는 잘생긴 청년은 걸귀에 대해서 이야기해주었

어. 걸귀가 평범한 귀신도 단순히 귀신들린 사람도 아니라는 애기, 산 사람이 걸귀에게 물려 죽으면 다시 살아나 걸귀가 되는 메커니즘. 그러니까 우리가 아는 보편적인 좀비 개념을 들었을 땐 유씨 부인도 조금은 놀랐어.

지능이 대체로 짐승보다 못한 수준이라 꾀를 내거나 무기를 쓰지 못해 제압하기가 어렵진 않다. 비록 사람의 모습을 하고는 있으나 몸놀림이나 몸 냄새도 보통의 사람과 다르고, 사람의 말을 하지 못하니 구별이 어렵지도 않다. 보는 것보다는 듣는 것에 민감하여, 산 사람을 보고 사람 쪽으로 가는 중이더라도 어디선가 시끄러운 소리가 난다면 그쪽으로 방향을 틀어버린다.

그러나 짐승도 가끔 짐승답지 않은 꾀를 내듯이, 변수가 있을 수 있어 방심할 수 없다. 팔다리가 잘리고 심장이 꿰뚫려도 죽지 않으니, 반드시 그 머리를 꿰뚫어야 한다. 무엇보다도 걸신이 들린 것처럼 늘 산 사람에 굶주려 있으며, 산 사람 외에는 아무것도 먹지 않는다. 한번 물면 떼어놓기가 몹시 힘들다. 보통은 숨이 끊어질 때까지 뜯어 먹기를 멈추지 않아 매우 고통스럽게 죽어간다. 설령 걸귀로부터 떼어놓는다고 해도 한 번이라도 물린 자는 아주 작은 상처라 할지라도 곧 열이 펄펄 끓어 24시간 안에 반드시 죽는다. 그렇게 죽은 자는 곧 걸귀가 된다.

"짐승보다 못한 걸귀로 어찌 한양이 그 지경까지 되었단 말인가? 혹시 나처럼 걸귀를 마주하면 눈앞이 흐려지고 몸을 쓰지 못할 정도로 재채기를 하는 자들이 흔한가?"

"아닙니다. 저도 대감 같은 분은 처음 봅니다. 물론 처음에 걸귀를 보고 그 끔찍한 모습에 눈물을 쏟고 역한 냄새에 구역질을 하는 자는 있습니다만⋯⋯."

"아무튼 유별나다니까."

유씨 부인의 혼잣말은 다 들렸고, 정 대감도 들었지만 아직도 가라앉지 않은 두드러기만 벅벅 긁어댔지.

"일단 사람이 죽어 걸귀가 되면 그자는 더 이상 사람이 아닙니다. 처음에 대부분의 사람들이 그걸 받아들이지 못했습니다. 죽었다 다시 살아 돌아온 식구들을 차마 두 번 죽일 수가 없었겠지요. 무엇보다 걸귀들은 머리를 부수지 않고서는 죽일 수가 없으니. 대역 죄인이나 받는 참수를 어찌 내 식구들에게 할 수 있겠습니까. 그래서 집 안에 들이고 정성껏 보살핀 결과 곧 스스로의 몸을 보호하지 못하게 돼 걸귀가 되었습니다. 지금은 나라에서도 걸귀를 살려두는 것을 금하고는 있으나, 잘 지켜지지는 않습니다. 그러나 우리 마을 사람들은 그것을 받아들였기 때문에 살아남았습니다. 걸귀는 사람이 아니라는 것을요."

청년이 정 대감네를 데려간 곳은 입이 떡 벌어지는 기와집이었어. 정 대감이 젊었을 적 한양에서 잘나갔을 때도 이렇게 으리으리한 집은 아니었거든.

"관찰사 대감을 뫼시기엔 누추합니다."

누추하다니, 추호도 아니었어. 집이 얼마나 넓은지 대문을 들어서고도 한참을 더 들어갔는데, 뭘. 그 들어가는 중간에도 별채가 몇 채나 되던지. 얼마나 들어갔을까. 그곳이 손님을 모시는 사랑인지 청년은 자리를 권했어. 궁궐도 임금한테 절만 하고 금세 나왔기 때문에, 어쩐지 오랜만에 봤는데도 빨리 쫓아내더라니, 정 대감은 그곳이 얼마나 황홀했는지 몰라. 실제로도 집 안은 매우 아름답고 각종 꽃이 피어 화려했어. 조선 팔도에 지천으로 널린 붉은 맨드라미꽃부터 서책에서조차 듣도 보도 못 한 오색찬란한 꽃까지. 선녀가 사는 집이 이처럼 아름다울까. 그 넓은 집이 걸음걸음마다 온통 꽃으로 가득했지. 집 안 곳곳에 돌아다니는 씨암탉들이 전설 속 황학이 노니는 것처럼 보일 정도였다니까. 유씨 부인과 시종들도 걸귀니 뭐니 몹쓸 것들을 본 노고를 모두 잊을 정도였지. 관찰사고 나발이고 그냥 여기서 눌러앉고 싶었다니까.

"예전엔 우리 마을 유지 댁이었는데 이 댁 식구들이 걸귀에게 떼죽음을 당한 뒤, 지금은 다른 이가 주인입니다. 우리마을을 걸귀로부터 보호해준 은인이지요."

"참으로 기특한 이로구나. 그런데 주인 허락 없이 우리를 이리 들여도 되는 것인가?"

"저녁을 드시고 계시면 곧 모셔 오도록 하겠습니다."

게다가 밥까지 차려준다니. 걸귀로 난리가 난 세상에서도 관찰사 감투는 먹히는 건지. 청년의 환대가 어쩐지 자신의 높은 벼슬 덕인 것 같아 정 대감은 어깨가 으쓱했어. 식솔들도 같은 생각인 건지 정 대감이 아직까지 피부를 벅벅 긁어 대도 밉질 않은 거야.

"저기 부엌에서 무슨 냄새가 나지 않느냐."

그런데 갑자기 정 대감이 코를 킁킁거리며 부엌으로 다가갔어.

"무슨 냄새가 난다고 그러십니까."

"무언가 좋은…… 이, 이건!"

정 대감이 놀라니까, 다들 우르르 뛰어왔겠지.

"이건 김치에 들어가는 김칫소와 배추가 아닙니까? 한여름에 김장이라니. 이 더운 여름에 배추가 어디서 났을까요?"

부엌에는 갖은 재료로 잘 버무려진 김칫소와 손질하지 않은 배추가 나뒹굴고 있었어.

"그런데 김치를 담그다 말고 어딜 급하게 갔을까요. 배추도 절이지 않고 그대로 두고 갔군요. 아니, 대감! 지금 뭘 하시는 겁니까!"

정 대감은 코를 킁킁거리고 입맛을 쩝쩝 다시더니, 손으로 김칫소를 듬뿍 집어 입안에 욱여넣었어. 세상에, 그 정 대감이 말야. 찢어지게 가난할 때도 길에 떨어진 엽전 한 닢 줍지 않던 양반이. 주인에게 말도 안 하고 그 집 음식을, 그 것도 손으로 마구 퍼먹다니. 유씨 부인은 걸귀를 처음 봤을 때보다 그게 더 놀랐어. 정 대감네 종들인 이쁜이랑 돌쇠도 마찬가지였지. 세상 모든 것에 유별나고 까탈스럽지만, 특 히 제 입에 들어가는 음식에는 더더욱 유별난 정 대감. 흉년 이 들어 흙을 파먹는 주제에도 흙이 짜니 싱겁니 평하던, 그 정 대감의 폭풍 먹방에 식솔들은 입을 떡 벌렸어. 그러거나 말거나 정 대감은 한술 더 떠 굴러다니는 생배추도 손으로 죽 찢어서 입에 넣었어. 걸귀는 산 사람만 먹는다는데. 김치 를 먹는 정 대감의 꼴이 꼭 사람을 뜯어 먹는 걸귀와 같았 지. 정 대감은 한참을 정말이지 걸귀처럼 집어먹더니 갑자 기 우뚝 멈추었어.

"으악!"

"에구머니나!"

유씨 부인과 이쁜이가 손으로 두 눈을 가렸어. 정 대감이 자리에서 일어나 윗옷 앞섶을 마구 풀어 헤쳤거든.

"부인, 이것 보시오. 두드러기가 다 가라앉았소. 이제 가 렵지 않소."

"대, 대감. 알았으니 체통을 지키십시오. 이 무슨, 별……."

갑자기 두드러기가 가라앉은 정 대감은 난생처음 체통과

법도를 잊을 정도로 기뻤던 거야. 그런데 못 볼 것을 봤다는 이유로 아무도 함께 기뻐해주지 않자 망측함이 급하게 밀려들었지. 주섬주섬 옷을 입는데, 청년도 그걸 봤는지 막 웃고 있어서 더 쪽팔렸어.

"미안하네. 내 고된 여정에 너무 허기가 져⋯⋯."

"괜찮습니다. 저희 마을 김치가 입에 맞으셨다니 다행입니다."

"더 내어줄 수 있는가?"

청년이 들고 들어온 밥상은 그야말로 진수성찬이었어. 유씨 부인과 시종들은 기뻐 날뛰고 싶은 것을 참는 듯했지만, 김치가 올라와 있지 않으므로 정 대감은 실망했지.

"안타깝게도 저 함지박에 담긴 것들이 마지막일 듯합니다. 사실 아직 있는 줄도 몰랐습니다. 집이 워낙 넓어서 말이지요. 담그다 만 김치인 듯한데, 정 드시고 싶으시다면 갈무리하여 상에 올리도록 하겠습니다."

두드러기가 사라지자 체통이란 게 생각난 정 대감은 그냥 됐다고 하고 궁금한 것을 물었지. 이게 어찌 된 일이냐고.

"실은, 저희 마을에 걸귀의 피해가 너무나 크고 조금도 줄지 않는 나머지 마을 사람들과 의논하여 지난가을에 무당을 들였습니다. 제가 직접 관동 산속 깊은 곳까지 가서 무당을 데려왔지요. 그 무당이 어찌나 신통한지 그가 마을에 들어앉아 신을 모시고 정성껏 제사를 지낸 뒤로는 사방으로 치고 들어오던 걸귀의 발걸음이 뚝 끊겼습니다.

저 김치는 무당과 같이 온 여종이 담근 것입니다. 음식 솜씨가 좋아 마침 마을에 김장을 하던 차에 큰 도움이 되었지요. 솜씨가 어찌나 뛰어난지, 그 손길만 닿아도 김치의 맛이 전혀 새롭게 되어 그자의 손을 빌리지 않은 집이 없을 정도였습니다. 저희도 끈질기게 비법을 물어보았으나 끝까지 알려주질 않았습니다. 하여 아무도 그 맛을 흉내조차 내지 못하니, 저희도 돌아오는 김장 때 곤란하게 되었지요."

"곤란하다니 그게 무슨 말인가?"

"시간이 지나 무당의 신기가 떨어진 탓인지, 다시 걸귀가 나타나기 시작했습니다. 여종이 변을 당한 것도 얼마 되지 않았습니다."

이쁜이는 밥알이 목에 걸리고, 돌쇠는 들던 밥순갈을 놓치고 말았어. 정 대감과 유씨 부인도 피가 발가락 사이로 다 빠지는 기분이었지. 청년은 안심하라는 듯 선하게 눈을 굽어 웃어 보였어.

"걱정 마십시오. 이 집은 그 무당이 있는 곳입니다. 이 마을에서 가장 안전한 곳이지요. 그자는 무당이긴 하나 마을을 구해준 은인과 다름없으므로 저희 마을 사람들은 가장 좋은 집을 내어주었습니다. 식사를 마칠 때 즈음 대감께 선뵈려고 했으나, 벌써 해가 넘어가기 시작하니 내일 아침에 뵙는 게 어떻겠습니까."

"그래도 그런 미신을…… 아악!"

"걸귀를 쫓는 무당이라니 참으로 신통하구나. 내일 불러 오도록 하게."

정 대감의 말을 막은 유씨 부인이 대답했어. 청년은 OK 대답과 함께 가볍게 목례를 하고 물러났지. 그 뒤 정 대감과 유씨 부인은 고된 여정에 지쳐서 금방 잠이 들었어. 돌쇠랑 이쁜이는 지들 방에 없고 이 틈을 타 어디서 뭘 하는지 모르겠는데, 아무튼 그랬어.

얼마나 지났을까, 정 대감이 재채기를 하기 시작하는 거야. 정 대감도 깨고, 그 옆에서 자던 유씨 부인도 깨버렸어.

"한여름에 고뿔이라도 든 겝니까. 어찌 재채기를……."

유씨 부인은 말을 하는 도중에 오소소 소름이 돋았고, 정 대감이 제 소매를 걷어보니 두드러기가 우두두둑 올라와 있었지.

"대감!"

그때, 방문이 벌컥 열리고 안으로 걸귀 하나가 뛰어 들어왔어! 살아 움직이지만 악취를 풍기며 썩어 문드러지고 있는 시체, 걸귀가 확실했지. 그것도 알록달록 화려한 무당 옷을 입은!

걸귀는 요란한 재채기로 몸을 가누지 못하는 정 대감에게 달려들었어. 그리고 그런 걸귀에게 유씨 부인은 달려들었지. 발을 걸어 걸귀를 엎어트리고, 그 위에 올라탔어. 그리

고 쪽을 지고 있던 비녀를 뽑아 걸귀의 관자놀이에 꽂으려
는 순간.

"송구하옵니다. 허나 저희 마을 사람들이 어렵게 얻은 평
화를 빼앗지 말아주십시오."

활 잘 쏘는 잘생긴 청년이 유씨 부인의 손목을 잡아챘지.

"작년 가을에 무당이 오고 난 뒤로 잠잠하던 걸귀가 올여
름에 갑자기 나타났습니다. 저희 마을 사람들은 무당의 신
통함을 믿고 방심하고 있던지라 또다시 적지 않은 사람이
죽었습니다. 무당의 신기가 떨어졌나 고민하던 차에 무당까
지 걸귀가 되어버렸죠. 그러자 더 고민할 필요가 없어졌습
니다."

청년은 유씨 부인을 끌어내어 걸귀를 풀어주었어. 유씨
부인을 제압하고 입을 틀어막은 뒤 속삭였지.

"무당이 바로 귀신이 되었으니까요. 사람이 죽어 걸귀가
되면 그자는 더 이상 사람이 아닙니다. 이제 우리가 마을의
안녕을 위해 신을 모시고 정성껏 제사를 지낼 것입니다."

마을의 새로운 신은 평범한 제사 음식으로는 만족하지 못
할 것이므로, 청년은 지방관으로 발령받아 한양 밖을 나서
는 벼슬아치만 골라 산 제물로 바쳤던 거였어. 이번 관찰사
행차에서 본 정 대감은 그중에서도 지위가 높은 벼슬아치로
아주 고급 제물인 셈이었지.

방문 밖에는 마을 사람들이 지키고 서 있었어.

"엣취! 에엣취!"

걸귀는 온몸을 부들부들 떨면서 재채기를 하고 있는 정 대감에게 다시 다가갔어. 이빨을 드러내고 정 대감에게 달려드는 순간.

"대감마님!"

그때 노닥거리다 뒤늦게 들어온 이쁜이와 돌쇠가 마을 사람들을 헤치고 방 안으로 뛰어들었어. 이쁜이는 마을 사람들에게 잡혔지만, 돌쇠는 워낙 기운이 세 아무도 말릴 수 없었지. 돌쇠는 걸귀의 아가리에 자신의 팔뚝을 들이밀었어. 걸귀가 돌쇠의 팔뚝을 물어뜯는 동안, 다른 손으로 돌쇠가 걸귀의 대가리를 깨려 했거든. 그런데 청년이랑 마을 사람들이 뛰어 들어와 돌쇠에게서 걸귀를 뜯어냈지. 청년과 마을 사람들은 방 안에서 걸귀를 제압하느라 정신이 없게 됐어. 무당 걸귀만큼은 대가리를 깨서는 안 됐으니까. 그 틈을 타, 정 대감네 식솔들은 돌쇠를 둘러메고 방 밖을 나섰겠지. 돌쇠의 팔 상처는 생각보다 깊진 않았지만, 돌쇠의 온몸은 그야말로 불덩이였어.

"돌쇠야! 에엣취! 어쩌면 좋으냐, 엣취! 돌쇠야, 에엣취! 나 대신 네가, 에취!"

비통한 와중에도 재채기에 몸을 저당 잡힌 정 대감. 그때 정 대감의 머릿속을 벼락처럼 스치는 것이 있었어. 바로 무당의 여종이 담갔다는 김칫소였어. 먹자마자 두드러기가 씻은 듯이 나았던.

그러나 돌쇠에게 그 김칫소를 먹여도 아무 일도 일어나지 않는 거야. 정 대감이 다시 먹어봐도 재채기가 뚝 그치고 두드러기가 싹 가라앉는데 말이지. 이쁜이는 이제 거의 통곡하는데, 정 대감은 다시 정신을 차리고 김칫소를 배춧잎에 싸서 돌쇠에게 먹였어. 그러자 돌쇠의 불덩이 같은 몸이 식는 거야. 팔의 상처는 당장 아물진 않았지만, 이제 이 상처는 걸귀가 되는 저주가 아니라 단지 평범한 상처가 되었다는 걸 누가 봐도 알 수 있었지.

"무당에게도 먹여봅시다."

무당에게 김칫소를 먹이니 조용히 죽었어. 배추와 같이 먹여도 살아나지 않았지. 걸귀에 다친 사람은 살려도 걸귀에 죽은 사람을 살릴 수는 없는 모양이야. 다시 죽어 더 이상 움직이지 않는 무당을 보며, 청년과 마을 사람들은 털썩 주저앉았어.

"지난가을부터 이 마을에 걸귀가 얼씬하지 않았던 것은 무당의 신기 때문이 아니라 무당의 여종이 담가 주었던 김치 때문이었다. 올여름부터 다시 걸귀가 얼씬하기 시작한 것은 무당의 신기가 떨어졌기 때문이 아니라 저장해두었던 김치가 떨어졌던 탓이다. 그런데 너는 그것을 깨닫지 못하고 지방관으로 부임하는 벼슬아치마다 잡아 걸귀에게 산 제물로 바쳤으니 이 죄를 다 어찌할 것인가. 내 당장 상감께 고해 네 죄를 죽음으로 다스려야 마땅할 것이다."

정 대감 앞에 엎드렸던 활 잘 쏘는 잘생긴 청년이, 그 말에 고개를 쳐들어 정 대감을 노려봤어.

"벼슬아치들이 걸귀보다 나을 게 무엇이냐. 백성들이 걸귀에 물려 죽어가도 사대문을 굳게 닫고 한양에 들어앉아 제 몸 하나 보전하기에 급급한 탐욕스러운 밥버러지들이 아니냐. 내 아무리 걸귀의 피해가 크다 상소를 올려도 높은 벼슬에 있는 자들은 법이 어떻고 절차가 어떻고 책에 든 헛소리나 해대며, 이 마을에 군졸 한 명 보내지 않고 다만 세금만 걷어갈 뿐이다. 백성들은 무슨 죄가 있어서 그런 자들 아가리에 고혈을 짜 넣어야 한단 말인가. 백성들이 걸귀가 된 것은 걸귀에 물렸기 때문이 아니라 벼슬아치들이 제대로 일하지 않았기 때문이다. 그럼에도 아무도 묻지 않는 그자들의 죄를 물어 우리 마을 사람들을 살릴 수만 있다면, 내 다음에도 얼마든지 그리할 것이다."

그러자 마을 사람들이 우르르 달려와 청년의 입을 틀어막고, 정 대감의 발밑에 엎드려 울며 빌었지.

"이자는 우리 마을 유지 어른의 아들로, 걸귀로 인해 부모형제는 물론 처와 자식을 비롯한 식구들이 빠짐없이 걸귀의 화를 입어 머리가 바수어져 끔찍하게 죽었나이다. 더는 잃을 것도 바랄 것도 없는 자가 다만 저희들을 위해 이런 일을 벌인 것이오니, 대감께서는 부디 벌하려거든 이자를 제외한 저희 마을 사람들 전부를 벌하여 주시옵소서."

정 대감은 서로를 부둥켜안고 흐느끼는 마을 사람들을 잠시 내려다보더니 이렇게 말했어.

"내 지금 당장 그대를 상감께 보내면, 임금이 명한 관리를 함부로 잡아 죽인 죄를 물어 능지처참을 면치 못할 것이다. 허나, 그대는 활 솜씨가 뛰어나고 조선 팔도에 걸귀를 다루는데 이보다 능한 자를 찾을 수가 없을 것이다. 게다가 무당과 그 여종을 관동 산속에서 직접 데려왔다 했으니 관동으로 가는 길도 잘 알 터. 마침 내가 걸귀의 난에 관찰사 수행 인원들을 모두 잃어 걸귀를 헤치고 관동으로 나아가 지엄한 임금의 명을 받들 길이 막막해졌으니, 그대가 나의 안위를 지키고 길잡이를 자처해 나와 같이 임금의 명을 받들어 그 죄를 만분의 1이라도 씻음이 어떠한가? 그 뒤에 상감을 뵙는다면 죽음은 면할 것이다."

그리하여 정 대감네는 청년과 함께 관동으로 떠나기로 했어. 좀비 마스터에 활 잘 쏘지, 옵션으로 잘생김까지 장착한 내비게이션 청년에다. 걸귀 물림 치료제인 김치 한 뒷박까지 챙겼으니 완전 든든하겠지. 빠르고 안전하게 강원도까지 갈 수 있겠지. 유씨 부인과 시종들도 정 대감의 현명한 판결을 인정하는 부분이었지. 청년은 죽음을 면하고 새로운 삶을 시작하는 길 위에서 눈물을 흘렸어. 정 대감한테 이런 말도 했어.

"이 은혜 잊지 않겠습니다, 대감마님."

그리고 바로 다음 날 잊었지. 김치를 들고튀었어. 정 대감
네 식솔들 자는 사이에.

6

정 대감이 우리가 생각하는 것처럼 그렇게 쓸모없는 양반
은 아니더라. 왜, 우리가 알고 있던 정 대감은 그런 양반이
었잖아. 역사 공부를 하다 보면 알게 되는 그런 훌륭한 사람
까지는 아니겠지만, 정 대감은 그냥 그런, 우리가 생각하는
그냥 그런 쓸모없는 양반은 아니게 된 것 같았어.

활 잘 쏘는 잘생긴 청년이 좀비 빨간약쯤 되는 비법 김치
를 들고튀었을 때, 그 유씨 부인조차 힘이 쭉 빠지는 거야.
비녀로 좀비 대가리를 뚫으려고 했던 여자가 말이야. 돌쇠
랑 이쁜이가 "그 기생오라비 같은 자식, 쫓아가서 잡아 올깝
쇼?" 했는데, 그게 진심이었다면 그건 유언이나 마찬가지였
어.

그 청년 도움을 받아서 낯선 길을 지나왔고 낯선 곳에 덜
렁 던져졌는데. 개가 어디로 어떻게 간 줄 알고. 안다고 해

도 김치도 없이 언제 어디서 걸귀가 튀어나올 줄 알고. 걸귀
랑 맞설 무기 같은 건 출발할 때 당연히 가지고 왔지. 근데
청년이 바보가 아니라서 김치를 가지고 가면서 당연히 같
이 가지고 갔던 거야. 쫓아오지 말라고. 엄밀히 말하면 관동
까지 가는 데 필요한 무기, 여비니 식량이니 하는 것도 원래
다 청년 거잖아. 정 대감네 건 관찰사 행차 파투나면서 다
잃어버렸으니까. 그런 의미에서 그런 것도 다 같이 가지고
갔어. 청년이 남겨두고 간 건, 원래는 유씨 부인 거지만 정
대감이 타고 다니는 꽃가마 한 대. 그것뿐이었어.

　아무도 이제 뭘 더 어떻게 할지 엄두도 못 내던 그때, 고
심하던 정 대감은 곧 이런 대책을 내놓았어.

　"내가 가마에서 내리겠소."

　정 대감이 저렇게 말했을 때 다들 정말 유언인 줄 안 거
야. 여기서 울면 되는 건가 했다니까. 그 엄청난 알레르기
증상은 어쩌고 가마에서 내린대. 정 대감의 그 요란한 재채
기는 걸귀에겐 식사 종소리쯤 되지 않겠어? 진짜 죽겠다는
소린 줄 알고 유씨 부인은 울컥해서 이렇게 말했지.

　"대감이 뭘 할 줄 안다고 그러시오?"

　"아무것도 할 수 없소.

　내 비록 걸귀의 냄새만 맡아도 병증이 솟는 몸이라 걸귀
를 물리칠 수는 없지만, 내 병증은 걸귀를 멀리서도 쉽게 알
아차릴 수 있어 걸귀를 피해 갈 수 있을 것이오. 이 오래된

몸뚱이는 성한 구석이 없어 아무거나 입에 담지 못하는 번거로운 혓바닥이 있을 뿐이지만, 그렇기 때문에 그때 그 김치의 조리법을 정확히 알아낼 자신이 있소.

어떻소. 이렇게 쓸모없는 나를 믿고 가보는 건."

정 대감네는 관동으로 가는 길에 걸귀 해독제를 만들어 가지고 가기로 했어. 이왕 길을 잃은 김에 여기저기 다니면서 김장 재료를 구해보기로 한 거지. 요즘이야 마트도 있고 백화점도 있으니까 김장 재료를 한군데서 살 수도 있지만, 조선 시대에는 어디 그런 게 있었겠니. 지역마다 나는 재료가 있고 안 나는 재료가 있는 거지. 이 마을 가서 마늘 가져오고, 저 마을에서 젓갈 얻어 가고 그런 식으로 해야 했었어.

근데, 일이 그렇게 되니까 청년이 낯선 곳에 버리고 가줘서 좀 다행이라는 생각도 들었어. 내비게이션과 함께 잘 닦인 길을 따라 똑바로 갔다면, 그 김치 한 줌에 의지해 전전긍긍했을 거잖아. 김치가 떨어지지 않을까, 그 얼마 안 되는 김치를 누가 알고 훔쳐 가지나 않을까. 정 대감을 가마 안에 넣어놓고, 좀비가 언제 오나 여기저기 날을 세우고. 서로 예민해지고. 그러다 그 더운 날 땡볕에서 자기들끼리 칼부림이라도 했을지 어떻게 알아.

근데 이제 뭐 더 훔쳐 갈 것도 없고, 김치 재료는 여기저기 널려 있고, 여기저기 날 세울 것 없이 정 대감만 쳐다보면 되니까. 정 대감한테 두드러기가 올라온다 싶으면 다른 길로 가고. 정 대감이 재채기가 난다 싶으면 열나 뛰는 거지. 사실은 말야, 그런 식솔들을 보면서 정 대감은 조금 울컥했대. 자기랑 말도 안 섞고, 불러도 아는 척도 안 했던 사람들이 정 대감만 쳐다보고 있으니까. 그렇게 정 대감은 그동안 원망만 들었던 그의 단점을 마음껏 발휘하게 된 거야.

7

다행은 다행인 거고, 고생은 고생인 거지. 마트도 없는 조선 시대에서 여름에 김장 재료 구하기가 쉬웠겠니. 그해 가꾼 채소들을 늦가을에 다 거두어들여서 만드는 게 김장 김치잖아. 정 대감네는 지칠 대로 지쳐버렸어. 무엇보다 예전에는 인적이 드문 길에서 걸귀를 만나는 일은 없었는데, 이제는 험한 산속에서도 마주치게 됐어. 물론 정 대감의 알레르기 증상을 살피면서 요리조리 잘 피해 다니긴 했지만, 정 대감의 재채기가 멎는 걸 보는 게 점점 어려워지는 거야. 그 시절 불편했던 교통과 조선 특유의 험한 산세 덕분에 한양 부근에만 머물렀던 좀비가 기어이 전국으로 퍼져나가기 시작했다는 뜻이지.

걸귀 때문에 민심이 흉흉해져 걸귀가 생기는 것만큼 도적
떼들도 여기저기 생겼는데, 지금 애기할 도적들은 주로 양
반네나 높은 벼슬아치들을 상대로 하는 사람들이야. 걸귀가
늘어나면서, 아까 애기했던 활 잘 쏘는 잘생긴 청년이랑 비
슷한 사연을 가진 사람들이 늘어났고, 비슷한 짓을 하면서
살아가는 사람도 늘어나게 된 거지. 이번 애들은 산길에 잠
복해 있다가, 돈 좀 있어 보이는 양반네나 가마 같은 게 지
나가면 습격해서 가진 걸 털어가는 그런 애들.

그날은 걔네들이 실로 오랜만에 가마 한 대가 길을 지나
는 걸 봤어. 근데 꽃가마는 맞는데, 이상하게 되게 꼬질꼬질
한 게 지나가는 거야. 그래도 가마는 가마잖아. 우리는 누구
네 건지 알겠지? 근데 걔들은 알 바 아니라서 가마를 향해
서 냅다 화살을 쐈지. 가마꾼들은 화다닥 떨어져 나갔지만,
가마는 벌집이 되고 말았어.

"이제 가마 안에 든 양반은 곧 걸귀 밥이 될 것이다. 주인
을 버리고 우리에게 가진 것을 다 내어놓아라. 그러면 너희
는 목숨은 살려주겠다."

근데 가마 주변에 서 있는 사람들은 변변한 무기도 없는
주제에 겁을 안 먹어. 별로 놀라지도 않고 멀뚱멀뚱 서 있는
거야. 아무리 걸귀가 판치는 세상이라지만, 가마 안에 사람
이 활을 맞았을 텐데 한 번 들여다보지도 않고 말이지.

도적들은 얘들은 뭐지, 하면서 가마 곁으로 다가갔어. 도

적들이 가마뚜껑을 열려고 하는데도 이 사람들은 말리지도 않아. 오히려 도적들이 침을 꼴깍 삼키는데, 가마 가까이 가니까 무슨 냄새가 확 끼치는 거야. 무슨 매운 냄새 같기도 하고, 비린 냄새 같기도 하고. 아무튼 좀 독한데 아주 익숙한 냄새였어. 무언가가 번뜩 떠오른 도적 한 명이 소리쳤지.

"걸귀다! 이자들이 함정을 팠다. 가마 안에 걸귀가 들었다."

도적들은 화들짝 놀라 뒤로 물러났지. 도망치는 와중에도 자신들의 어리석음을 탓하고 그들의 꾀에 감탄했어. 변변한 무기가 없어 만만히 보았더니, 가마 안에 걸귀를 태우고 다닐 줄이야.

가마를 메던 사내 중 한 명이 가마뚜껑을 열었어. 이제 걸귀가 튀어나와 역습을……

"으아아악…… 으, 응?"

할 줄 알았는데, 그 안에 든 건 걸귀가 아니었어. 우리는 뭔 줄 알겠지? 각종 채소와 갖은 젓갈, 그러니까 김장 재료들이 들었겠지. 가마를 메던 사내 중 한 명, 정 대감이 도적들에게 말했어.

"혹시 여기에는 배추가 있는가?"

도적들은 자신들이 사는 작은 마을로 정 대감네를 안내했어. 도적이 원래부터 도적이 아니라 다들 그냥 평범한 농사꾼들이었거든.

"아주 대단하신 관찰사 행차신데, 걸귀 덕택에 풍악 한 자락 울릴 수가 없으니."

도적들의 비아냥과 함께 들어선 마을은 걸귀가 휩쓸고 간 전형적인 마을이었어. 불에 탄 집이라든가 폐허가 적지 않게 보이는 것은 당연하고. 한창 애들이 시끄럽게 뛰어놀 시간인데도 애들은 구경도 못 하겠고. 어른들은 밭일하고 논일하면서 떠들썩할 시간인데, 일하는 사람들도 별로 없고. 그나마 있는 사람들은 주변을 경계하느라 제대로 일을 할 수가 없고. 노동요를 부르며 일하는 고생을 덜거나 수다로 스트레스를 푸는 사람들은 있을 수가 없는, 고요하다 못해 삭막한 마을. 정 대감네를 데리고 온 도적들도 숨을 죽이고 몸에 힘이 들어가 걸음걸음을 버거워하지 않겠어. 그런데 다행히도 마을에 도착한 정 대감이 두드러기가 돋는다거나 재채기를 하는 일은 없었지.

"걱정 말게. 나는 바람결에 실려 오는 걸귀의 냄새만 맡아도 온몸에 두드러기가 돋고, 걸귀가 지척에 다가왔을 때는 온몸을 가누지 못할 정도로 재채기를 하는 병증이 있다네.

내 지금은 몸이 가렵지도 않고 재채기할 기미도 보이지 않으니, 적이도 이 주변엔 걸귀가 없는 것이 확실하다네."

도적들이 보니, 정말로 이 흉흉한 시국에 정 대감 일행 중에 쇠꼬챙이 하나 든 사람이 없는 거야. 그 밖에도 도적들이 놀랄 얘기는 많았지.

걸귀에 입은 상처에 듣는 해독제가 존재하며, 그것은 관동에서 온 여인이 만든 김치. 그 여인은 이러저러해서 죽었고, 이러저러한 이유 때문에 그 김치의 맛을 기억하고 있으며 똑같이 만들어낼 수 있는 자는 여기 계신 정 대감뿐이다, 라는 말은 아무리 조선 시대 사람이라도 믿기 힘들었어. 그러나 돌쇠가 걸귀에게 물렸던 팔뚝 상처를 보여주자 믿을 수밖에 없었지.

"이곳은 관동에서 가까운 곳이기는 하나, 보시다시피 여기에도 배추는 없소. 배추는 더위를 싫어하고 서늘한 날씨를 좋아하여 늦가을에야 여무는 채소요. 대체 한여름에 배추가 어디서 난단 말이오? 겨울이 다 돼서야 하는 김장을 여름에 하다니. 헛것을 보았던 게 아니오?"

원래 농부였던 도적은 양반이 농사에 대해 무엇을 알겠냐고 생각하며 비꼬았지. 정 대감네는 헛것을 보았다고 생각하진 않지만, 맥이 빠진 건 사실이었어. 정 대감의 까다로운 미각에 의지하여 복기해낸 김칫소 재료들은 얼추 구하는 데 성공했지만, 배추는 한 포기도 구할 수가 없었거든. 그 무당의 여종은 한여름에 도대체 배추를 어디서 난 걸까? 정말로 무당의 신기로 기르기라도 한 걸까? 설마 그렇진 않았겠지만 지금 와서는 그렇게 믿는 편이 나을 것 같았어. 정 대감과 유씨 부인, 돌쇠와 이쁜이 모두 너무나 지쳤거든. 구할 수 없다면 남은 방법은 하나였지. 직접 키우는 거야.

"우리가 여기서 배추 농사를 지을 수 있겠는가?"

9

정 대감은 강원도 관찰사로 가는 여정을 중단했어. 아무리 정 대감의 알레르기가 걸귀를 피하는 데 탁월하다고 해도, 이제는 급속도로 불어나기 시작한 걸귀를 다 피하고 다니기엔 무리였어. 무사히 관동까지 가려면 김치가 반드시 필요했지. 그런데 참 큰일이었어. 그 여름이 유난히 무더워 배추를 심는다고 해도 싹이나 돋을지 걱정이었거든. 그것보다 더 큰 문제도 있었고.

"씹히는 정도와 그 맛이 과연 그때와 같다. 또한 재료를 자른 크기와 모양새가 가지런하여 간이 단정하게 배어 있고, 그 모습 또한 보기에 좋구나."

"그렇다면 드디어 그때 그 김칫소를 만드는 데 성공한 것입니까?"

"하지만 이번에도 너무 쉬어버렸구나. 이래서는 그때 그 김칫소라고 할 수 없다."

"대감마님, 역시 여름에 김장은 절대 못 합니다요. 김칫소가 익을 새도 없이 죄 쉬어버리니, 원."

정 대감의 알레르기를 가라앉힌 그때 그 김칫소를 만들어 내는 문제였지. 정 대감은 그래도 포기하지 않겠지. 포기를 모르는 의지는 좋다만, 지금은 여름이고 여기는 조선 시대.

"더 이상 김칫소를 만들 재료를 구할 수가 없습니다. 대감마님께서 가지고 오신 것은 진즉에 다 떨어졌고, 저희가 구해 온 것도 이제 바닥이 났습니다요. 이 근방 마을에서 돋아나는 채소 비슷한 것들은 모두 저희가 씨를 말렸으니, 더 이상 새롭게 만드는 것은 못 합니다."

정 대감은 이제 후회할 차례였어. 처음 활 잘 쏘는 잘생긴 청년이 김치를 들고 도망간 것을 안 즉시 쫓아갔어야 했는데 내가 어리석었다. 이깟 혓바닥이 뭐라고 그걸 믿고 내 그리 경솔했단 말인가. 뭐 이런 슬픈 생각들을 하면서. 낙담하는 정 대감에게 마을 사람들이 말했어.

"그래도 대감마님이 온 뒤로, 저희 마을 사람들이 아주 편해졌습니다. 어찌 그리 모르는 것이 없으십니까. 대감마님의 밝은 지식이 이 작은 마을부터 드넓은 관동 산자락까지 미치지 않은 곳이 없습니다. 덕분에 농사도 더 잘되고, 산과 들에서 먹을 수 있는 풀과 그렇지 않은 풀을 골라내게 되니,

더 이상 굶주리는 일이나 독초를 먹고 탈이 나는 이도 없습니다."

"그게 어찌 나의 덕이겠느냐. 나는 걸귀의 난이 닥치기 전까진 손에 흙 한 줌 쥐어본 적 없는 이다. 그런 내가 농사나 독초 구별법을 알 수 있겠느냐. 글쓰기와 더불어 손에 흙을 묻히고 이마에 땀 흘리기를 주저하지 않은 현명한 이들이 남긴 서책들의 귀한 가르침 덕분이다. 나는 단지 너희들에게 책을 읽어준 것밖에는 없다."

그러자 마을 사람들은 정 대감을 어딘가로 데리고 갔지. 정 대감과 마을 사람들의 배추밭이었어. 밭은 무언가로 덮여 있었어. 너무나 낡고 헤져서 더는 사람이 입을 수 없는 삼베옷이었어. 정 대감이 책을 보고 요즘의 비닐하우스 비슷한 걸 생각해낸 모양이야. 삼베옷을 걷어내니 배추밭에 싹이 삐쭉 나 있겠지.

"대감마님께서 일러주신 방법 덕분에 이 무더위에 배추가 싹을 틔웠습니다. 이제 더는 쓸모없는 것이 이리 귀하게 쓰이는 방법을 대감마님 말고는 또 누가 일러주겠습니까."

아주 작은 새싹에 불과했지만, 그것을 본 정 대감은 순식간에 기뻤겠지.

"걸귀에 듣는 김치를 만드는 건 천천히 하시고 저희 마을에서 오래도록 계시는 건 어떻습니까. 이 마을에 걸귀가 아니 오는 것은 아니지만, 주변이 워낙 높고 험한 산으로 둘러

싸여 있어 다른 마을들보다는 안전합니다. 대감마님 부디, 저희 마을 사람들에게 서책을 읽어주십시오. 저희 마을 사람들과 더불어 김장을 해주십시오. 올가을에도 또 돌아오는 가을에도 말입니다."

처음엔 정 대감을 도적질하려 했던 마을 사람들은 이제 정 대감 앞에 스스로 엎드렸어. 유씨 부인도 정 대감을 흐뭇하게 보겠지. 정 대감은 괜히 쑥스러워서.

"흠흠, 벌써 밥때가 지나지 않았는가. 어서 밥을 먹자꾸나."

그러자 사람들은 정 대감에게 퇴짜 맞은 김칫소를 갖다 버리려는 게 아니겠어.

"쉬어 꼬부라진 건 이제 더는 못 먹겠습니다요. 지난겨울 김장김치 남은 것도 죄다 쉬어 빠져서는 손도 못 대고 있는데……."

정 대감의 머릿속에 번쩍 번개가 쳤어. 쉬어서 더는 못 먹겠다, 더는 쓸모없는 것이 귀하게 쓰인다…….

"설마……."

정 대감이 무슨 말인가 하려는 그때, 정 대감은 온몸에서 느껴지는 가려움 때문에 그만 할 말을 잊었어. 두드러기야. 정 대감의 온몸에 두드러기가 돋아나기 시작했어.

"걸귀다! 걸귀가 왔다. 모두들 앞서 방비한 대로 조처하라!"

정 대감의 말에 마을 사람들은 일사불란하게 움직였지. 밤에는 횃불 하나, 낮에는 빨간 깃발을 걸어 위험을 알렸지. 또한 미리 정해둔 걸음이 재빠른 몇 명이 집집마다 다니며 걸귀가 왔음을 알리고, 거동이 불편한 이와 노약자를 챙겼어. 마을 사람들은 대피소로 정한 헛간에 모였고, 몇몇은 무기를 들고 섰어. 이렇게 있으면 걸귀 서넛쯤은 거뜬했거든. 이것 역시 정 대감의 아이디어로, 틈틈이 훈련해둔 덕분에 걸귀가 나타나도 빠르고 조용한 대처가 가능했지. 덕분에 걸귀 대부분은 마을을 그냥 지나갔고, 아직까진 걸귀 떼가 들이닥친 적은 없었어.

"빠진 자는 없는가."

다들 가족들을 확인하고 안심하는데, 도적이었던 사내 하나가 벼락같이 소리쳤어.

"어머니! 이모님 댁에, 이웃 마을에 가셨던 어머니가 돌아오질 않았소."

그때 정 대감이 재채기를 시작했고 사람들이 대피소 밖을 내다보니, 과연 그자의 어머니가 걸귀가 되어 천천히 마을로 내려오고 있는 거야.

사내가 큰 소리로 통곡하고 멈추질 않아, 어머니였던 걸귀는 그만 사람들이 모인 대피소로 오게 되었어. 여기 있는 누가 그런 슬픔이 없겠냐마는, 오히려 모두 그런 슬픔을 겪었기에 사내를 이해할 수 있었지. 마을 사람들도 차마 그 걸귀의 머리를 부수지 못했어. 위험을 무릅쓰고 걸귀를 산 채로 잡아 기둥에 단단히 묶었지. 그러거나 말거나 걸귀는 괴상한 소리를 내며 여기저기에 이빨을 드러냈어.

"어찌 어머니의 머리를 부술 수 있소? 평생 고생만 하신 분입니다. 이 못난 불효자식 때문에 호강은커녕 단 하루도 편히 사신 적이 없단 말이오. 그런데 어찌 죽어서까지 목 없는 귀신이 되라 하시오. 어찌 그런 어머니의 머리를……."

그 마음을 이해하지만, 이대로 걸귀를 두면 마을 전체가 위험해지는 거잖아. 마을 사람들이 이러지도 저러지도 못하고 있는 중에, 정 대감은 재채기를 하면서도 걸귀가 나타나기 전 머릿속에 쳤던 벼락을 더듬어보고 있었어. 쉬어서 더는 못 먹겠다, 더는 쓸모없는 것이 귀하게 쓰인다…….

한참 만에 울음을 그친 사내가 무언가 결심한 듯 마을 사람들에게 말했어.

"내가 직접 어머니의 머리를 부수겠소. 다만, 어머니가 평소 꽃을 몹시 좋아하셨는데 평생 꽃구경 한 번 시켜드리지 못한 것이 한이오. 저 상태로 꽃구경을 가실 순 없고. 되는 대로 꽃을 꺾어다 어머니께 가져다주시지 않겠소."

그때 정 대감은 그 집이 떠올랐어. 왜 있잖아. 활 잘 쏘는 잘생긴 청년이 무당에게 내어주었다는. 각종 꽃이 피어 화려했지. 조선 팔도에 지천으로 널린 붉은 맨드라미꽃부터 서책에서조차 듣도 보도 못 한 오색찬란한 꽃까지. 선녀가 사는 집이 이처럼 아름다울까. 집 안 곳곳에 돌아다니는 씨암탉들이 전설 속 황학이 노니는 것처럼 보일 정도로 아름다웠던 그곳.

정 대감은 꽃을 꺾으러 나서는 사람들을 붙잡았어. 그리고 꽃과 함께 다른 것들도 가져오라 일렀지.

"이것은 아까 실패했던 김칫소가 아닙니까. 그것도 모자라 지난겨울 김장김치도 가지고 오라고 하시고. 둘 다 그만 쉬어버렸으니 대감마님께서 드셨다던 그 김칫소와는 같은 것일 수 없습니다. 게다가 이 와중에 달걀은 웬 말입니까. 먹지도 못하는 달걀 껍데기까지 죄다 모아 오라고 하시고."

정 대감은 달걀의 알맹이가 아닌 그 껍데기만을 모았어. 그리고 잘게 부쉈지. 그다음에 쉰 김칫소를 잘게 부순 달걀 껍데기와 섞었지. 그러자 코를 찔렀던 쉰내가 사라졌어. 왜 그런지는 나도 몰라. 수업 끝나고 과학 선생한테 가서 물어보든지. 정 대감은 그 김칫소를 보니 그때의 허기가 다시 도는 거야. 먹었지. 그때의 그 김칫소가 틀림없었어. 그 증거로 정 대감의 재채기가 멎고 두드러기가 가라앉았지. 정 대감은 사내에게 그것을 걸귀가 된 어머니에게 먹이라 일렀어. 걸귀는 다시 한 번 그러나 이번엔 아름다운 꽃 속에서 조용히 죽음을 맞게 되었어.

정 대감은 드디어 김칫소의 비밀을 알게 된 거야.

19

마을 사람들은 각자의 집으로 가 겨우내 묵혀두다가 그만 쉬어서 먹지 못해 남은 김치를 가지고 와 한데 모았어. 그리고 정 대감이 알아낸 방법으로 김칫소를 만들었지. 한 됫박 정도의, 생각보다 많지 않은 양이 만들어졌어. 마을 사람들은 그것을 항아리에 고이 담아 잘 모셔두었지. 하지만 걸귀가 나타나도 오늘 같이만 보낸다면, 마을 사람들이 배추가 여물기를 기다리는 동안 임시로 가지고 있기엔 부족하진 않아 보였어. 이제 이 더운 여름을 견디고 가을에 배추와 김치 재료들이 모두 거두어지면, 그땐 마을 사람들이 걸귀에 물려서 슬퍼할 일은 없을 거였어.

마을은 정말이지 오랜만에 활기에 찼어. 물론 노래를 부르고 춤을 추며 요란스럽게 굴 수는 없었지만, 마을 사람들은 밤새 잠자리에 들지 않고 한자리에 모여 가만가만 그동안의 슬픔을 덜고 노고를 나누었지. 조금 떨어진 곳에서 그 모습을 지켜보던 정 대감은 유씨 부인에게 말했어.

"내 800리나 되는 관동의 관찰사였다면 어찌 이런 커다란 기쁨을 누릴 수 있었겠소. 그저 이 작은 마을에 평범한 어른이기 때문에 이리 기쁘지 않겠소. 부인은 어떻소."

유씨 부인은 정 대감의 손을 꼭 잡아주었어. 조용한 미소로 대답을 대신했지.

"너희들은 어떠냐. 이 마을이 살기에 좋으냐."

돌쇠와 이쁜이도 환하게 웃으며 OK. 정 대감은 넓은 강원도를 다스리는 것보다 자신을 정말로 필요로 하는 마을 사람들과 더불어 지내기로 마음먹었지. 800리나 되는 넓은 강원도엔 자신보다 포부가 크고 현명한 누군가가 새로 부임할 것이라고 믿으며. 그렇게 정 대감은 사랑하는 유씨 부인과 정 대감을 좋아하는 돌쇠와 이쁜이 그리고 마을 사람들과 함께 오래오래 행복하게 살았답니다.

라고 할 줄 알았지? 아직 안 끝났어. 아까 엄마 걸귀 떡밥 회수해야지. 엄마가 가만있는데 걸귀가 됐겠냐고. 걸귀한테 물렸으니까 걸귀가 됐겠지. 그런데 이게 생각보다 큰 떡밥이야.

정 대감은 거의 미친 듯이 재채기를 하고 극심한 두드러기에 온몸을 감싸 안으며 주저앉았어. 때가 많이 늦은 건 아니었어. 정 대감이 얼마나 예민한데. 그런데 숫자가 너무 많았지. 정 대감과 식솔들 그리고 마을 사람들은 그날 그동안 단 한 번도 본 적 없는 엄청난 수의 걸귀 무리들이 마을을 향해 새까맣게 몰려오는 것을 보게 되었어.

"에엣취! 거, 걸귀! 엣취! 바, 방비, 에엣취!"

마을 사람들은 너무나 당황한 나머지 패닉 상태에 빠졌는
지, 정 대감과 함께 짜둔 매뉴얼대로 하지 않고 마구 흩어졌
어. 뭐, 매뉴얼대로 한다고 해도 답이 없는 상황이긴 했지만
말야. 다들 그걸 알고 산속으로 도망이라도 가는 걸까. 돌쇠
와 이쁜이도 어디론가 사라지고 없었지. 심지어 유씨 부인
까지 말이야. 정 대감 곁에는 아무도 남지 않았어. 정 대감
도 얼른 도망을 가야 할 텐데, 걸귀의 수가 유례없었던 만큼
너무나 심한 알레르기 증상으로 한 발짝도 뗄 수 없었지.

그사이에 걸귀들은 점점 가까이 닥쳐왔어. 정 대감과 마
을 사람들이 가꾼 배추밭을 마구 짓뭉갰어. 배추밭은 물론
마을 전체를 쑥대밭으로 만들었지. 그때, 유씨 부인이 걸귀
떼를 뚫고 정 대감에게로 뛰어왔어.

"마을 사람들이 김칫소가 든 항아리를 가지고 달아난 모
양입니다. 이건 항아리에 옮겨 담기 전 뒷박에 묻었던 것인
데 이거라도 드시고 일어나보세요."

정 대감은 유씨 부인이 숟가락으로 닥닥 영혼까지 긁어모
아 온 김칫소를 먹고 간신히 몸을 일으켰어. 그런데 있잖아.
아가리를 귀 끝까지 찢어 벌린 걸귀 떼가 정 대감의 코앞에
와 있던 거야.

"관찰사 행차시다! 풍악을 울려라!"

어디선가 요란한 풍악 소리가 울려 퍼지기 시작했어. 북 치고 장구 치고, 징에 꽹과리에. 나팔 같은 것도 막 불고. 엄청 신나는 만큼 엄청 시끄러웠지. 걸귀 떼가 순식간에 그쪽으로 죄다 몰려갈 만큼.

마을 사람들이야. 돌쇠랑 이쁜이도 거기 있더라. 사람들이 죄다 손에 악기들을 하나씩 들고 있는 힘을 다해 연주하고 있었어. 목이 터져라 소리치고 있었어.

관찰사 행차시다! 풍악을 울려라!

관찰사 행차시다! 풍악을 울려라!

예전에 정 대감네 가마를 쐈던 도적들 기억나? 알고 보니 농부였던. 그 사람들이 그때 그 정 대감네 꽃가마를 메고 정 대감과 유씨 부인에게 오는 거야. 그러곤 정 대감에게 말했어. 그동안 이 마을을 거쳐 간 벼슬아치들은 책에 있는 헛소리나 해대기 바빴는데 정 대감만큼은 분주히 선정을 베풀었다. 그동안 정 대감의 선정에 큰 은혜를 입었다며.

"가마 안에 김칫소가 든 항아리가 있습니다. 부디 이 가마를 가지고 관동으로 가주십시오. 대감마님께서는 반드시 살아남아 관찰사가 되어주십시오. 이 역병을 물리치고 조선의 백성들을 살려주십시오."

그러곤 정 대감과 유씨 부인이 가마를 메고 산속 깊은 곳으로 무사히 달아날 때까지, 그 뒤로도 한참을 이렇게 외쳤어. 팔이 떨어져라 꽹과리를 쳐대면서, 목이 터져라 소리를 지르면서.

"쉬이! 걸귀는 물렀거라! 관찰사 되시는 관동행 가마니
라!"

11

정 대감은 유씨 부인과 함께 가마를 메고 산속을 달렸어.
더 이상 마을 사람들의 풍악 소리가 들리지 않을 때까지. 정
대감의 재채기가 멎고, 두드러기도 완전히 가라앉을 때까지.

얼마나 달렸을까. 갑자기 유씨 부인이 풀썩 고꾸라지는
거야.

"부, 부인! 다, 다리가, 걸귀에!"

정 대감이 살펴보니 유씨 부인 종아리에 잇자국이 선명한
거야. 온몸은 펄펄 끓는 불덩이고. 사실 유씨 부인은 아까
마을에서 정 대감을 위해 김칫소를 가지러 갔을 때 걸귀에
게 다리를 물렸던 거였어.

"상처는 깊지 않으나, 언제 걸귀로 변할지 모릅니다. 저를
두고 가세요. 가마를 가지고 관동으로 가세요. 대감께서 그
토록 오랫동안 꿈꿔왔던 선정을 펼치세요."

정 대감은 김칫소를 꺼내 부인의 입에 넣어보았지만 역시
배추 없인 소용이 없었어. 눈에서 눈물을 줄줄 흘리는 정 대

감에게 유씨 부인은 조용히 미소 지었어.

"나는 괜찮아, 정 도령."

그 말은 정말이지 오랜만이었어. 아주 오래전에 유씨 부인은 정 대감을 그렇게 불렀지. 정 대감이 그저 정 도령이었을 때. 과거 공부에 매달리던 애송이 유생 시절에. 마침내 과거에 급제한 정 도령이 유씨를 얼싸안을 때에도. 혼인하기 전날 몰래 찾아간 유씨네 담벼락 아래서도. 그 고운 손에 물 한 방울 묻히지 않겠다고 약조할 때도 그렇게.

정 대감은 가마를 두고 유씨 부인을 등에 업었어. 부인을 업고 관동을 향해, 강원도를 향해 천천히 걸었지.

근데 얼마 걷지도 않았는데, 이번엔 무성한 수풀이 정 대감 앞을 가로막는 거야. 여전히 부인은 불덩이고. 정 대감은 그 자리에 멈춰 섰어. 문득 눈이 부셔서. 그 어둡고 컴컴한 수풀 사이를 뚫고 나온 한 줄기 환한 빛 때문에. 이 빛은 뭘까. 정 대감은 수풀을 걷어냈어.

그러니까 정 대감 눈앞에 뭐가 나타난 줄 아니?

배추밭. 눈부시도록 넓고 푸른 강원도 고랭지 배추밭.

12

이제 비가 그쳐가네. 수업 종 칠 때 다 됐구나. 오늘은 그냥 여기까지 하자. 뭐라고? 보충 수업? 그런 걸 왜 해? 아, 중간고사 범위까지 진도 나가는 거. 방금 다 나갔잖아. 정철의 관동별곡. 중간고사는 관동별곡 서사 부분까지가 시험 범위야. 나머지는 기말 때 볼 거고.

난 보충 수업이 제일 무서워. 어휴, 섬뜩하지 않냐? 퇴근해서까지 학생들이랑 수업하는 거.

확실한 건, 시험 문제는 교과서에 숨겨져 있다는 거야. 그러니까 너희들, 시험지에 좀비, 김치 이런 거 쓰면 진짜 가만 안 둔다. 아, 이거 불안하네. 관동별곡 참고 자료라도 나눠줘야지 안 되겠다. 반장, 부반장은 나 따라 교무실로 오고.

너희들은 기다려라. 금방 온다.

만복사 좀비기

만복사에서 좀비와 만나다

萬福寺 蛙非記

정명섭

1

만복사 뜰에 있는 석탑 앞에 서서 하릴없이 하늘을 보고 있던 양생에게 공양주 할머니가 와서 말했다.

"총각! 약사전 뒤쪽 담장을 좀 봐줘야겠어."

"왜요?"

만사가 귀찮은 양생의 심드렁한 대꾸에 공양주 할머니가 혀를 찼다.

"왜긴, 담장이 무너지고 대나무가 넘어져서 그렇지. 가서 뭘로 좀 지탱시켜봐."

"그런다고 담장이 안 무너지겠어요?"

"무너지면, 밖에 있는 이상한 병에 걸린 사람들이 몰려들지 않겠어?"

혀를 찬 공양주 할머니의 말에 양생은 말없이 담장 너머 하늘을 바라봤다. 바깥세상에 나가보지 못한 지 몇 달이 되었다. 가끔 이상한 소리가 들리고, 발을 질질 끌면서 담장 근처를 배회하는 듯한 소리도 들렸다. 하지만 삶의 낙을 모두 잃어버린 양생은 별다른 관심을 기울이지 않았다. 양생이 미적거리자 공양주 할머니가 다가와서 등을 떠밀었다.

"얼른 좀 가라고! 글공부 좀 했다고 지금 뻗대는 거야!"

"제가 언제 그랬는데요?"

양생이 억울한 표정을 지으며 말하자 공양주 할머니가 삿대질을 했다.

"내 눈에는 다 보여. 바깥세상이 저 모양인데 언제까지 목에 힘주고 빈둥빈둥 놀 거야!"

마지못해 약사전 뒤편으로 간 양생은 담장이 절반쯤 허물어진 것을 봤다. 이상한 병에 걸린 자들이 넘어오지 못하도록 쌓아 올린 대나무도 뽑혀서 쓰러져 있었다. 근처에 뒹구는 돌을 집어 담장 위에 올려놓고 뽑힌 대나무를 대충 걸쳐놓는데 담장 바깥쪽에서 부스럭거리는 소리가 들렸다. 소리가 난 풀숲에는 아무것도 보이지 않았지만 누군가 있다는 걸 직감적으로 눈치챘다. 얼마 전부터 만복사 주변을 배회하는 이상한 병에 걸린 사람들 중 하나가 아닐까 하는 생각이 들었지만 동시에 호기심도 들었다. 돌을 쌓던 손을 잠시 멈추고 바깥을 살폈다. 그날 이후 만복사 밖은 미지의 영역

이자 두려움의 대상이 되었다. 나갈 수도 없고, 떠올려서도 안 되는 곳이었지만 양생에게는 어머니가 있는 곳이자 평생을 살던 그리운 곳이기도 했다.

가만히 있던 수풀이 살짝 흔들리는 게 보였다. 눈을 부릅뜨고 바라보자 수풀 사이로 사라지는 치맛자락이 보였다. 밖에 있는 사람이 여자인 것 같다는 생각이 들자 양생은 마른침을 삼켰다. 장가를 가서 자식을 낳아야 한다는 어머니의 간곡한 뜻이 떠올랐기 때문이다. 낯선 사람을 만복사 안으로 들이는 것은 대단히 위험한 일이지만 양생의 마음속에는 어머니의 소원을 들어줘야 한다는 생각이 먼저였다.

'모습을 드러내라고 소리를 칠까? 아니야, 그럼 겁을 먹고 도망칠 수도 있잖아.'

사찰 안에는 스님과 피난민들이 많았지만 아무도 그에게 관심을 기울이지 않았다. 혼자라는 외로움과 어머니가 죽기 전에 간절히 소원했던 혼인을 하지 못했다는 죄책감이 복잡하게 뒤엉켰다. 그러자 보이지 않는 담장 너머의 존재는 혼인을 할 수 있는 여성이라는 상상으로 번져갔다. 생각이 거기까지 미치자 양생은 저도 모르게 미소를 지었다. 그러면서 용기를 내서 말을 건넸다.

"아가씨! 괜찮으니까 얼른 이쪽으로 와요! 만복사 안은 안전해요."

아무런 대답도 들리지 않았지만 양생은 수풀 속 상대방이

들었을 것이라고 확신했다. 더 대담해진 양생이 담장 밖으로 손을 뻗었다.

"겁먹지 말고 어서 오라니까요."

그때 철썩하는 소리와 함께 등에서 불이 났다. 돌아보니 공양주 할머니가 혀를 차는 중이었다.

"이럴 줄 알았어. 담장 고치라고 했더니 바깥 구경에 날 새겠네. 날 새겠어."

"그게 아니라 밖에 누가 있는 것 같아서요."

"밖에 누가 있으면 데리고 들어올 거야? 아니면 장가라도 갈 거야?"

유독 자신을 미워하고 귀찮게 하는 공양주 할머니의 타박에 울컥한 양생이 소리쳤다.

"그래요! 나 외로워서 장가가고 싶어서 미치겠어요!"

양생의 반항기 어린 대답에 공양주 할머니가 혀를 찼다.

"사찰 밥 얻어먹는 주제에 장가를 가고 싶다니, 차라리 우물가에서 숭늉을 찾아! 이놈아!"

그대로 있다가는 공양주 할머니의 매운 손맛을 더 봐야 할 것 같아서 일단 자리를 피하기로 했다. 허겁지겁 자리를 뜨는 양생에게 공양주 할머니의 타박이 뒤따라왔다.

"부처님 덕에 운 좋게 살았으면 감사하고 살아야 할 거 아니야! 바깥세상은 연옥이야! 연옥!"

사찰 가운데 있는 5층 목탑 쪽으로 터덜터덜 걸어가던 양생은 소매에 있는 저포를 슬쩍 만져봤다. 바깥세상과 어머니가 남겨준 유일한 흔적을 느끼며 양생은 목탑을 올려다보면서 몇 달 전 그날을 떠올렸다.

2

양생은 이상한 병에 걸린 자들을 처음 만난 그날을 지금도 기억하고 있었다.

며칠 전부터 왜구들이 쳐들어왔다며 남원성의 향리들이 마을마다 장정들을 끌고 갔다. 남원성을 지킬 병졸로 삼기 위해서였다. 하지만 날아다니면서 칼질을 해댄다는 왜구들과 싸우는 건 자살이나 마찬가지였기 때문에 장정들은 이리저리 숨어 다니거나 손가락을 자르기도 했다. 양생 역시 집 뒤편에 토방을 파 그 아래 숨어 있었다. 좁은 곳에 갇히기 싫었던 양생은 들어가라고 성화를 부리는 어머니에게 짜증을 냈다.

"차라리 병졸로 가서 왜구들이랑 싸울게요."

"말도 안 되는 소리 하지 마라. 내가 남편을 잃고 너를 어떻게 키웠는데!"

"그래도요!"

"아무 소리 말고 잠깐만 참아."

"그럼 어머니도 숨든가, 피난을 가세요. 이러다 왜구들이 들이닥치면 어쩌려고요?"

양생의 타박에 어머니는 대꾸했다.

"걱정 마라. 네가 장가가서 손자 손녀 낳아줄 때까지 버틸 거니까."

어머니가 널빤지로 구멍을 덮다가 소매에 넣어둔 나무 주사위인 저포를 떨어뜨린 건 그때였다. 어머니가 심심할 때마다 굴리면서 점을 칠 때 쓰던 거라 반질반질 윤이 난 저포가 무릎에 떨어진 것이다. 양생은 저포를 집었다.

"어머니, 이거."

하지만 어머니는 미처 그 얘기를 듣지 못하고 사라져버렸다. 그것이 어머니와의 마지막이었다. 좁은 토굴 속에서 다리를 끌어안고 저포를 만지작거리며 버티던 양생은 깜빡 잠이 들었다. 이상한 소리가 들리는 바람에 잠에서 깨어난 양생은 겁이 나서 차마 밖으로 나가지 못했다.

"어머니? 엄마? 어디 있어요?"

들릴락 말락 속삭였지만 어떤 반응도 없었다. 작은 방에서 책을 읽다가 기침을 하면 부엌에서 듣고 고뿔이 걸린 거냐고 걱정하던 어머니여서 무슨 일이 나도 단단히 난 게 분명했다. 토방 문이 열리는 삐걱거리는 소리가 들린 것이 바로 그때였다. 반사적으로 어머니라고 생각했다가 곧 마음을 고쳐먹었다. 어머니라면 문을 열기 전부터 자신을 찾았을 게 분명했기 때문이다. 이유는 모르지만 무섭다는 생각에 양생은 무릎을 바짝 끌어안고 숨을 죽였다. 누군가가 양생이 숨어 있는 토굴 위를 덮은 널빤지를 밟으면서 나는 마른 삐걱거림이 어둠 속에 낮게 울려 퍼졌다. 남원성에 쳐들어온 왜구들이 틀림없다는 생각에 양생은 부들거리는 손을 꼭 움켜쥐었다.

바다를 건너온 왜구들은 잔혹하기 이를 데 없어서 간난아기들은 산 채로 불 속으로 던지고, 여자들은 남김없이 겁탈을 하고, 남자들은 죽이거나 코에 줄을 꿰어서 자기네 땅으로 끌고 간다는 끔찍한 소문이 돌았다. 사람보다 큰 칼을 자유자재로 쓰고 하늘을 날아다녀서 조정에서 파견한 관군들이 제대로 힘도 쓰지 못하고 몰살당했다고도 했다. 벌써 여기까지 온 걸 보면 소문대로 귀신같은 자들이 분명하다는 생각에 저절로 눈물이 나왔다.

널빤지를 밟는 삐걱거리는 소리는 계속해서 들려왔다. 제자리에서 맴도는 것 같은데 이제 바닥을 들춰내기만 하면 꼼짝없이 죽거나 잡혀가는 신세가 될 게 분명했다. 마음속으로 어머니 소원대로 장가가서 손자를 안겨드리지 못했다는 것을 후회하는 사이, 머리 위의 발소리가 사라졌다.

땅이 꺼져라 안도의 한숨을 쉰 양생은 천천히 널빤지를 들춰냈다. 그리고는 토방에 들어와서 서성거리다 온 사람의 뒷모습이 왜구가 아니라 꼭 어머니 같다는 사실을 깨달았다. 밖으로 나온 양생은 평화롭던 마을이 한순간에 연옥으로 변한 걸 봤다. 소문으로만 들었던 왜구들이 쳐들어와서 닥치는 대로 사람들을 죽였다. 살려달라는 외침과 죽어가면서 내지르는 비명은 왜구들이 불태운 집들에서 치솟는 연기 속으로 빨려 들어갔다. 왜구들은 마을을 불태우고 소와 사람들 등에 약탈한 물건들을 싣고 바람처럼 사라졌다.

양생은 자신처럼 살아남은 사람들 중 일부가 이상해졌다는 것을 깨달았다. 그들은 나무토막처럼 꼼짝 않고 서 있거나 제자리에서 맴을 돌았다. 울음인지 모를 이상한 소리를 내면서 비틀거리기도 했다. 처음에는 왜구들에게 가족을 잃고 재물을 빼앗긴 충격에 빠져서 그런 줄 알고 다가가서 위로하려고 했다. 하지만 짐승같이 으르렁거리는 소리를 내는 것을 보고는 뒤로 물러났다.

'너무 충격을 받아서 미쳐버린 건가?'

겁에 질린 양생은 토방 안으로 숨어서 주변을 살폈다. 잠시 후, 마을 사람들 중 한 명이 가족의 이름을 부르는 소리가 들렸다. 그러자 멍하게 서 있던 사람들이 소리가 나는 쪽으로 몸을 돌렸다. 터벅터벅 걸어오던 마을 사람은 그들을 보고는 반가워하며 외쳤다.

"다들 무사…… 으아악!"

마을 사람은 갑자기 덤빈 그들에게 붙잡혀 깔려버리고

말았다. 그리고 놀랍고 잔혹하게도 그들은 마을 사람을 누른 채 팔과 다리를 뜯고 내장을 뽑아내더니 게걸스럽게 먹어 치웠다. 놀란 양생은 비명이 터져 나오려는 입을 겨우 틀어막았다. 살려달라고 애원하던 마을 사람의 비명이 잦아들고, 살과 내장을 뜯어 먹던 자들이 이리저리 흩어진 후에도 양생은 꼼짝도 하지 못했다. 겨우 정신을 차린 양생은 도로 토굴 안으로 들어가 널빤지를 덮었다. 그리고 어머니가 떨어뜨린 저포를 만지작거리면서 눈을 감았다.

'이게 꿈이야, 생시야? 어머니, 어디 계십니까?'

부정하고 싶었지만 아까 토방에서 서성거리다가 사라진 자는 어머니가 맞는 것 같았다. 불러도 대답이 없었고, 걸음걸이가 이상했던 것으로 봐서는 어머니 역시 짐승처럼 울부짖고 사람을 뜯어 먹는 이상한 병에 걸린 것 같았다.

양생은 뜬 눈으로 밤을 보냈고 다음 날 아침 몰래 마을을 빠져나왔다. 어머니를 찾을 엄두도 내지 못하고 허겁지겁 산으로 도망쳤다. 중간에 이상한 병에 걸린 자들을 만날까 겁이 났지만 다행스럽게도 산에는 그자들이 없었다. 어머니가 쑥을 캐던 언덕에 올라가자 멀리 남원성 역시 불타고 있는 게 보였다. 마을에 들렀던 향리들은 남원성의 성벽이 높고 지키는 병사들이 많아서 아무리 왜구들이 공격을 해도 막아낼 수 있다고 큰소리를 쳤다. 하지만 마을에서 가장 나이가 많고 도읍인 개경에서도 살았던 을치 할아버지는 혀를 찼다.

"왜구들은 개경 코앞까지 쳐들어갔던 놈들인데 고작 남원성이 어떻게 막아."

그렇게 말한 을치 할아버지도 보이지 않았다. 남원성이 함락당한 것인지 아니면 화공 때문에 불타는 것인지는 알 수 없지만 일단 다른 곳으로 가기로 했다.

그가 떠올린 곳은 바로 만복사였다. 덕유산 기린봉 기슭에 세워진 만복사는 남원 인근 사람들에게 익숙한 곳이다. 신라의 고승인 도선 선사가 세웠다고 전해지는 만복사는 고려 때 들어와서도 여전히 명맥을 유지했다. 만복사에 사는 수백 명의 승려들이 아침에 시주를 받으러 나갔다가 저녁때 돌아오는 풍경을 뜻하는 '만복사 귀승'은 남원 팔경 중 하나로 손꼽힌다. 양생도 어머니를 따라 연등제 때 가본 적이 있었다. 그때 어머니가 시키는 대로 시주를 하고 불상에 절을 하면서 제발 혼인을 하게 해달라고 빌었던 기억이 떠올랐다.

'그곳이라면 부처님의 힘이 왜구들을 막아주겠지.'

막연하지만 지푸라기라도 잡고 싶은 심정이었던 양생은 만복사로 향했다. 가는 길에 이상한 전염병에 걸린 사람을 만날지 몰라서 산을 탔다. 아버지가 일찍 돌아가긴 했지만 억척스럽고 헌신적인 어머니 덕분에 별 고생 안 하고 살아온 양생에게는 힘든 여정이었다. 중간에 몇 번이고 포기하고 싶었지만 그때마다 어머니가 떨어뜨린 저포를 만지작거리면서 힘을 냈다. 길로 가면 가까웠지만 산을 타고 가느라 몇 시간이 걸려서 해가 떨어질 즈음에야 겨우 만복사 부근에 도달했다.

만복사 주변도 불길이 치솟았지만 안쪽은 멀쩡해 보였다. 혹시나 하는 마음에 주춤주춤 산기슭을 내려오는 그의 눈에 사람 모양을 한 당간지주가 보였다. 당간 사이로 치솟은 탱화가 바람결에 펄럭거리는 걸 본 양생은 발걸음을 서둘렀다. 사찰의 대문은 굳게 닫혀 있었다. 양생은 문을 두드리며 외쳤다.

"문 좀 열어주세요! 스님! 여기 사람이 있습니다."

주먹으로 힘껏 두드렸지만 문이 열릴 기미는 보이지 않았다. 이러다가 왜구나 이상한 병에 걸린 사람이 나타나면 어쩌나 하는 두려움에 다리가 후들거렸다. 두려움이 커질수록 문을 두드리는 주먹에 힘이 들어갔다. 손이 터질 정도로 문을 두드리던 양생은 한참에야 문이 살짝 열리자 안도의 한숨을 쉬었다. 살짝 열린 대문 너머로 스님이 의심스러운 눈초리로 바라봤다.

"누구신가?"

"다, 달평골에 사는 양생이라고 합니다. 마을에 큰 변이 있어서 몸을 피하고자 왔습니다."

"주지 스님께서 외부 사람을 들이지 말라고 하셨네."

"그게 무슨 청천벽력 같은 말씀이십니까?"

하늘이 무너지는 것 같은 절망감에 양생은 필사적으로 매달렸다.

"어머니도 잃고 혼자 도망쳐 왔습니다. 부디 이 불쌍한 중생을 외면하지 말아주십시오."

양생의 거듭된 간청에 스님이 아무 대답 없이 주저하면서 차마 문을 닫지 못했다. 잘하면 들어갈 수 있다는 희망이 생기려는 찰나, 매정한 대답이 들려왔다.

"미안하네. 남원성 쪽으로 가보게."

"오면서 봤는데 불바다였습니다."

"그럼 북쪽으로 멀리 떠나게. 임금이 있는 개경은 괜찮을 걸세."

"제발 은혜를 베풀어주십시오. 스님. 정녕 불쌍한 중생을 외면하실 겁니까?"

"우리도 사정이……."

뭔가 말을 더 하려던 스님의 눈빛이 굳어져버렸다. 그 시선을 따라 무심코 뒤를 돌아본 양생은 깜짝 놀라고 말았다. 이상한 병에 걸린 것이 분명한 자들 수십 명이 떼를 지어서 몰려오고 있었기 때문이다. 놀란 양생이 스님을 밀치고 만복사로 들어갔다. 허겁지겁 빗장을 채운 스님이 대문 옆에 매달린 작은 종을 쳤다.

"놈들이 옵니다. 어서 나오십시오."

그러자 조용하던 사찰 곳곳에서 사람들이 우르르 튀어나왔다. 손에 긴 대나무를 하나씩 쥐고 담장 아래 놓인 통나무를 밟고 올라갔다. 그리고 손에 든 대나무로 담장에 매달린 이상한 병에 걸린 자들을 밀어냈다. 몇 명은 대문을 몸으로 막았다. 아낙네들이 치마폭에 싸 온 돌을 던지기도 했다. 어쩔 줄 몰라 하는 그에게 스님이 대나무 자루를 건네줬다.

　"이걸 쓰게."

　"이, 이걸로 뭘 하라는 말씀이십니까?"

　"저자들이 담벼락을 넘어오지 못하게 막아야지. 넘어오면 우리 모두 죽은 목숨이야."

　발까지 동동 구르면서 재촉하는 스님에게 떠밀린 양생은 빈자리에 올라갔다. 그리고 담장 밖을 내다보는 순간 기겁을 하고 말았다. 아귀같이 입을 벌린 채 어떻게든 담장을 넘으려고 악다구니를 쓰는 모습이 흡사 야차 같았기 때문이다. 멍하게 바라보는 사이, 하마터면 대나무 자루를 놓칠 뻔했다. 넋이 나간 그에게 스님이 호통을 쳤다.

　"정신 차리게! 안 그러면 다 죽는 거야!"

　죽는다는 얘기에 정신을 번쩍 차린 양생은 대나무를 휘둘러대면서 이상한 병에 걸린 자들을 밀쳐냈다.

　"오지 마! 오지 말란 말이야!"

　정신없이 소리치던 양생에게 뒤에 있던 스님이 외쳤다.

　"대문 위!"

스님의 말 대로 만복사의 대문을 바라본 양생이 외쳤다.

"아무것도 안 보이는데, 왜요?"

"몇 놈이 지붕에 올라갔네. 사다리를 걸쳐줄 테니 올라가서 놈들을 떨어뜨리게."

쥐도 못 잡아서 어머니가 대신 잡아준다고 말하고 싶었지만 입 밖으로는 나오지 않았다. 스님이 대나무로 만든 사다리를 대문에 걸쳐주고는 얼른 올라가라고 손짓을 했다. 시키는 대로 대나무 사다리를 올라가는 양생의 두 다리가 후들거렸다. 스님이 아래에서 소리쳤다.

"하나라도 안으로 들어오면 모두 끝장이야. 그러니까 어떻게든 막아!"

지붕에 올라간 양생은 기와가 너무 미끄러워서 잘못하다가는 떨어질 것 같다는 생각에 제대로 서지도 못했다. 그때 지붕마루 너머에서 이상한 병에 걸린 자들이 내는 괴성이 들려왔다. 겁이 난 양생은 도로 내려가려고 했지만 스님이 재빨리 대나무 사다리를 치워버리고 말았다.

"스, 스님!"

"자네만 믿네."

매정하게 대답한 스님이 합장을 했다. 대문도 꽤 높은 편이라 그냥 뛰어내렸다가는 어딘가 부러지기 십상이었다. 거기다 그자들이 먼저 지붕마루에 올라갔다가는 물리거나 떠밀려서 떨어질 게 분명했다.

'이렇게 죽을 수는 없지.'

허망하게 죽은 마을 사람들과 사라진 어머니를 떠올린 양생은 이를 악물고 기와지붕을 기어 올라갔다. 그리고 지붕마루에서 내려다보니 세 놈이 지붕에 올라와 있는 게 보였다. 그중 하나가 지붕마루를 붙잡았다. 놀란 양생은 대나무 자루로 그자의 손가락을 내리쳤다. 몇 번이고 세게 내리쳤지만 그자들은 아픔을 모르는지 꿈쩍도 하지 않았다. 결국 대나무 자루로 밀어내야만 했다. 힘을 줘서 밀어내자 지붕마루를 잡고 있던 손가락이 풀렸다. 떠밀린 상대방은 기와지붕에서 주르륵 미끄러지면서 자기 무리들의 머리 위로 떨어졌다. 숨 돌릴 틈도 없이 남은 두 놈과 대치하던 양생은 그중 하나가 옆으로 넘어오려고 하자 대나무 자루로 세게 후려쳤다. 가슴팍을 맞은 놈은 괴성을 지르며 지붕 옆으로 떨어졌는데 다행스럽게도 담장에 맞고 바깥으로 떨어졌다.

남은 한 놈은 양생이 휘두른 대나무 자루를 움켜쥐고 버텼다. 뺏으려고 당겨봤지만 상대 역시 힘을 주는 바람에 뜻대로 되지 않았다. 그러다 양생이 대나무 자루를 놓자 균형을 잃은 그놈은 팔을 허우적거리다가 뒤로 떨어지고 말았다. 하지만 양생 역시 균형을 잃고 비틀거리기는 마찬가지였다. 다행히 스님이 대나무 사다리를 다시 걸쳐주면서 겨우 떨어지지 않을 수 있었다.

만복사 안에 있는 사람들은 필사적으로 저항했다. 그러다 그들의 손아귀에 붙잡혀 처절한 비명과 함께 밖으로 끌려 나가기도 했다. 발을 질질 끌며 사라진 그들을 보면서 양생은 참았던 한숨을 내쉬었다. 담장에 기대서 숨을 몰아쉬는데 스님이 다가와서 어깨를 두드려줬다.

"잘했네. 자네 덕분에 위기를 넘겼어."

"저놈들은 뭡니까?"

그의 물음에 스님이 어두운 표정으로 대답했다.

"연옥에서 온 야차들 같네. 멀쩡하던 사람이 갑자기 병에 걸리더니 짐승처럼 사람들을 공격하고 있어."

"저, 저도 마을에서 봤습니다. 같은 마을 사람들을 공격해서 갈가리 찢어놨습니다."

"어제부터 피난민들이 몰려 들어와서 알게 되었네. 나라가 어찌될지 참으로 걱정일세."

혀를 차면서 대답한 스님에게 양생이 물었다.

"여긴 안전한 겁니까?"

"보다시피 대문이 튼튼하고 담장이 높아서 저들이 넘어오지 못하긴 하네. 하지만 보강을 해놓는 게 좋을 것 같아."

"어떻게 말입니까?"

"절 안에 대나무와 돌들이 많네. 연등회 때 쓰려고 미리 준비해놓은 것인데 그걸로 문을 막고 담장을 가릴 생각일세. 어차피 우리 절 안에는 우물도 있고, 시주를 받은 곡식도 잔뜩 있어서 몇 달은 버틸 수 있어. 그사이에 관군이 오든지 저들이 없어지기를 바라야지."

　스님의 얘기를 들은 양생은 이곳으로 오기로 한 결정이 자신을 살린 것이나 다름없다는 생각이 들었다. 그런 양생에게 스님이 말했다.

　"자네도 돕게."

　"그리하겠습니다."

　뭐라도 하는 게 이곳에 남을 수 있는 길이라 서슴지 않고 돕겠다고 대답했다. 그런 양생의 속마음을 알아차렸는지 스님이 다른 피난민들을 슬쩍 살펴보고는 속삭였다.

　"어젯밤에 시주하러 왔다가 머무른 걸로 할 테니까 얼른 들어오시구려."

　"고맙습니다. 스님. 감사합니다."

　얼굴이 땅에 닿도록 연거푸 인사를 한 양생은 비로소 사찰을 둘러봤다. 담장에 둘러싸인 만복사 안쪽에 금당과 탑, 종각들이 보였다. 양생은 대문의 빗장을 살피는 스님에게 물었다.

　"여, 여기는 별일 없었습니까?"

　"없기는, 밤에 이상한 소리가 주변에 들려서 스님들이 대웅전에 모여 필사적으로 불경을 읊었네. 새벽이 되어서야 겨우 소리들이 사라지고 잠잠해졌지. 아침부터 주변에 이상한 놈들이 배회하다가 담장을 넘어오려고 해서 겨우 막았지. 방금 전처럼 떼로 몰려온 건 처음일세."

"담장을 넘어오는 줄 알았습니다."

"사람들은 이 사찰이 고려가 세워지고 만들어졌다고 하지만 사실은 신라의 고승은 도선 선사께서 창건한 절일세. 그분의 신묘한 기운과 부처님의 공덕으로 막은 걸세."

"앞으로가 문제겠네요."

"버틸 수 있을 때까지는 버텨봐야지. 주지 스님이 일단 아무도 들이지 말고 문을 굳게 닫으라고 하셨네."

"피난민도 말입니까?"

하마터면 들어오지도 못하고 죽을 뻔했던 양생이 다소 신경질적으로 묻자 스님이 합장을 하면서 대답했다.

"피난민에게 듣기로는 그 병의 전염성이 심각하다고 하네. 물리거나 할퀴어서 상처가 나면 곧 그들처럼 되는데 어떤 자는 바로 증상이 나타나고 어떤 자는 반나절이나 하루쯤 지나서 나타난다고 하네. 그래서 아무도 들어오지 못하게 하셨지."

"그랬군요."

"자네가 만복사에 들어온 마지막 사람일세. 저쪽 금당 뒤편이 행랑채니까 거기 빈방 중 하나를 쓰게."

"고맙습니다. 스님. 존함을 여쭤봐도 되겠습니까?"

"존함이랄 것까지 있겠네. 무심이라고 부르게. 속세를 버리면서 마음도 버리고 왔다네."

"저는 양생입니다."

"당분간은 밖에 나가지 않고도 버틸 수 있을 거야. 그러니 함부로 나가지 말게."

"밖에 이상한 병에 걸린 자들이 있고 왜구들이 있을지도 모르는데 누가 나간단 말입니까?"

양생의 물음에 무심 스님이 고개를 저었다.

"모르는 소리 하지 말게나. 들어왔던 피난민 중에 헤어진 가족을 찾겠다고 나간 사람들이 제법 된다네. 자네도 가족이 있지 않았던가?"

가족이라는 얘기를 들은 양생은 어머니가 떠올라 저도 모르게 울컥함이 치솟았다. 그런 양생을 바라본 무심 스님이 조용히 말했다.

"자네가 여기 온 것은 모두 부처님의 뜻일세. 그러니 바깥세상은 잊어버리고 피난민들과 함께 여기서 지내게."

신신당부를 한 무심 스님이 대웅전으로 향하자 양생은 땅이 꺼져라 한숨을 쉬었다. 하지만 어머니를 생각할 틈이 없었다. 피난민들과 함께 담장을 높이는 일을 해야 했기 때문이다. 대나무를 담장 바로 옆에 단단히 박아서 세운 다음에 다른 대나무를 엮는 식이었다. 그리고 대나무 껍질과 새끼줄로 대나무들을 단단히 묶었다. 대문은 커다란 통나무와 돌로 막아뒀다.

해가 떨어질 때까지 정신없이 일을 하던 양생은 일이 끝나자 겨우 한숨을 돌렸다. 아낙네들이 김이 모락모락 나는 주먹밥을 가지고 나타난 것은 그즈음이었다. 온몸이 땀투성이가 된 양생 역시 그들 틈에 끼어 주먹밥을 챙겼다. 주먹밥을 나눠주던 할머니가 그런 양생을 미심쩍은 눈으로 바라봤다. 허기를 채운 피난민들은 사찰의 담장을 대나무로 높이는 일을 마무리 지었다. 양생이 뻐근해진 오른 손목을 만지작거리자 피난민 중 한 명이 물었다.

"다쳤어?"

"무거운 걸 나르다 보니까 손목이 좀 시큰거리네요."

"자네가 아까 대문 위에서 그놈들을 밀어냈지? 조마조마했는데 고마웠어."

어깨를 토닥거리고 사라진 그에게 꾸벅 인사를 한 양생은 행랑채로 향했다. 만복사의 동쪽 벽에 붙은 행랑채에는 작은 방들이 여러 개 있었는데 사찰에서 허드렛일을 하는 공양주나 먼 길을 온 참배객들이 머무는 공간이었다. 그가 비틀거리며 다가가자 행랑채에 딸린 부엌에서 광주리를 든 할머니가 모습을 드러냈다. 아까 주먹밥을 나눠줬던 할머니였는데 머리에 수건을 두르고 치마를 끈으로 질끈 동여맨 것으로 봐서는 공양주 같았다. 할머니가 주춤거리며 그에게 물었다.

"처음 보는 얼굴인데? 어디서 왔어?"

"달평골에서 왔습니다. ……어제 시주 드리러 왔다가 밤이 늦어서 행랑채에 머무르고 있습니다."

"뭐라고? 어젠 아무도 없었는데?"

귀가 잘 들리지 않는지 얼굴을 잔뜩 찡그린 채 반문한 공양주 할머니에게 양생은 대충 둘러댔다.

"어제 밤늦게 잠깐 눈을 붙였다가 새벽에 일어나서 소원을 빌기 위해 탑돌이를 하고 집에 돌아가려고 했는데 바깥에서 난리가 났다고 해서 계속 있었던 겁니다."

"난리? 새벽에 이상한 소리들이 들리긴 했지. 아무튼 반갑네."

말은 그렇게 했지만 표정이나 말투는 딱히 반기지 않는 듯했다. 하지만 양생은 모른 척하고 빈방으로 향했다. 문을 열고 들어간 양생은 그대로 바닥에 누웠다. 따로 온돌이 없는 방이라서 그런지 냉기가 스멀스멀 올라왔다. 안전한 곳에 있다는 생각이 들자 비로소 어머니가 어찌 되었을지 궁금해졌다.

'왜적에게 끌려가셨을까? 아니면 정말 이상한 병에 걸려서 돌아다니고 계시는 건 아닐까.'

이런저런 생각에 욱신거리는 손목을 부여잡고 뒤척거리던 양생은 새벽녘이 되어서야 잠이 들었다. 꿈속에서 양생은 이상한 병에 걸린 어머니와 마주치고, 그들 사이에 서 있는 기괴한 꿈을 꾸었다. 놀라 눈을 뜬 양생은 그것이 꿈인 것을 안 다음에도 한동안 숨을 제대로 쉬지 못했다.

그렇게 양생의 만복사 생활이 시작되었다. 어느 날, 잠을 자던 양생은 바깥에서 들려오는 소리에 눈을 떴다. 문을 열고 밖으로 나오자 어둠이 짙게 깔린 뜰에 피난민들이 모여 있는 게 보였다.

　　'한밤중에 무슨 일이지?'

　　궁금증이 생긴 양생은 기지개를 켜면서 뜰로 나왔다. 그리고 피난민 중 안면이 있던 한 명에게 물었다.

　　"무슨 일 있어요?"

　　그러자 피난민은 대답 대신 하늘을 바라봤다. 그의 시선을 따라 하늘을 바라본 양생은 저도 모르게 입을 벌리고 말았다.

　　"우와!"

　　그가 본 것은 구름 한 점 없는 파란 하늘과 무수히 반짝이는 별들이었다. 높이 뜬 보름달의 빛 덕분에 한밤중임에도 불구하고 또렷하게 보이는 것이다. 밤하늘에 별이 뜨는 것은 이상한 일이 아니었다. 하지만 오늘 그가 본 하늘은 유독 파랗고 별들로 가득했다.

　　"어머니는 이럴 때 소원을 빌라고 하셨어요."

　　왜 그래야 하느냐는 양생의 물음에 어머니는 하늘에 계신 부처님이 중생들을 살피기 위해 눈을 크게 뜬 날이라고 대답했었다. 그래서 구름과 어둠이 사라지고 부처님의 맑은 눈만 보인다는 것이었다. 양생은 속으로 거짓말이라고 생각했지만 일단 알았다고 했다. 안 그러면 어머니가 곶감을 더 안 줄 것 같았기 때문이다. 파란 밤하늘을 향해 눈을 감고 소원을 빌던 어머니가 소매에서 저포를 꺼내 대청에 굴렸다. 달그락거리며 굴러가다가 멈춘 저포를 본 양생이 어머니에게 물었다.

"무슨 점괘가 나왔어요?"

그러자 어머니는 쌀쌀맞은 표정으로 저포를 챙기며 대답했었다.

"알 거 없다. 어서 곶감이나 먹어라."

돌이켜보니 안 좋은 점괘가 나왔던 게 분명했다. 왜냐하면 그다음 날부터 뒤뜰에 있는 토방 지하에 토굴을 팠기 때문이었다. 뭘 하느냐는 그의 물음에 어머니는 땀에 젖은 이마를 손등으로 훔치면서 대답했었다.

"너라도 살아야 장가를 갈 거 아니냐. 내가 너 하나만 낳았다고 시어머니한테 얼마나 구박을 받았는지 알아? 대를 이을 거면 둘은 낳아야 할 거 아니냐면서 말이야."

그게 어머니의 사는 방식이었다. 남에게 받은 상처는 어떻게든 풀어야 하고 지키고 싶은 것은 반드시 지키는 성격은 물에 술 탄 듯, 술에 물 탄 듯 살아가는 양생에게는 숨이 막혔지만 어머니는 그걸 평생 고수하면서 살아왔다.

답답하고 울적해진 그는 누운 몸을 일으켰다. 이대로 있을 수는 없을 것 같았는데 그렇다고 다시 피난민들 사이에 있고 싶지는 않았다. 밖으로 나와 잠시 고민하던 그의 머릿속에 문득 한 장소가 떠올랐다. 대웅전 옆 비로전은 평소 스님이나 피난민들이 잘 가지 않는 곳이었다. 그곳에 있는 석조여래입상 때문인데, 어찌된 일인지 스님들도 피하는 곳이라 자연스럽게 피난민들도 발걸음을 하지 않았다. 공양주 할머니에게 물어봐도 제대로 대답하지 않았다. 그곳이라면 아무도 없을 것 같다는 생각에 양생은 발을 질질 끌면서 그곳으로 향했다.

예상대로 비로전 근처에는 아무도 없었다. 문이 삐걱거리면서 열리자 살짝 겁이 났지만 용기를 내서 안으로 들어갔다. 비로전 안에는 석조여래입상만 보였다. 불이 꺼진 향초가 군데군데 흩어져 있을 뿐이었다. 무심 스님의 말로는 사찰이 세워졌을 때부터 있던 것이라고 했는데 아무리 봐도 얼마나 오래된 것인지 알 도리가 없었다. 석조여래입상 앞에 가부좌를 틀고 앉은 양생은 소매에서 저포를 꺼냈다.

"부처님! 저랑 내기 한번 하시렵니까?"

잠시 대답을 기다리던 양생은 아무 대답도 없자 하던 애기를 계속했다.

"오늘 부처님이랑 저포 놀이를 해보려고 왔습니다. 만약 제가 이기면 제 소원을 들어주십시오. 대신 제가 지면 부처님을 위해 큰 제사상을 마련하고 정성껏 모시도록 하겠습니다."

잠깐 대답을 기다린 양생은 아무 반응이 없자 속으로 승낙을 받았다고 멋대로 생각하고는 저포를 쥐고 흔들었다.

"제가 먼저 던지겠습니다. 부처님."

저포는 여래입상의 팔각형 받침대까지 굴러갔다. 위로 나온 숫자가 5라는 걸 확인한 양생이 저포를 집어 들었다.

"이제 부처님 차례입니다."

말이 끝나기가 무섭게 저포를 굴렸다. 마음속으로 빈 대로 5보다 낮은 3이라는 숫자가 나오자 양생은 미소를 감추지 못했다. 여전히 말없이 자신을 바라보는 석조여래입상 앞에 선 양생은 무릎을 꿇고 머리를 바닥에 댔다.

"제가 이겼으니 소원을 들어주십시오. 제 소원은……."

하마터면 '어머니의 소원은'이라고 말할 뻔한 양생은 정신을 가다듬고 입을 열었다.

"예쁜 아가씨와 만나서 백년해로를 하는 것입니다. 그래서 아들딸 낳고 오순도순 잘 살고 싶습니다. 왜냐고요? 어머니 소원이었거든요. 어머니는 외동아들인 저를 제 몸보다 더 아끼셨습니다. 하지만 전 어머니의 하나뿐인 소원조차 들어주지 못한 불효자식입니다. 그래서 살아도 산 것 같지

않고, 하루하루가 끔찍합니다. 그러니 부디 저에게 예쁜 색
싯감을 보내주십시오. 평생 그 은혜를 잊지 않겠습니다. 부
처님."

양생은 마치 술에 취한 것처럼 횡설수설했다. 차라리 눈
물을 흘리고 싶었지만 감정이 말라붙어서 그런지 한 방울도
나오지 않았다. 아무도 없는 비로전에서 불상을 상대로 실
컷 하소연을 한 양생은 뒤쪽으로 돌아가서 누웠다. 마음에
담아두었던 말을 하니까 조금 속이 풀리면서 졸음이 찾아온
것이다.

불상 뒤에 잠을 자던 양생은 삐걱거리며 문이 열리는 소
리에 잠이 깼다. 그때서야 자신이 잠든 곳이 비로전 안이라
는 사실을 떠올린 양생은 덜컥 겁이 났다. 스님은 물론이고,
자신을 냉대하는 공양주 할머니나 피난민들이 알면 좋을 게
없었기 때문이다. 몸을 일으킨 양생은 불상이 새겨진 돌 뒤
편에 쪼그리고 앉았다. 숨을 죽이고 있던 양생은 이상함을
깨달았다. 비로전 안에서 들려오는 발소리가 가죽신에서 나
는 소리였던 것이다. 스님들은 물론이고 피난민들 모두 불
전에 들어올 때는 신발을 벗었다. 호기심을 못 이긴 양생은
고개를 옆으로 내밀어서 동태를 살폈다. 상대방은 발목까지
올라오는 가죽신을 신고 있었다.

'대체 누구지?'

옆으로 다가오는 상대방을 피해 반대쪽으로 돌다가 그만 소매에 넣어둔 저포를 떨어뜨리고 말았다. 딸그락거리는 소리가 비로전의 어둠을 뚫고 울려 퍼지자 가죽신을 신은 침입자가 멈칫하는 게 보였다. 그 틈을 타서 도망을 치려던 양생은 무릎을 펴자마자 비명을 지르며 주저앉았다. 너무 오랫동안 쭈그려 앉아 있던 바람에 힘이 들어가지 못한 것이다. 침입자는 비명을 지르며 털썩 쓰러진 그를 바라봤다. 어둠 속이라 희미한 그림자만 보였는데 스님이나 피난민 같지는 않았다. 잠시 양생을 노려보던 침입자가 성큼성큼 다가왔다. 가까이서 보니 흰색 모시로 만든 도포인 백저포에 위쪽이 둥근 모자인 발립을 쓰고 있었다.

"누, 누구냐!"

겨우 입이 떨어졌지만 침입자는 아무 대답이 없이 다가오더니 문 쪽으로 기어가던 양생의 발목을 잡았다. 양생은 다른 발로 침입자의 손을 힘껏 걷어차고는 살려달라고 외치면서 뒤로 물러났다. 뜻밖의 일격에 놀랐는지 잠시 주춤했던 침입자는 다시 양생에게 다가왔다. 말을 듣지 않는 다리를 저주하면서 기어가던 양생은 마지막 순간 몸을 일으킬 수 있었다. 침입자는 갑작스럽게 몸을 일으킨 양생을 붙잡으려고 손을 뻗었고, 그것을 뿌리치느라 양생은 균형을 잃고 문에 부딪쳤다. 두 사람의 무게를 이기지 못한 문짝은 힘없이 부서지고 말았다. 양생은 침입자와 뒤엉킨 채 바깥으로 나뒹굴었다. 바닥을 몇 바퀴 뒹군 양생은 발립이 벗겨진 상대방의 얼굴을 똑바로 볼 수 있었다.

"다, 당신은?"

당연히 남자일 것이라고 생각했는데 두 갈래로 땋은 머리카락이 보였다. 거기다 복숭앗빛 뺨과 긴 속눈썹을 가진 아리따운 여자였다. 놀란 양생이 입을 다물지 못하자 상대방은 두 손으로 그를 떠밀었다. 옆으로 넘어진 양생은 더듬거리며 중얼거렸다.

"부, 부처님이 소원을 들어주셨어."

인자하신 부처님께서 저포 놀이에서 이긴 자신을 위해 아리따운 아가씨를 보내줬다는 생각에 양생은 입을 다물지 못했다. 그런 양생을 의아한 눈으로 바라보던 아가씨는 어둠 속으로 사라지려고 했다. 양생은 서둘러 뒤따라가면서 소리쳤다.

"아가씨! 가지 말아요!"

양생이 고함을 질렀지만 아가씨는 뒤도 돌아보지 않고 대웅전 뒤편 담장으로 향했다. 하지만 소리를 듣고 스님들과 피난민들이 우르르 몰려와 앞을 가로막았다. 평소 같았으면 잠을 잤겠지만 푸른 밤하늘을 보느라 다들 새벽까지 깨어 있었던 것이다. 낯선 침입자를 향한 피난민들의 눈에 살기가 가득한 것을 본 양생이 서둘러 두 손을 흔들면서 앞을 가로막았다.

"안 돼요! 안 돼!"

양생이 앞에 나서자 공양주 할머니가 짜증을 냈다.

"저리 비켜! 저 여자는 밖에서 왔단 말이야."

"밖에서 온 게 뭐가 문제인데요?"

공양주 할머니는 양생의 반박에 목소리를 높였다.

"이상한 병이 도는 거 몰라서 물어?"

"이 여자가 병에 걸렸다는 증거가 없잖아요."

"밖에 있다는 거 자체가 병에 걸렸다는 뜻이잖아. 주지 스님도 낯선 사람이 들어오지 못하게 막으라고 하신 거 몰라?"

공양주 할머니가 만복사에서 가장 어른인 주지 스님을 꺼내자 피난민들이 술렁거리면서 동조했다. 분위기가 안 좋은 방향으로 흘러가자 양생은 필사적으로 만류했다.

"그건 병에 걸린 사람이나 해당되는 얘기잖아요. 봐요! 멀쩡하게 움직이는데 무슨 병이에요!"

양생이 지지 않고 응수하자 공양주 할머니가 주변의 피난민들에게 말했다.

"저, 저놈이 장가가고 싶다고 떠들고 다니더니 여자를 보니까 눈이 뒤집힌 모양이네."

왁자지껄한 웃음이 터지자 양생의 얼굴이 붉어졌다. 창피함에 몸 둘 바를 몰랐지만 부처님이 보내주신 배필을 허망하게 잃을 수는 없었다.

"그래요! 부처님이 저한테 장가를 가게 해준다고 하시고 이 사람을 보냈어요. 그러니까 이 사람은 부처님이 저한테 보내주신 겁니다."

"얼씨구! 어디다 대고 부처님 타령이야!"

공양주 할머니가 목소리를 높이자 양생은 발을 굴러가면서 따졌다.

"진짜라고요. 제가 어젯밤 비로전에 들어가서 부처님에게 소원을 빌었더니 진짜로 이 아가씨가 나타났단 말입니다."

양생이 계속 부처님을 언급하자 공양주 할머니도 더 이상 거칠게 따지지 못했다. 하지만 피난민들은 계속 앞을 가로막고 살기등등한 모습을 보였다. 여차하면 양생을 때려눕히고 아가씨를 해코지할 것처럼 보였다. 양생은 입안이 바짝 타들어갔지만 물러서지 않고 등 뒤의 아가씨에게 말했다.

"나, 양생이 지켜줄 테니까 걱정 말아요."

잠시 주춤했던 공양주 할머니가 피난민들을 선동하면서 분위기가 다시 험악해졌다.

"밖에서 무슨 병에 걸려서 온 줄 모르는데 그냥 지켜만 보고 있을 거야?"

양생은 주먹을 불끈 쥐고 소리쳤다.

"더 이상 주변 사람들을 잃지 않을 거야! 반드시 지켜낼 거라고."

어처구니없이 떠나보낸 어머니를 떠올리며 양생이 이를

악물면서 외치자 피난민들은 쉽사리 다가오지 못했다.

"이게 무슨 소란인가?"

뒤에서 들려온 무심 스님의 목소리에 피난민들이 일제히 고개를 숙이며 옆으로 물러났다. 주지 스님이 승방에서 거의 나오지 않는 터라 무심 스님이 사실상 만복사의 주지 역할을 하는 중이었다. 주춤거리던 공양주 할머니가 잽싸게 다가와 속삭였다.

"양생 총각이 밖에서 들어온 아가씨를 감싸고돌지 뭡니까?"

"밖에서 들어왔다고?"

놀란 무심 스님이 양생의 어깨 너머로 아가씨를 쏘아봤다. 자칫하다가는 일이 잘못될지 모른다는 두려움에 양생이 필사적으로 변호했다.

"이 아가씨는 부처님이 저에게 점지해준 배필입니다."

"그게 무슨 소린가? 부처님이 배필을 점지해주다니?"

"제, 제가 비로전에 있는 여래입상에 가서 장가를 갈 수 있게 해달라고 소원을 빌었습니다. 그랬는데 갑자기 허공에서 좋은 배필감을 보내주겠다는 목소리가 들렸고 전 불상 뒤에서 그 말을 믿고 기다렸습니다."

"그런데 저 아가씨가 나타났단 말인가?"

무심 스님의 물음에 양생이 고개를 끄덕거렸다.

"비로전은 아무도 드나들지 않는 곳이잖습니까. 그런 그곳에 바깥사람이 갑자기 나타났으니 부처님이 점지해주신 게 아니고 뭐겠습니까?"

양생은 필사적으로 부처님을 얘기하면서 버텼다. 하지만 무심 스님은 고개를 갸웃거렸다.

"허나 외지 사람을 들이지 말라는 주지 스님의 말씀이 있으셔서 말이야."

"그렇다고 살려고 들어온 사람을 쫓아내란 얘깁니까?"

"자네 사연은 안타깝지만 여기 있는 사람들 생각을 좀 해보게."

무심 스님이 시선을 돌려 공양주 할머니와 피난민 무리를 바라봤다.

"저들에게 바깥세상은 두려움의 대상일세. 아무리 부처님이 점지해줬다고 해도 바깥사람을 들일 수는 없는 법이야."

"스님까지 이러시면 세상의 불도는 어디에서 찾을 수 있습니까?"

"많은 사람을 살리는 게 불도일세. 해치지 않고 밖으로만 내보낼 것이니 물러나게."

무심 스님이 점잖게 타일렀지만 양생은 물러날 생각이 없었다.

"절대로 안 됩니다. 이 사람은 부처님이 저에게 보내주셨다고요!"

"더는 고집 부리지 말게."

무심 스님의 목소리가 차츰 높아졌다. 그 와중에 양생이 지키던 아가씨가 갑자기 신음을 내면서 쓰러지고 말았다. 그걸 본 공양주 할머니가 손가락질을 했다.

"저거 봐! 틀림없이 병에 걸려서 저런 거야! 얼른 내보내지 않으면 우리 모두 죽는다고!"

공양주 할머니의 말에 피난민들이 술렁거렸고, 그중 몇 명이 슬금슬금 다가왔다. 악에 받친 양생이 소리쳤다.

"짐승만도 못한 사람들 같으니! 만약 이 사람이 병에 걸렸다면 아까부터 같이 있던 나도 옮았겠죠. 그런데 멀쩡하잖아요. 나뿐만 아니라 당신들도 다 멀쩡하잖아요."

울컥한 양생이 담장 밖을 가리키면서 소리를 질렀다.

"밖에서 왔다는 이유만으로 쫓아내다니요! 우리는 어디에서 온 겁니까?"

양생이 필사적으로 소리를 지르자 피난민들은 더 이상 나서지 못했다. 그 틈을 타서 양생이 비로전을 가리켰다.

"부처님이 저에게 배필을 보내주시겠다고 약속했다니까요. 지금 부처님의 말씀을 의심하는 겁니까?"

양생이 울고불고 화를 내면서 버티자 피난민들도 더 이상 어쩌지 못했다. 중간에서 난처해하던 무심 스님이 마침내 나섰다.

"자! 진정들 하게. 이러다가 주지 스님이 알고 진노하시면 어쩌려고 그러시나!"

"그럼 어쩌자는 얘깁니까? 스님."

공양주 할머니의 하소연에 무심 스님이 중재안을 내놨다.

"여러분들이 뭘 걱정하는지는 잘 알겠습니다. 하나 양생의 말대로 품 안에 날아든 새를 쫓을 수는 없는 노릇이니 일단 지켜보도록 합시다."

"이상한 병에 걸렸으면 어쩌려고요? 갑자기 쓰러진 걸 보아하니 어디가 아픈 게 분명합니다."

"일단 비로전에 머물도록 하고 밖으로 나오지 못하게 하도록 하겠습니다."

무심 스님의 말에 공양주 할머니도 더 이상 반박하지 못했다. 공양주 할머니가 양생에게 표독스러운 눈길을 던졌다.

"이상한 기미가 보이면 그때는 둘 다 쫓아내고 말 거야!"

그러거나 말거나 양생은 쓰러진 아가씨를 부축해서 비로전으로 들어갔다. 부서진 문짝을 대충 세워서 막은 다음에 불상 앞에 아가씨를 눕혔다. 차가운 바닥에 몸이 닿자 아가씨는 흠칫 몸을 떨면서 눈을 떴다. 걱정하긴 했지만 막상 정신을 차리자 놀란 양생은 엉덩방아를 찧었다. 고개를 살짝 들고 주변을 살피는 그녀에게 조심스럽게 다가간 양생이 물었다.

"괘, 괜찮으신지요?"

두리번거리던 그녀가 양생을 바라보며 물었다.

"여기가 어딥니까?"

"만복사의 비로전입니다. 아가씨는 어디서 왔습니까?"

머뭇거리던 그녀가 대답했다.

"해, 해남에서 왔습니다."

"거긴 바닷가 아닙니까? 왜구들이 오지 않았습니까?"

양생의 물음에 그녀가 고개를 끄덕거렸다.

"본래 저는 유복한 집안에서 어려움 없이 자랐습니다. 그러다 몇 년 전에 왜구들이 갑자기 쳐들어와서 마을을 쑥대밭으로 만들고 집에 불을 질렀답니다. 마을 사람들을 닥치는 대로 죽이고 재물을 노략질하는 와중에 가족들과 노비들이 뿔뿔이 흩어지고 말았죠."

눈물을 글썽거리는 그녀의 말에 양생은 자신의 처지가 떠올랐다.

"저런, 나 역시 고향에 왜구들이 나타나 어머니와 헤어져 이곳에 왔습니다."

"저는 연약한 여자라서 멀리 피하지 못하고 규방 깊숙한 곳에 숨어 겨우 화를 피했습니다. 왜구들이 물러나고 부모님께서 돌아오셔서 따로 집을 지어주고 살게 해주었지요."

"같이 살지 않고 따로 살았다는 말입니까?"

미심쩍어진 양생의 물음에 그녀가 작게 한숨을 쉬었다.

"왜구들이 쳐들어올 즈음에 이상한 병이 창궐해서 그랬습니다. 그 병에 걸린 사람들은 마치 정신이 나간 것처럼 말도 못 하고 제자리를 서성거리나 짐승처럼 괴성을 지르면서 사람들을 공격했습니다."

"사, 사람들을 공격했다고요?"

놀란 양생의 물음에 그녀가 고개를 끄덕거렸다.

"혼자 있을 때는 멀쩡했는데 주변에 사람들이 나타나면 마치 왜구들 마냥 이를 드러내고 공격했습니다. 덕분에 왜구들을 피해 간신히 살아남았던 사람들이 많이 희생되었고요. 저 역시 병에 걸렸을지 모른다고 해서 따로 살게 된 겁니다."

"그랬군요. 그래도 병에 걸리지 않아서 천만다행입니다."

양생의 위로에 그녀가 천장을 바라봤다.

"하지만 전 3년 동안 집에 돌아가지 못했습니다. 그래서 너무나 서글프고 한스러웠습니다."

"외로우셨군요."

고개를 끄덕거린 그녀가 말을 이어갔다.

"외딴 골짜기에서 홀로 지내며 여러 생각이 들었습니다. 이러다가 시집도 못 가고 홀로 여생을 마치는 게 아닌가 싶어서 부처님께 소원을 빌었지요."

"뭐라고 말입니까?"

놀란 양생의 물음에 그녀가 작게 한숨을 쉬고는 대답했다.

"이렇게 혼자 살다가 죽고 싶지는 않으니까 부디 인연을 만날 수 있게 해달라고 말입니다."

"맙소사."

양생의 반응을 본 그녀가 물었다.

"왜 그렇게 놀라십니까?"

"나 역시 여기 석조여래에게 같은 소원을 빌었다오."

고개를 든 양생이 석조여래상을 바라보면서 말을 이어갔다.

"그리고 여기서 잠이 들었는데 당신이 찾아온 겁니다."

"저는 그냥 자다가 달빛이 밝아서 밖에 나왔는데 이상한 병에 걸린 자들이 갑자기 모습을 드러냈습니다. 그래서 정신없이 도망치다가 담장이 보여서 무작정 넘었던 겁니다."

말없이 석조여래상을 바라보던 양생이 그녀의 손을 굳게 움켜잡았다.

"내 생각에는 부처님께서 짝이 없이 외로워하는 우리 둘을 만나게 해주신 것 같습니다."

"정말 그런 걸까요?"

부끄러워하는 그녀의 물음에 양생이 고개를 끄덕거렸다.

"그대가 이곳에 온 것도 그렇고 하필이면 비로전에 들어온 것도 예삿일이 아닙니다. 이곳은 만복사의 스님이나 피난민들도 잘 들어오지 않는 곳이거든요."

"그런가요? 그런데 당신은 왜?"

주저하던 그녀의 물음에 양생은 소매에 넣어둔 저포를 보여쭸다.

"부처님이랑 저포 놀이를 하려고 들어왔었지요."

"저포 놀이라니요?"

"일종의 내기인데 부처님이랑 저랑 저포를 굴려서 이긴 쪽 소원을 들어주는 겁니다. 제가 이기면 배필감을 점지해 주고, 지면 부처님을 정성껏 모시기로 한 거죠. 제가 이겨서 소원을 들어달라고 간청을 하고 불상 뒤에 누워서 깜빡 잠든 겁니다."

"신기한 일이군요."

몸을 일으킨 그녀가 옷자락을 추스르면서 중얼거렸다.

"믿기지 않는 건 나도 마찬가지입니다. 하지만 당신은 여기 왔고, 나와 만났으니 이게 바로 부처님이 만들어주신 인연이 아니고 무엇이겠습니까?"

"아까는 너무 무서워서 혼절했습니다만, 저를 지켜준 것은 고맙게 생각합니다."

그녀의 인사에 양생은 쓴웃음을 지었다.

"나쁜 사람들은 아닙니다. 다만 바깥세상을 너무 무서워해서 그런 것뿐이지요."

"저는 여기서 나갈 수 있나요?"

문 쪽을 바라보며 묻는 그녀에게 양생이 고개를 저었다.

"당분간은 여기 머무세요. 사람들이 해코지를 할지 모르니까요. 먹을 거랑 마실 물은 제가 챙겨드리지요."

"이 은혜를 어찌 갚아야 할지 모르겠습니다."

오랜만에 칭찬을 들은 양생은 어찌할 바를 몰랐다. 뒤통수를 긁적거린 그가 더듬거리며 대답했다.

"우린 부처님이 맺어준 인연이지 않습니까? 필요한 걸 구해 올 테니 걱정 마시고 푹 쉬십시오."

어정쩡하게 일어난 양생은 자꾸 그녀를 돌아보면서 나가다가 문이 부서졌다는 것을 깜빡 잊고 손을 댔다가 하마터면 넘어질 뻔했다. 그 광경을 보던 그녀가 손으로 입을 가리고 웃자 양생은 따라서 웃었다.

"그러고 보니 이름을 물어보지 않았습니다."

"향이라고 불러주십시오."

"향 낭자로군요. 저는 양생이라고 합니다. 그럼."

부서진 문짝을 어설프게 닫다가 넘어질 뻔한 양생은 머쓱하게 웃으면서 문짝을 걸쳤다. 머물고 있는 행랑채로 돌아온 양생은 이불과 요강 같은 것들을 챙겼다. 부엌의 부뚜막 앞에 우두커니 앉아 있던 공양주 할머니가 혀를 찼다.

"이놈아! 정신 차려!"

"제 일은 제가 알아서 할게요."

퉁명스럽게 대꾸하고 돌아서는데 공양주 할머니가 허리를 세우면서 말했다.

"나라고 왜 불쌍하게 생각하지 않겠어. 하지만 밖에서 온 것들은 모두 위험해."

"우리도 밖에서 왔잖아요."

"그렇지. 바깥세상에서 쫓겨 온 거지. 그런데 이상하지 않아?"

"뭐가요?"

발걸음을 멈춘 양생의 물음에 공양주 할머니가 만복사 바깥의 하늘을 바라보며 입을 열었다.

"분명 바깥세상에는 이상한 병에 걸린 자들로 득실거릴 텐데 그날 이후 여기를 한 번도 침범하지 않았잖아."

"그거야 부처님이 지켜주셔서 그런 거겠죠."

양생의 대꾸에 공양주 할머니는 세차게 고개를 저었다.

"어쩌다 보니 공양주 노릇을 하고 있지만 부처님이 뭘 지켜준 적은 없었어. 아이들이 병들고 굶주려 죽었을 때도, 남편이 부역을 나갔다가 돌에 깔려 죽었을 때도 말이야."

한 번도 지난 일을 얘기하지 않던 공양주 할머니의 말에 양생은 대답할 말을 찾지 못했다. 깊은 한숨과 함께 그에게 시선을 돌린 공양주 할머니가 말했다.

"저 바깥에서는 뭔가 벌어지고 있어. 그리고 그 여자는 그것과 관련이 있는 게 분명하다고."

"그만 좀 하세요."

왈칵 짜증을 낸 양생이 비로전 쪽으로 걸어갔다. 그러자 몸을 일으킨 공양주 할머니가 외쳤다.

"바깥에서 온 건 죄다 위험해! 위험하다고."

4

양생은 문을 고치고 세간살이를 가져다주면서 비로전은 둘만의 보금자리가 되었다. 양생은 그녀가 굶주리지 않게 먹을 것과 마실 물도 가져다주었다. 간혹 공양주 할머니나 피난민들이 비로전 주변을 어슬렁거렸는데 그때마다 양생이 뛰쳐나가 으름장을 놨다. 향이 낭자는 무척 고마워하면서 꼬박꼬박 감사의 인사를 했다. 양생은 틈이 날 때마다 그녀에게 살던 곳이며 가족들과 바깥세상에 대해서도 이것저것 물었다. 향이 낭자는 매번 친절하게 대답해줬지만 3년간 혼자 산 탓에 아는 것이 없다며 무척 조심스러워했다.

"저 역시 모르는 것투성입니다. 그나저나 비로전에서는 얼마나 지내야 합니까?"

"힘들어도 조금만 더 참으시구려. 사람들이 곧 마음을 열 겁니다."

"저 때문에 너무 힘든 것 같아서요."

"하늘이 맺어준 인연인데 어찌 힘들겠습니까? 염려 마십시오. 그나저나……."

양생은 챙겨준 음식이 거의 그대로 남아 있는 접시를 내려다봤다. 부엌간을 책임지는 공양주 할머니의 타박을 견디고 가져온 음식인데 손도 대지 않은 듯싶었다. 양생의 시선을 느낀 향이 낭자가 서둘러 대답했다.

"제가 큰일을 겪어서 그런지 통 입맛이 없습니다."

"몸이 상할까 걱정이 되어서 그렇습니다. 입맛에 맞는 음식을 마련해보겠습니다."

그녀와 한참 얘기를 나눈 양생은 밤이 깊어지자 잘 자라는 인사를 남기고 비로전 밖으로 나왔다. 생각 같아서는 당장 정화수 하나 떠놓고 부부의 인연을 맺고 싶었지만 보는 눈들이 많은 데다가 만복사 안에서는 차마 그럴 수 없어서 꾹 참는 중이었다. 그래서 언젠가는 그녀와 함께 밖으로 나가서 살고 싶었다. 희망에 부푼 채 발걸음을 옮기던 양생은 누군가 부르는 소리를 들었다.

"이보게."

무심 스님이었다. 염주를 손에 들고 비로전 앞에서 기다리고 있던 그를 본 양생이 걸음을 멈추고 공손히 합장을 했다.

"스님."

"나랑 잠깐 얘기 좀 하세."

"알겠습니다."

무심 스님이 그를 데려간 곳은 목탑이 있는 대문 쪽이었다. 그날 이후 대문은 굳게 잠긴 것은 물론 돌과 나무로 겹겹이 막아놓은 상태였다. 그를 데리고 온 무심 스님은 아무 말 없이 목탑의 상륜부를 바라봤다. 한편 양생은 대문을 보면서 알 수 없는 답답함을 느꼈다.

"바깥세상이 궁금한가?"

그의 속마음을 눈치챘는지 시선을 돌린 무심 스님이 말했다. 잠시 움찔했던 양생은 천천히 고개를 끄덕거렸다.

"대체 어떻게 돌아가는지 궁금하긴 합니다."

"바깥은 연옥일세. 우리가 살길은 이곳에서 있는 것뿐이야."

"이러다 여기서 평생 못 나갈지도 모릅니다."

"바깥이 연옥이라면 당연히 이곳에 머물러야지."

"언제까지 말입니까?"

"그건 나도 모르겠네. 주지 스님이 알려주실 거야."

무심 스님의 말에 양생은 주지 스님이 머물고 있다는 대웅전을 노려봤다.

"그날 이후 한 번도 모습을 드러내지 않는데 어찌 그걸 아십니까?"

"주지 스님의 법력을 못 믿는 건가?"

"그렇다면 바깥세상이 어찌 돌아가는지 속 시원하게 말씀해주셨어야죠!"

"바깥은 위험하다네. 쳐다보지 말고 생각하지도 말게. 초창기에 여길 떠났던 사람들 중에 돌아온 사람이 있던가?"

무심 스님의 날카로운 말에 양생은 아무 대꾸도 하지 못했다. 대문을 박차고 나가고 싶은 생각이 굴뚝같았지만 밖에 왜구나 이상한 병에 걸린 사람들이 없을 것이라는 보장도 없었기 때문이다. 양생이 좀 누그러지는 기미를 보이자 무심 스님이 다가와 어깨를 토닥거렸다.

"자네 마음을 왜 모르겠나? 하지만 급할수록 돌아가라는 속담이 있지 않던가. 그러니 힘들더라도 조금만 참게."

양생은 얘기를 들으면서 속으로 생각해봤다. 누가 봐도 들뜬 것처럼 보이는 자신에게 한 마디 하라고 공양주 할머니나 피난민들 중에 누군가 슬쩍 얘기한 것이 분명했다. 머리로는 이해가 되지만 가슴으로는 절대 받아들일 수 없는 분노가 치솟았다. 하지만 잘못 내색했다가는 자신은 물론 비로전에 머물고 있는 향이 낭자까지 위험해질 수 있었기 때문에 일단은 수긍하는 모습을 보이기로 했다. 대충 얘기를 마무리 지으려는데 무심 스님이 다른 얘기를 꺼냈다.

"비로전에 있는 그 아가씨 말이야."

"향이 낭자 말씀이십니까?"

무심 스님은 양생의 반문에 고개를 끄덕거리면서 대웅전 너머에 있는 비로전 쪽을 바라봤다.

"좀 이상하지 않던가?"

맥이 탁 풀린 양생이 다소 신경질적인 반응을 보였다.

"스님까지 왜 그러십니까?"

그런 양생의 팔을 꽉 움켜쥔 무심 스님이 말했다.

"내 말 좀 들어봐. 며칠 전 처음 나타났을 때 말이야. 자네가 그 낭자를 안고 갔을 때 이상한 냄새가 났었네."

"어떤 냄새요?"

"그러니까, 꼭 시체 썩는 것 같은 냄새가 났단 말일세."

"뭐라고요?"

터무니없다고 반박하려고 했지만 양생 역시 향이 낭자에게서 이상한 냄새가 나는 것을 알고 있었다. 그래서 섣불리 반박하지 못하다가 가까스로 대답했다.

"오랫동안 제대로 씻지 못해서 그런 겁니다."

"그런 정도로 나는 냄새가 아닌 것 같아. 그들에게서 나는 거랑 비슷해."

"그들이라면…….

양생의 물음에 무심 스님이 조심스럽게 대답했다.

"병에 걸린 자들에게서 나는 냄새 말이야. 이상한 병에 걸린 자들이 풍기던 바로 그 냄새였어."

그때의 일을 떠올린 양생이 마른침을 삼켰다. 잠깐 의심이 들긴 했지만 곧 고개를 저었다.

"병에 걸린 자들은 말도 잘 못 하고 사람처럼 움직이지도 못합니다. 향이 낭자는 정신도 멀쩡하고 말도 제대로 했습니다. 제가 며칠 동안 옆에서 지켜봤습니다."

"그렇긴 하네만 여전히 걱정스럽네."

"뭐가 말입니까?"

"그녀가 나타났을 때 밤하늘이 유독 파랗지 않았던가?"

"맞습니다. 다들 나가서 구경했죠."

"주지 스님께서 밤이 밝을 때 변고가 생길 거라고 하셨네. 이상한 병이 창궐하기 직전에도 밤하늘이 그렇게 환했지."

양생은 무심 스님의 말에 어떻게 대답해야 할지 갈피를 잡지 못했다. 사실 그가 보기에도 의심스러운 구석들이 있었다. 며칠 동안 음식을 거의 손도 대지 않은 것도 그렇고, 바깥에서 지냈다면서 정작 아는 것이 없다고 둘러대는 것도 어쩐지 미심쩍었다. 하지만 양생은 그녀가 부처님이 점지해준 배필감이라는 생각이 굳건했다.

"제가 계속 지켜보다가 이상하다 싶으면 바로 알려드리겠습니다. 조금만 더 기다려주면 안 되겠습니까?"

양생의 하소연에 무심 스님이 깊은 한숨을 쉬었다.

"명색이 승려인데 내가 어찌 자네 마음을 모르겠나. 불가의 법도는 품 안으로 날아든 새는 해치지 않는 것이 도리일세. 허나 피난민들이 저리 불안해하고 안 좋은 징조들까지 있으니 나 역시 고민을 할 수밖에 없네. 자네가 이해해주게."

"그리 말씀해주시니 감사합니다."

양생이 고개를 꾸벅 숙이자 무심 스님이 조심스럽게 말했다.

"이틀 정도 지켜보고 결정을 내릴 걸세. 그때는 자네도 따라야 할 것이야."

"그사이에 향이 낭자가 이상한 병에 걸리지 않았다는 걸

증명해 보이겠습니다."

"그렇게 하시게."

애기를 끝낸 무심 스님이 주지 스님이 기거하는 대웅전으로 향하는 걸 본 양생은 참았던 숨을 내쉬었다. 목탑을 몇 바퀴 돌면서 생각을 하던 양생은 비로전으로 돌아갔다. 증명해 보이겠다고 큰소리치긴 했지만 의심의 눈초리로 바라보는 공양주 할머니를 필두로 한 피난민들을 설득할 방도가 아무리 생각해도 떠오르지 않았다.

남은 시간 동안 그녀와 함께 보내야겠다는 생각에 양생은 발을 질질 끌면서 비로전의 문을 열었다. 향이 낭자가 보이지 않자 양생은 덜컥 겁이 났다. 밖에 나갔다가 피난민들에게 해코지를 당할 수도 있었기 때문이다.

"낭자! 향이 낭자! 어디 계시오?"

다행히 불상 뒤에서 여기 있다는 그녀의 목소리가 들려왔다. 그쪽으로 가자 불상 뒤편 비로전의 벽에 있는 광창 쪽에서 있는 향이 낭자가 보였다.

"여기서 뭘 하시오? 낭자?"

양생의 물음에 그녀는 우물쭈물하면서 제대로 대답하지 못했다. 옆에는 의자가 벽에 바짝 붙어 있었다.

"바깥이 궁금해서 잠깐 내다봤습니다. 그런데 어쩐 일로 돌아오셨습니까?"

"그냥 애기를 좀 더 나누고 싶어서 말이외다."

그녀의 눈에서 난감함이 떠올랐지만 양생은 무시하고 바닥에 앉았다. 자칫하면 그녀와 함께할 시간이 얼마 남지 않았다는 서글픔이 다른 감정들을 가려버린 것이다. 머뭇거리던 그녀가 이불로 들어가서 누웠다.

"좀 피곤해서 누워서 얘기를 나눠도 되겠습니까?"

"그것도 좋습니다."

좀 떨어진 곳에 그녀와 같은 자세로 누운 양생은 어떤 얘기부터 할지 잠깐 고민을 했다. 그러다가 천천히 입을 열었다.

"어머니는 아주 극성스러운 분이셨지요. 우리 집안의 남은 희망은 너라면서 끔찍하게 아껴주셨습니다. 구하기 힘들다는 책이랑 종이도 잔뜩 마련해주셨죠. 향리라도 되라고 하셨지만 저는 어디 얽매여서 일을 하는 게 끔찍하게 싫었습니다."

양생의 얘기에 향이 낭자는 이해가 간다는 표정을 지었다.

"저도 막내딸로 태어나서 귀여움을 많이 받았습니다. 저에게 늘 좋은 낭군을 만나 시집을 가서 아들딸을 많이 낳고 잘 살아야 한다고 하셨죠."

"어머니도 얼른 장가를 가라고 성화를 부리셨죠. 하지만 동네에서는 어머니가 너무 극성스럽다면서 딸을 주기 싫어했고, 저 역시 미루기만 했습니다."

"왜요?"

"내가 아니라 꼭 어머니가 장가를 가는 것 같은 기분이 들 것 같아서 말입니다."

양생의 말에 향이 낭자가 처음으로 웃음을 지었다. 그 모습을 보면서 양생은 다시금 그녀가 이상한 병에 걸리지 않았다고 확신했다. 병에 걸린 사람은 웃지 못할 것 같았기 때문이다. 땅이 꺼져라 한숨을 쉰 양생이 말을 이어갔다.

"어머니는 자꾸 장가가라, 장가가서 얼른 손자를 낳으라고 하셨고, 저는 거기에 반발해서 버티고 버텼습니다. 그래서 스무 살이 될 때까지 장가를 안 갔는데 달평골에서는 가장 나이가 많은 총각이었죠."

"저도 어머니가 얼른 시집을 가라 하셨는데 부모형제와 떨어지는 게 싫어서 울면서 버텼습니다."

"우리 둘 다 부모님 말씀을 안 들었군요."

그녀가 다시 웃자 양생은 마음이 한결 가벼워졌다. 하지만 그녀가 다른 생각을 하고 있는 게 아닌가라는 생각이 자꾸 들긴 했다. 아까 요강을 딛고 광창 밖으로 빠져나가려던 게 아니었을까? 피난민들 때문에 나가지 말라고 신신당부를 했음에도 불구하고 그녀는 왜 빠져나가려고 한 것인지 마음 한구석에서 자꾸 의문이 생겼다. 무심 스님 말대로 이상한 병에 걸렸거나 혹시 만복사를 염탐하러 온 왜구의 간자가 아닐까라는 의심이 사라지지 않은 것이다. 그녀의 웃음이 억지로 꾸며낸 것이 아닌가라는 의문으로 이어졌지만 양생은 더 이상 생각하지 않기로 했다. 그냥 남은 시간을 잘 보내기로 마음먹은 그는 그녀가 잠들 때까지 얘기를 주고받았다. 한 조각의 시간도 허투루 쓰지 않았다는 생각에 양생은 오랫동안 잊고 있었던 미소를 지을 수 있었다.

5

잠을 자던 그녀가 부스스 일어난 것은 깊은 새벽이었다. 그녀와 좀 떨어진 곳에 등을 지고 누워 있던 양생은 일어나는 기척을 느끼고는 속으로 빌고 또 빌었다.

'제발 밖으로 나가지 마시오. 제발.'

양생의 간절한 애원에도 불구하고 비로전의 문이 열리는 소리가 들렸다. 삐걱거리는 소리 너머로 발소리가 멀어지자 양생은 천천히 몸을 일으켰다. 그리고 석조여래상을 올려다봤다.

'무슨 일이 있어도 제 배필을 지키겠습니다. 도와주십시오. 부처님.'

소리가 나지 않게 조심스럽게 발걸음을 뗀 양생은 살짝 열린 비로전의 문을 열었다. 차가운 새벽바람이 귓가를 스쳤지만 긴장한 탓인지 아무것도 느끼지 못했다. 어둠 속으로 사라진 그녀를 찾기 위해 두리번거리던 양생의 귀에 풀잎을 밟는 소리가 들렸다.

'대웅전 뒤편이네.'

그쪽으로 조심스럽게 발걸음을 옮긴 양생은 무너진 담장을 딛고 밖으로 나가는 그녀의 뒷모습을 목격했다. 설마 했던 마음이 와르르 무너지는 순간이었다. 주저하던 양생은 담장 쪽으로 발걸음을 옮겼다. 그녀의 정체를 확인해보고 싶은 마음이 들었기 때문이다. 무너진 담장에 손을 올린 양생은 숨을 고르고 몸에 힘을 줬다.

담장 너머의 세상은 고요했다. 밤이라서 그런 것 같지만 인적이 없기 때문인 것도 같았다. 낯설다는 생각과 두려움에 가슴이 두근거렸다. 밤이라 보이지는 않았지만 벌레들이 우는 소리 사이로 풀에 옷자락이 스치는 소리를 들을 수 있었다. 소리는 덕유산과 맞닿아 있는 기린봉 쪽에서 들려왔다. 양생은 조심스럽게 소리가 들려오는 곳으로 향했다. 중간중간 허물어진 집들이 보였다. 불탄 흔적들도 있는 걸로 봐서는 왜구의 습격을 받은 게 분명했다. 남원성과 만복사 주변인데도 사람은 물론 이상한 병에 걸린 자들도 볼 수 없었다.

의아함을 품고 계속 걷던 양생은 기린봉 정상에 도달했다. 정상에는 나무들이 없고 커다란 돌들이 군데군데 박혀 있어서 넓은 공터처럼 보였다. 나무 그림자 뒤에 숨은 양생은 조심스럽게 주변을 살폈다. 처음에는 아무것도 안 보였지만 차츰 사람들이 보이기 시작했다. 어둠 속에서 하나둘씩 나타난 사람들은 가운데 있는 큰 바위에 모였다. 움직임이 부자연스럽고 말이 없는 것으로 봐서는 이상한 병에 걸린 자들이 분명했다. 양생은 그들 중에 향이 낭자가 있는지 찾아봤지만 보이지 않았다. 양생이 정신없이 살펴보는 동안 바위 사이에서 누군가 몸을 일으켰는데 그걸 본 양생은 하마터면 비명을 지를 뻔했다.

'향이 낭자!'

속으로 부르짖은 그는 안타까움에 나무를 꽉 움켜쥐었다. 바위 사이에서 병에 걸린 자들을 기다리던 향이 낭자가 일어서서 그들을 맞이한 것을 보면 한 패거리가 분명했다. 그의 생각을 증명이라도 하듯 향이 낭자는 이상한 병에 걸린 자들과 스스럼없이 어울리면서 얘기를 주고받았다.

애써 믿고 싶지 않았던 의심이 사실로 증명되자 양생은 그만 다리에 힘이 풀리고 말았다. 꺾인 무릎이 마른 나뭇가지를 부러뜨렸다. 어두운 밤하늘에 울려 퍼진 소리에 이상한 병에 걸린 자들이 일제히 반응을 보였다. 그들의 얼굴을 본 양생은 저도 모르게 비명을 지르고 말았다. 하나같이 검게 탄 얼굴에 퀭한 눈을 하고 있어서 죽은 것처럼 보였기 때문이다. 뒤늦게 고개를 돌린 향이 낭자의 얼굴도 그들과 똑

같았다.

'내, 내가 뭘 본 거지?'

곱상하고 아리따운 자태 대신 그들과 똑같은 얼굴을 한 향이 낭자는 양생을 알아봤는지 성큼성큼 다가왔다. 겁에 질린 양생은 벌떡 일어나 산 아래로 도망쳤다. 그러자 알 수 없는 고함을 지르며 이상한 병에 걸린 자들이 쫓아왔다. 잡혔다가는 무슨 봉변을 당할지 몰랐기 때문에 양생은 있는 힘껏 만복사를 향해 달렸다.

'한시라도 빨리 이 사실을 알려야 해!'

이상한 병에 걸린 놈들끼리 작당을 해서 만복사를 습격할 계획을 짜고 있던 게 분명했다. 향이 낭자를 미리 파견해서 만복사의 내부사정을 파악하려고 했던 것이다. 비로전에 갇혀 있었지만 오가는 사람들을 봤을 것이고, 무엇보다 양생이 이것저것 대답을 다 해버렸기 때문에 속속들이 알고 있는 게 분명했다. 그는 자책을 하면서도 향이 낭자의 정체가 믿기지 않았다.

다행스럽게도 어두운 숲속이라 이상한 병에 걸린 자들은 쉽사리 쫓아오지 못했다. 숲속을 이리저리 돌면서 추격자를 따돌린 양생은 커다란 바위 뒤에 숨어서 숨을 헐떡거렸다. 생각 같아서는 바로 만복사로 도망치고 싶었지만 이상하게 다리에 힘이 없어서 오래 달리지를 못했다. 혹시나 그녀와 가까이 있으면서 이상한 병이 옮은 것이 아닌가 덜컥 겁이 났다. 하지만 향이 낭자는 만복사에 있었을 때 정신이 온전했고, 말도 또박또박 잘 하는 편이어서 병에 걸린 징조가 보이지 않았다.

'혹시 사람들을 만났을 때만 멀쩡한 척할 수 있었던 건가?'

생각해보면 볼수록 이상한 점투성이였다. 한참 고민하면서 숨을 고르는데 머리 위에서 발소리가 들렸다. 고개를 들어 바위 위를 쳐다보자 달빛을 등진 채 누군가 서 있는 게 보였다. 향이 낭자가 아니라는 생각한 순간, 상대방이 괴성을 지르며 뛰어내렸다. 놀란 양생이 몸을 옆으로 굴려서 피했다. 기습에 실패한 상대방의 얼굴을 본 양생은 기겁을 했다. 아까 기린봉 정상에서 봤던 이상한 병에 걸린 자들처럼 검은 얼굴을 하고 있었기 때문이다. 상대방이 덤벼들려고 하자 양생은 발을 쾅쾅 구르고 소리를 지르면서 위협을 했다. 그리고 손에 잡히는 대로 나뭇가지를 꺾어서 휘두르고 흙을 뿌렸다.

거센 저항에 부딪친 상대방이 우물쭈물하는 사이 양생은 재빨리 몸을 돌려 숲속으로 도망쳤다. 무성한 수풀 사이로 가만히 몸을 숨긴 양생은 숨소리를 죽였다. 두근거리는 가슴을 한 손으로 부여잡은 채 다른 한 손으로는 소매에 넣어둔 저포를 만지작거렸다. 그러다가 풀잎이 바스락거리는 소리를 들었다. 바람결에 스치는 자연스러운 소리가 아니라 사람이나 짐승이 치고 지나가면서 나는 둔탁한 소리였다. 가까이서 들렸기 때문에 양생은 숨을 죽이고 최대한 몸을 낮췄다. 바로 앞에 누군가 천천히 수풀을 헤치고 지나갔다. 향이 낭자에게서 났던 시큼한 냄새가 풍기는 걸 보면 이상한 병에 걸린 놈이 분명했다. 무슨 기척을 느꼈는지 그놈이 걸음을 멈추고 돌아섰을 때 양생은 심장이 얼어붙었다. 다섯 걸음 정도 밖에 떨어져 있지 않았기 때문이다.

다행스럽게도 상대방은 양생의 존재를 눈치채지 못하고 등을 돌린 상태였다. 기회라고 생각한 양생은 살그머니 뒷걸음질을 쳐서 그자와 멀어졌다. 그리고 적당히 떨어지자 다시 만복사를 향해 달렸다. 한시라도 빨리 가서 알려야 한다는 생각 너머로 무심 스님과 공양주 할머니, 그리고 피난민들의 얼굴이 스쳐 지나갔다. 밉살스럽기는 했지만 동고동락한 사이인데 이상한 병에 걸린 자들의 손에 목숨을 잃게 할 수는 없었다.

긴장과 피로에 지칠 대로 지쳤지만 양생은 가야 한다는 말을 되뇌면서 발걸음을 옮겼다. 마침내 땀에 찬 그의 눈에 만복사가 보였다. 양생은 마지막 남은 힘을 쥐어짜내서 무너진 담장을 넘어 안으로 들어갔다. 밤이 깊어서인지 인기척이 느껴지지 않았다. 이제 곧 향이 낭자와 이상한 병에 걸린 자들이 쳐들어올 것이 분명했다. 하지만 만복사 안에 있는 피난민들로는 그들과 대적하기 어려웠다. 어찌해야 하나

발을 동동 구르던 양생은 소매 속에 넣어둔 저포의 달그락거리는 소리에 어떤 생각을 떠올렸다.

'이 모든 것이 나와 부처님의 저포 놀이 때문이었지.'

어쩌면 일말의 희망이 있을지 모른다는 생각에 양생은 황급히 비로전으로 발길을 돌렸다.

숨을 헐떡거린 양생은 비로전의 문을 열고 안으로 들어갔다. 그리고 석조여래입상 앞에 무릎을 꿇었다.

"자비로우신 부처님. 제가 너무 어리석었습니다."

눈물을 참지 못한 양생은 연거푸 절을 하면서 애원했다.

"아리따운 배필을 얻겠다는 욕심에 만복사와 이곳 사람들을 위험에 처하게 했습니다. 향이 낭자를 이곳에 오게 한 것이 부처님의 뜻이라면 물러가도록 행해주십시오. 부처님, 제발 비나이다."

양생이 저포를 움켜쥔 채 외쳤다.

"부처님! 저랑 내기 한 번 더 하시죠! 제가 이기면 만복사와 여기 있는 사람들을 지켜주시고, 제가 지면……."

울컥한 양생이 눈물을 삼키며 말했다.

"저를 죽이십시오."

심호흡을 한 양생은 천천히 저포를 굴리며 외쳤다.

"제가 먼저 던지겠습니다!"

지난번처럼 비교적 높은 숫자인 5가 나오자 양생은 안도의 한숨을 쉬었다. 그리고 다시 저포를 집었다.

"이번에는 부처님 차례입니다. 부디 중생들을 어여삐 여기신다면 제발 저에게 지십시오."

손에 쥔 저포를 바닥에 놓자 경쾌하게 굴러가는 소리가 들렸다. 눈을 감고 있던 양생은 저포가 멈추는 소리를 듣고는 눈을 떴다. 저포는 불상과 좀 떨어진 기둥까지 굴러가 있었다. 조마조마한 마음으로 그곳으로 기어간 양생은 저포를 내려다봤다. 4라는 숫자를 본 양생은 저도 모르게 미소를 지었다.

'부처님, 감사합니다.'

그 순간, 우당탕거리는 소리와 함께 비로전의 문짝이 부서져 나갔다. 고개를 돌린 양생은 문을 부순 사람이 향이 낭자라는 사실을 깨닫고는 허망한 웃음을 지었다.

"다들 낭자를 의심했지만 나는 그러지 않았소이다."

검게 변한 향이 낭자의 얼굴을 바라보던 양생은 그 너머로 보이는 모습에 넋을 잃고 말았다. 만복사 안으로 침입한 이상한 병에 걸린 자들이 피난민들을 닥치는 대로 공격하는 중이었다. 피난민들은 비명을 지르며 피해 다녔지만 속수무책이었다. 멀리 공양주 할머니가 기둥을 등지고 발버둥을 치다가 그자들에게 끌려 나와서 마구 짓밟히는 게 보였다. 그 광경을 본 양생이 절규했다.

"부처님! 제가 이겼습니다. 그런데 왜!"

양생의 절규는 가까이 다가온 향이 낭자가 뭔가를 휘두르면서 멈추고 말았다. 울컥한 양생은 목덜미를 타고 흐르는 피의 뜨거움을 느꼈다. 뒤로 물러난 향이 낭자가 손에 쥔 것을 겨누는 걸 본 양생은 비로전 밖으로 걸어 나갔다. 대웅전 쪽에 서 있던 무심 스님이 그에게 합장을 하는 게 보였다. 양생은 미안하다는 손짓을 했다. 그때 저포를 넣어두던 소매 속에 감춰뒀던 손목의 상처가 보였다. 기억 속에 없는 상처를 의아한 눈으로 바라보던 양생은 가슴을 파고드는 고통에 무릎을 꿇고 말았다. 등 뒤에서 가슴으로 뚫고 나온 칼날을 내려다보였다.

천천히 무릎을 꿇은 양생은 밤하늘을 올려다봤다. 마지막 숨을 몰아쉰 양생이 뒤쪽에 서 있던 향이 낭자에게 말했다.

"잠깐이었지만 행복했소이다."

서걱거리는 소리가 들려오면서 양생의 세상이 사라졌다.

6

"이놈인가?"

우두커니 서 있던 소운 낭자는 시귀척살대의 대장 방호준의 물음에 고개를 끄덕거렸다.

"그렇습니다."

가까이 다가온 방호준이 목이 잘리고 가슴이 뚫린 시귀를 내려다봤다. 시귀척살대는 검정색 복면을 썼고 몸에 강한 향이 나는 약초의 물을 뿌렸는데 흡사 시체 썩는 냄새가 나서 대원들끼리 종종 시귀랑 구분하기 어렵다는 농담의 대상이 되었다. 시귀의 피가 전염성이 강했기 때문이다. 그래서 가까이서 싸울 때는 온몸은 물론이고 얼굴도 가려야만 했다. 시귀를 바라본 방호준이 말했다.

　"백저포에 복건을 쓴 걸 보면 글을 가리키는 향선생이나 유생이었던 것 같군. 그나저나 이자가 자네를 보호해줬다고?"

　"비로전에 숨어 있다가 이자에게 들켜서 밖으로 도망치다가 시귀 무리들에게 둘러싸였습니다. 끝이구나 싶었는데 이자가 시귀 무리 앞을 가로막고 저를 지켜줬습니다. 중간에 정신을 잃은 척했더니 저를 안고 비로전에 데리고 들어와서 다른 시귀들이 범접하지 못하게 막아주기까지 했습니다. 틈을 봐서 빠져나오려고 했는데 계속 옆에 있어서 오늘에서야 기회가 온 겁니다."

　소운 낭자의 설명을 들은 방호준이 고개를 갸웃거렸다.

　"시귀가 아니라 사람인 것처럼 행동했군."

　"종종 그런 경우가 있지 않았습니까? 옥천에서는 시귀가 된 엄마가 갓난아기를 등에 업고 어르는 걸 본 적이 있습니다."

"하긴, 가별치였던 시귀가 자기 부대의 소라고등 소리를 듣고 반응한 적도 있으니까."

그녀의 얘기를 들은 방호준이 우울한 표정을 지었다.

"차라리 왜구나 홍건적이라면 물리치고 나서 통쾌함이라도 남지만 시귀들은 아무리 죽여도 이겼다는 마음이 들지 않는군."

"다 우리 백성들이어서 그런 거 아닙니까?"

"맞네. 자기들이 시귀가 되고 싶어서 된 건 아니니까, 다른 시귀들에게 전염이 된 것뿐이지."

방호준의 얘기를 들은 소운 낭자는 만복사 안을 돌아봤다.

"여기 어쩌다 시귀의 소굴이 되었을까요? 대문도 돌과 통나무로 굳게 막아놨고, 담장도 대나무를 엮어서 침입을 막은 흔적이 있는데요."

"영원산성처럼 피난민 중에 시귀에게 물린 사람이 있었을 거야. 대개는 금방 변하지만 사람에 따라서는 반나절이나 하루 후에 변하기도 하니까 말이야."

방호준이 눈앞에 쓰러져 있는 시귀의 몸을 칼끝으로 이리저리 살펴봤다. 그러다가 오른쪽 손목을 확인하고는 혀를 찼다.

"손목에 잇자국이 있군. 시귀들과 싸우다가 물린 모양이야. 물린 줄도 모르고 있다가 다음 날 사람들을 물었을 거야."

"문도 막아놓고 담장을 높이는 바람에 못 빠져나간 거군요."

소운 낭자의 물음에 방호준이 고개를 끄덕거렸다.

"그렇다고 봐야지."

"오히려 독 안에 든 쥐 꼴이 되었군요."

"이런 비극을 줄이려면 하루라도 빨리 시귀들을 척살하는 수밖에는 없네."

"명심하겠습니다."

고개를 끄덕거린 소운 낭자의 대답에 방호준이 희미하게 웃었다.

"다시 못 볼 줄 알았네. 앞으로는 이런 위험한 정탐임무는 하지 말게."

"그러지요."

"대충 정리가 되었으니 시귀들을 모아 불태우고 이곳을 뜨세."

"다음은 어디로 갑니까?"

"운봉현으로 간다. 아기발도라는 장수가 이끄는 왜구들이 그곳을 점령했는데 시귀들이 나타났다는 보고가 들어왔다."

"왜구들은 어찌합니까?"

"이성계 장군이 가별치를 이끌고 남하 중이야. 서두르세."

방호준이 다른 부하들을 살펴보러 자리를 뜨자 소운 낭자는 목이 잘린 시귀의 시신을 내려다봤다. 그녀는 알 수 없는 복잡한 감정을 담아 합장을 하며 중얼거렸다.

"부디 다음 생애에는 시귀가 되는 험악한 일을 겪지 마십시오. 나무관세음보살."

합장을 마친 소운 낭자는 소매에서 꺼낸 쇠갈고리로 시귀의 소매를 찍어 모닥불로 질질 끌고 갔다. 그리고 끌고 온 시귀를 불 속으로 밀어 넣었다. 시귀들을 집어삼킨 불길이 맹렬히 타들어가는 가운데 방호준이 큰 목소리로 지시를 내렸다.

"이곳도 모두 불태운다. 각자 흩어져서 불을 놓고 대문 밖에서 집결한다. 서둘러라!"

모닥불에서 적당히 타고 있는 장작들을 집어든 척살대원들이 대웅전과 목탑 쪽으로 흩어졌다. 쇠갈고리로 불타는 장작 하나를 찍어서 끄집어낸 향이 낭자는 며칠 동안 감금되었던 비로전으로 향했다. 안으로 들어간 향이 낭자는 기둥과 창틀에 골고루 불을 붙였다. 그러다가 비로전 앞에 떨어진 저포를 발견했다. 자신을 보호해줬던 시귀가 애지중지하던 것이라는 걸 깨달은 향이 낭자는 잠시 주저하다가 그것을 집어 소매에 넣고는 비로전을 나왔다.

사랑손님과 어머니, 그리고 죽은 아버지

전건우

나는 금년 여섯 살 난 처녀애고 이름은 박옥희랍니다. 우리 집 식구는 세상에서 제일 예쁜 우리 어머니와 세상에서 제일 멋진 우리 아버지 이렇게 셋이지요. 아차, 큰일 났군. 누렁이를 빼놓을 뻔했으니…….

누렁이는 금년에 세 살 된 강아지인데 어딜 그렇게 싸돌아다니는지 밥때가 아니면 보이지도 않거니와 때로는 며칠씩 나가 있다가 걱정을 할라치면 슬그머니 돌아온답니다. 그러니 깜박 잊어버리기도 예사지요, 무얼. 그래도 워낙에 똑똑해서 같이 있을 땐 참으로 든든합니다.

세상에서 둘도 없이 곱게 생긴 우리 어머니는 금년 나이 스물네 살입니다. 어머니가 얼마나 고운가 하면 이제 막 피기 시작한 복사꽃보다 더 곱고, 그 꽃에 앉는 나비보다도 더 곱습니다. 참말입니다. 일전에 어머니를 따라 장에 갔던 적이 있었는데요, 장터에 나와 있던 아저씨들이 자꾸만 우리 고운 어머니를 쳐다보지 뭐예요. 어머니는 볼이 빨갛게 돼서 내내 고개를 숙이고 걸어 다녀야 했고요.

외할머니의 말씀을 들으면, 어머니는 어릴 때부터 그렇게 고왔대요. 그러면서 너도 엄마를 닮아서 곱다고 말해주는데 그러니 내가 외할머니를 좋아할 수밖에요. 그런데 외할머니는 가끔, 아주 가끔 오셔서 마루에 엉덩이만 슬쩍 붙였다 가시기 일쑤랍니다. 내가 왜 자주 안 오누, 하고 물으면 바빠서 그렇다고 대답은 하시지만 나는 그 이유를 잘 압니다. 그건 바로 옆집에 사는 친할머니, 그러니까 아버지의 어머니 때문입니다.

어머니와 아버지는 결혼을 한 후 지금의 집에 들어오셨지요. 아버지는 본래 교사인데 결혼을 하자마자 이 동리 학교로 오시게 되었고 마침 비어 있던 이 집에서 살게 된 거랍니다. 그러니까 그때부터 우리 어머니의 시집살이가 시작된 것이지요.

어린 내가 봐도 어머니는 무척 바쁘답니다. 꼭두새벽부터 일어나 옆집, 그러니까 친할머니 집으로 가서 밥을 짓는 것은 물론이고 친할머니랑 삼촌들 옷가지를 빨고 잔심부름을 하는 것까지 모두 어머니 몫이지요. 그것만이 아니어요. 남의 집 바느질을 해주는 틈틈이 아픈 아버지 병수발도 들어야 하지요. 아버지는 몇 해 전부터 아파서 학교에 못 나가고 누워만 있어요. 그러니 어머니가 바느질을 해서 돈을 벌지 않으면 내가 좋아하는 삶은 달걀이랑 사탕 같은 건 먹을 수도 없게 되는 것이지요.

우리 어머니가 고운 만큼 우리 아버지도 아주 멋지답니다. 나는 지금보다 젊었을 적 아버지 사진을 몇 번 본 적이 있는데 참으로 훌륭한 얼굴이어요. 눈썹은 진하고 눈은 부리부리하고 콧날은 오똑한 것이, 동리 사람들 말마따나 세상에 둘도 없는 미남이지요. 지금은 병치레를 하느라 뺨도 푹 꺼지고 얼굴도 영 시커메졌지만 그래도 나에겐 여전히 멋진 아버지랍니다.

나는 아침에 일어나자마자 아버지 사랑방으로 쪼르르 달려간답니다. 아버지는 늘 책을 읽고 계셔요. 내가 아버지 무릎에 앉으면 아버지는 책 읽던 것을 멈추고 내 머리를 가만히 쓰다듬어주시어요. 아버지에게서는 좋은 냄새가 나는데요. 나는 그 냄새가 좋아서 자꾸만 아버지 품으로 파고들지요. 그러면 아버지는 허허 웃으며 이렇게 묻곤 하지요.

"우리 옥희. 밤사이에 아버지 많이 보고 싶었니?"

내가 그렇다고 말하면 아버지는 어디서 난 건지 앉은뱅이 책상 아래 서랍에서 사탕 한 알을 꺼내 주시지요. 그 사탕은 참으로 맛있고 달달해서 입안에 넣고 살살 굴리면 금세 기분이 좋아진답니다. 하지만 아버지와 보낼 수 있는 시간은 많지 않아요. 아버지는 쉽게 지쳐서 오래 앉아 있질 못하거든요.

"옥희야. 아버지 누워야겠다."

아버지가 그렇게 말하면 나가야 한다는 뜻이지요. 아버지랑 더 놀고 싶어도 어쩔 수 없는 일이랍니다. 자리에 누운 아버지는 입을 꾹 다물고 눈을 꼭 감은 채 아무 말도 안 하시니까요. 친할머니는 우리 아버지가 결혼 전에는 세상 누구보다 건강했다고 말씀하십니다. 그런 말을 할 때는 항상 못마땅한 표정으로 우리 어머니를 바라보시지요. 그러면 불쌍한 우리 어머니는 아무 말도 못 하고 죄지은 사람처럼 고개만 푹 숙이고 있어요. 친할머니는 또 이렇게도 말씀하신 답니다.

"집에 여자를 잘못 들이니 이런 사달이 나는구나. 대가 끊길 판인데 이 일을 어찌할꼬. 쯧쯧."

대가 끊긴다는 게 무슨 뜻인지 나는 모르지만요, 아주 안 좋은 일이고 그래서 친할머니가 나를 싫어한다는 것쯤은 알 수가 있지요. 우리 어머니도 싫어하고요. 친할머니는 늘 무서운 표정을 하고선 우리 집 구석구석을 훑어봐요. 그러곤 이래서 잘못됐다, 저래서 잘못됐다 잔소리를 하시죠. 나는 친할머니가 무서워서 안방에 틀어박혀 있거나 누렁이와 함께 밖에 나가서 놀 때가 많답니다. 바로 옆집인데도 가끔 같이 저녁을 먹을 때가 아니면 친할머니 집에 놀러 가지 않는 이유도 그 때문이지요.

어머니는 밤늦게까지 친할머니 집에서 일을 하고 돌아와
선 또 바느질을 할 때가 많답니다. 아버지 사랑방에는 일찌
감치 불이 꺼지지요. 어머니는 피곤한 표정을 짓지만 나를
보면 늘 환하게 웃어주어요.

　"엄마. 안 힘드나?"

　내가 그리 물으면 어머니는 고개를 끄덕인답니다. 하지만
나는 알지요. 아주 늦은 밤, 어머니가 혼자서 조용히 일어나
하느님께 기도드린다는 걸요.

　"하늘에 계신 아버지. 이 지옥에서 저를 구하소서. 이 지
옥에서 저를……."

　금년 봄에는 나를 유치원에 보내준다고 해서, 나는 너무
나 좋아 동무 아이들한테 실컷 자랑을 하고 나서 집으로 돌
아왔지요. 그랬는데 생전 오지 않던 큰삼촌, 그러니까 우리
아버지의 형님이 웬 낯선 사람 하나와 앉아서 이야기를 하
고 있었습니다. 평소라면 방 안에 누워 있을 아버지도 마루
에 나와 계셨습니다. 큰삼촌이 나를 보더니 손을 까딱까딱
하며 불렀습니다.

　"옥희야."

　나는 주뼛거리며 큰삼촌에게 다가갔습니다. 큰삼촌은 본
디 엄해서 제가 놀러 가더라도 살갑게 말을 붙이질 않는 분
이랍니다. 결혼도 하지 않고 친할머니, 그리고 금년에 중학

생이 된 작은삼촌과 같이 사는데 늘 술을 입에 달고 있어 때로는 무섭기도 하답니다. 술이야 아버지도 마시지만 큰삼촌은 술을 마신 후에는 꼭 역정을 내거나 고래고래 소리를 질러서 동리를 시끄럽게 만들지요. 가끔은 작은삼촌을 때리기도 하는 모양인 것이, 친할머니 집에서 큰소리가 나고 난 다음 날이면 작은삼촌 눈두덩이 시퍼렇게 변해 있거나 하는 걸 봤기 때문이지요. 그런 까닭에 큰삼촌이 나를 부르니 움츠러들 수밖에요. 그런 한편으로는 낯선 사람이 누군가 참으로 궁금한 마음도 있어서 천천히 다가갔던 것이지요. 큰삼촌은 턱으로 낯선 사람을 가리키며 말했습니다.

"옥희야. 이 아저씨께 인사드려라."

나는 어째 부끄러워서 비실비실 몸을 꼬며 낯선 손님을 바라만 봤지요. 낯선 손님은 찹쌀떡처럼 뽀얀 뺨에 눈이 크고 입술이 새빨간 것이 어린애가 보기에도 퍽 잘생긴 얼굴이었지요. 내가 주뼛거리고 있던 게 못마땅했던지 큰삼촌이 흠, 하고 헛기침을 하는데 낯선 손님이 마침 말을 걸어줬습니다.

"아. 그 애기 참 곱다. 네가 경선이 딸인가?"

경선은 우리 아버지 이름이니까 나는 그렇다는 뜻으로 고개를 끄덕끄덕했지요. 아버지는 그런 나를 보면서 빙긋이 웃고만 있었습니다.

"옥희야, 이리 온, 응! 그 눈은 꼭 아버지를 닮았네그려."

낯선 손님은 내 눈을 들여다보며 말합니다.

"얼굴은 아내를 닮고 눈은 날 닮았지."

내내 웃고만 있던 아버지가 한마디를 거들었지요. 나는 낯선 손님의 얼굴을 한 번 더 힐끗 바라봤습니다. 그러다가 낯선 손님의 초롱초롱 맑은 눈과 딱 마주쳤지 뭐예요. 나는 재빨리 고개를 숙였지만 배시시 새어 나오는 웃음은 참을 수가 없었지요. 큰삼촌이 그런 나를 보며 다시 말을 했습니다.

"자, 옥희야. 커단 처녀가 왜 저 모양이야. 어서 와서 이 아저씨께 인사드려라. 내 후배고 너희 아버지 옛날 친구인데, 오늘부터 이 사랑에 계실 거다. 인사 여쭙고 친해두어야지."

나는 이 낯선 손님이 사랑방에 계시게 된다는 말을 듣고 갑자기 즐거워졌습니다. 낯선 손님은 왠지 나에게 다정하게 대해줄 것만 같았기 때문입니다.

그때였습니다.

또 동리를 싸돌아다녔을 게 분명한 누렁이가 밥때가 된 걸 귀신같이 알고는 쪼르르 집 안으로 들어왔습니다. 누렁이는 들어오자마자 낯선 손님을 향해 마구 짖기 시작했습니다. 나는 깜짝 놀랐습니다. 누렁이가 그렇게 심하게 짖는 건 한 번도 보지 못했습니다. 언제나 너무 순해서 탈이었거든요.

"얘가 왜 이렇게 짖어?"

나는 누렁이를 잡고선 한 차례 엉덩이를 때렸지요. 그러
자 누렁이는 금방이라도 달려들 것처럼 으르렁거리더니 대
문 밖으로 냅다 줄행랑을 놓았습니다. 밥도 먹지 않고 말이
지요.

"어휴, 참."

괜스레 부끄러워져서 그리 말하니 큰삼촌이 대뜸 역정을
냈습니다.

"저 개새끼가 똥을 잘못 처먹었나, 왜 저래?"

"괜찮아요, 선배. 기르는 개가 낯선 사람한테 짖는 게 정
상이죠. 하하."

어쩜, 손님은 마음씨도 참 곱지 뭐예요. 다시 기분이 좋아
진 나는 그 아저씨 앞에 가서 사붓이 절을 하고는 그만 안마
당으로 뛰어 들어왔지요. 뒤에서 어른들이 하하하 웃는 소
리가 들리더군요.

나는 안방으로 들어가자마자 어머니를 붙들고 법석을 떨
었지요.

"엄마. 사랑에 큰삼촌이 아저씨를 하나 데리고 왔는데, 그
아저씨가 이제 사랑에 있을 거래."

"응. 그래."

어머니는 벌써 안다는 듯이 대수롭지 않게 대답을 하더군
요. 그러면서 방바닥만 훔치고 있지 뭐예요. 나는 답답해서

엄마를 붙들고 다시 물었지요.

"언제부터 와 있나?"

"오늘부터."

그 말에 나도 모르게 손뼉을 쳤지요.

"에구 좋아!"

그러자 어머니가 내 손을 꼭 붙잡으면서 말했습니다.

"왜 이리 수선이야?"

"좋아서 그러지."

"좋긴 네가 왜 좋아?"

"나랑 놀아줄 사람이 늘어나니까 좋지."

어머니는 늘 바쁘고 아버지는 항상 아파서 나랑 놀아주는 건 기껏해야 누렁이뿐이었습니다. 동무들이랑 노는 것도 재미있지만 아이들이 모두 집으로 돌아가는 저녁이 되면 나는 제법 심심하여 저절로 시무룩해졌습니다. 아저씨는 왠지 나와 잘 놀아줄 것 같았습니다. 사근사근 말하는 투도 무척 마음에 들었지요.

"그분은 의사 선생님이야. 바쁘셔. 귀찮게 하면 안 된다."

"그럼 아빠는 어떻게 하나?"

갑자기 그게 궁금했습니다. 사랑방에 아저씨가 묵으면 아버지는 어디로 가게 되는 걸까요?

"아버지도 사랑에 계시지."

"그럼 둘이 있나?"

"응."

"한방에 둘이 있어?"

"왜 장지문 닫고 아버지는 윗방에 계시고, 그 아저씨는 아 랫방에 계시고 그러지."

사랑은 제법 널찍해서 그리 해도 되겠다 싶었습니다. 그 래도 또 궁금한 건 있었지요. 아버지는 몸이 안 좋을 때면 신경이 아주 뾰족해져서 작은 소리에도 버럭 화를 낼 때가 있거든요. 그래서 나도 어머니도 그럴 때에는 사랑 근처에 잘 가지를 않아요. 그런데 아저씨와 같이 지낸다니 문득 걱 정이 되지 않겠어요.

"아빠는 괜찮을까?"

"그 아저씨가 그냥 오신 게 아냐. 아버지 병 고치러 왔으 니까 괜찮을 거야."

아하. 나는 이해를 했습니다. 나는 그 아저씨가 어떤 사람 인지는 몰랐으나, 첫날부터 내게는 퍽 고맙게 굴고, 나도 그 아저씨가 꼭 마음에 들었어요. 거기다가 아버지 병을 고치 러 왔다니 더 좋아 보이지 뭐예요.

그날 밤 어른들끼리 둘러앉아 저녁을 먹을 때 말하는 걸 들어보니 그 아저씨, 그러니까 의사 선생님은 아버지와 어 렸을 적 친구라고 하더군요. 어디 먼 데, 그러니까 바다 건 너까지 가서 공부를 하다가 요새 돌아왔는데, 우리 동리 의 원에 의사로 오게 되었대요. 또 큰삼촌의 후배이기도 한데,

이 동리에는 하숙도 별로 깨끗한 곳이 없고 해서 아랫사랑
으로 와 계시게 되었다고요. 그러면서 아버지 약도 지어주
고 할 거라고. 또 우리도 그 아저씨한테 밥값을 받으면 살림
에 보탬도 좀 되고 한다고요. 그래서 그런지 어머니 얼굴이
조금 밝아 보이기도 했어요. 나는 부엌에서 혼자 밥을 먹고
있는 어머니에게 달려가 또 물었지요.

"엄마도 좋으나?"

"뭐가?"

"아저씨가 오셔서 좋으냐고."

"애가. 무슨 소릴."

어머니는 젓가락을 탁 내려놓으며 볼이 빨갛게 될 정도로
화를 내셨어요.

"아저씨가 돈을 내실 거니까 엄마가 바느질을 덜 해도 되
잖아. 그러니 좋은 거지."

내가 그리 말하자 어머니는 슬그머니 표정을 풀더니 다시
젓가락을 집어 들었습니다.

"넌 그런 거 신경 안 써도 돼. 앞으로 아저씨 귀찮게 하지
나 말어."

"피이. 귀찮게 안 할 거다, 뭐."

말은 그렇게 했지만 나는 아저씨에게 이것저것 물어보리
라 마음속으로 생각하고 있었습니다. 바다 건너 이름도 들
어본 적 없는 나라에서 공부를 했다니 온갖 신기한 것들도

보고 듣고 했겠지요. 그런 이야기들을 들을 생각을 하니 기분이 퍽 좋아졌습니다.

그래서일까요, 나는 두근대는 마음에 밤늦도록 잠을 설쳤습니다. 어머니는 부드럽게 숨을 쉬면서 잘 자고 있었죠. 잠이 안 와 뒤척이고 있는데 마당에서 어딘가 수상한 소리가 나지 않겠어요. *끄응끄응* 앓는 소리 같기도 하고 바닥을 긁는 것 같은 소리이기도 했지요. 나는 누렁이가 돌아왔구나 싶어 살그머니 방문을 열었답니다.

아니나 다를까, 마당 한가운데 누렁이가 있었습니다. 평소라면 자기 집에 들어가 자기 바쁠 텐데 누렁이는 그러지 않고 깜깜한 어둠 속을 노려보며 작은 돌덩이처럼 서 있었습니다. 세모꼴 귀를 뒤로 바싹 젖히고 낑낑 소리를 내는 것이 달빛 아래 똑똑히 보였지요. 누렁이는 겁을 먹은 것 같기도 하고 화가 난 것 같기도 했습니다.

나는 누렁이가 노려보는 쪽을 향해 고개를 길게 뺐습니다. 거기에는 사랑방이 있겠지요.

"누렁아. 어여 들어가 자."

내가 말을 하자 누렁이는 끼잉 소리를 내며 꼬리를 아래로 축 늘어뜨렸습니다. 그때였습니다.

탁.

사랑방 창문이 닫히는 소리가 들렸습니다. 창문을 열고 마당을 내다본 사람이 아버지인지 아저씨인지 나는 궁금했지요. 그러나 알 길이 없어 그만 문을 닫고 다시 자리에 누웠습니다. 누렁이는 그 후로도 한참 동안 앓는 소리를 내며 마당을 돌아다녔고요.

아버지가 몸져눕기 시작한 건 몇 년 전부터입니다. 나는 기억도 잘 안 나지만 친할머니 말에 따르면 어느 해 겨울에 심하게 열병을 앓은 후 지금처럼 쇠약해졌다고 해요. 아버지는 늘 두통과 몸살을 달고 살지요. 아버지의 찡그린 얼굴을 볼 때면 덩달아 내 머리도 아픈 것만 같지 뭐예요. 머리가 아프니 아버지는 벌컥 역정을 낼 때가 많아요. 특히 어머니를 붙잡고 무섭게 화를 낸답니다. 그럴 때의 아버지는 참으로 무서워서 어머니에게 독한 말도 막 퍼붓곤 하지요. 그런 말을 듣고 난 다음이면 어머니는 꼭 안방에서 눈물을 훔치셔요.

좋다는 의원에도 다 가보고 용하다는 의사를 불러서 치료를 받기도 했지만 아버지는 나아지지 않았어요. 오히려 해가 갈수록 몸을 가누지 못한다며 친할머니는 한숨을 푹푹 내쉬곤 했지요. 그럴 때마다 아버지는 어두운 얼굴을 하고선 천장을 바라보며 조용히 중얼거렸어요. 옆에 앉은 나에게만 들릴 정도로 작게.

"내 몸은 내가 알아요. 다 소용없어요."

친할머니는 이번에 사랑으로 온 아저씨에게도 손을 꼭 붙들고 부탁을 했어요.

"선생님. 우리 아들 꼭 좀 낫게 해주세요."

"아이고, 어머니. 말씀 낮추세요. 제가 경선이 친군데."

아저씨가 난처한 표정으로 말을 해도 친할머니는 손을 놓지 않았습니다.

"그래도 선생님은 선생님이지. 우리 불쌍한 아들 나을 수만 있다면 뭐든 하겠습니다. 그러니까 선생님, 멀리서 배워 오신 그 용한 의술로 애 좀 벌떡 일어나게 해주세요. 집에 사람을 잘못 들이는 바람에 이 사달이 난 것 같은데……."

"알겠습니다. 제가 약을 여러 개 들고 왔으니까 이것저것 써보겠습니다."

그 말 그대로 아저씨 가방에는 약병이 엄청 많이 들어 있었습니다. 빨간색 약도 있고 노란색 약도 있고 새까만색 약도 있지요. 아저씨가 짐 정리를 할 때 나는 그 옆에 붙어 앉아 그 약병들을 보았습니다. 나는 약이 신기하기도 하고 한편으로 예뻐 보이기도 해서 아저씨한테 물어봤죠.

"이건 어디 아플 때 쓰는 약이우?"

아저씨가 빙긋 웃으며 내 머리를 가리켰어요.

"머리 아플 때 쓰지."

"그럼 이건?"

"배 아플 때 쓰지."

"이 노란 약은?"

"자꾸 깜박깜박할 때 쓰지."

"요, 요 시커면 약은?"

나는 아주 까만 것이 보기만 해도 쓸 것 같은 그 약병을 짚으며 물었지요. 그러자 아저씨는 한참 나를 바라봤습니다. 그러더니 천천히 말했어요.

"이 약은 사람을 살리기도 하고, 죽이기도 하지."

"세상에 그런 약이 있나?"

"있지. 세상엔 별의별 게 다 있거든."

그렇게 말하는 아저씨의 표정은 어쩐지 조금 무서웠습니다.

"아저씨는 별의별 걸 다 봤나?"

"아니. 나도 못 본 게 많단다. 하지만 다른 사람보다는 많이 봤지."

"공부도 많이 하고?"

"그럼."

"그러면 우리 아빠도 고칠 수 있겠네?"

"옥희는 아빠가 낫길 바라니?"

아저씨는 나를 골리려는 듯 너무 당연한 걸 물었습니다.

"말해 무엇 하나. 아빠가 나으면 같이 소풍도 가고 먹도 감으러 가고 장에도 갈 건데."

"흐음."

아저씨는 잠시 생각을 하다가 이내 물었습니다.

"옥희 어머니도 그리 생각할까?"

나는 아저씨가 무얼 묻는지 몰라 고개만 갸웃거렸지요. 어른들은 무슨 말을 이리도 어렵게 하는지 비록 여섯 해밖에 안 된 속이지만 답답하고 또 답답했습니다. 아저씨는 답답해하는 나를 보더니 웃음을 터트렸습니다.

"하하. 내가 괜한 걸 물었구나. 걱정 말거라. 아빠는 괜찮아질 거니까."

그렇게 말하는 아저씨 목소리는 또 참으로 크고 당당해서 나는 금세 마음을 풀고 아저씨를 믿어보기로 했지요.

"하지만 아빠 병은 하루 이틀 사이에 낫는 게 아니니 진득허니 기다려야 한단다. 알겠니?"

아저씨는 그런 말을 하며 내 머리를 쓰다듬어주었죠.

그런 일이 있은 후이니 나는 자꾸만 채근하는 친할머니가 영 답답해 보였습니다. 아저씨가 약을 써보겠다고 했는데도 친할머니는 이것저것 쉬지 않고 묻지 뭐예요. 결국에는 아버지가 한마디를 하면서 자리를 뜨고서야 친할머니는 입을 닫았습니다.

"정신 사나우니 그만하세요. 없던 병도 생기겠소."

"몹쓸 놈. 기껏 걱정해서 그러니……."

친할머니는 고렇게만 말하고 돌아앉았어요. 그건 골이 났다는 뜻이지요. 나는 괜히 불똥이 튈까봐 슬그머니 일어났어요. 그때 아저씨가 하는 말이 귀에 쏙 들어왔어요.

"보아하니 경선인 마음의 병도 있는 것 같은데 뭔 일이 있었습니까?"

친할머니는 그 말을 기다렸다는 듯 곧바로 대답을 했습니다.

"아이고, 선생님이 역시 용하시네. 내가 그걸 몰라 이리 답답한 거 아닙니까! 저놈이 분명 마음에 병이 있는데 내가 아무리 물어도 털어놓질 않아요. 마누라가 마음에 안 들면 안 든다, 아들이 없어서 속이 상하면 상한다, 이리 시원하게……."

"이런 걸 여쭤봐서 죄송한데 경제적으로 어려움은 없습니까? 그래서 경선이 고민하는 걸 수도 있지 않습니까?"

"그, 그게…… 자기가 일을 못 하니 답답해하긴 할 텐데……. 여차하면 땅을 팔아도 되고……."

"땅이요?"

"아버지가 물려준 땅이 있거든요."

친할머니 말마따나 아버지는 땅을 가지고 있었습니다. 집에서 한 10리나 가면 산 밑에 그 땅이 있는데 밤나무도 있고 개울도 있어서 소풍 가기 딱 좋은 곳이죠. 작년 여름에, 아니로군, 가을이 다 되어서군요. 하루는 어머니를 따라서 그 땅에 가 밤도 따 먹고, 또 그 산 밑에 초가집에 가서 닭고깃국도 먹고 왔지요. 어머니는 집으로 돌아가기 전에 땅을 둘러보면서 혼잣말처럼 중얼거렸습니다.

"이걸 팔면 먹고살 걱정은 덜 텐데."

나는 참지 못하고 쏙 끼어들었지요.

"그런데 왜 안 파누?"

"아버지가 하도 반대를 해서…… 아니다. 넌 알 것 없어."

어머니는 그리 말했지만 나는 눈치를 챘지요. 아버지가 반대해서 땅을 못 파는 것이고 그 때문에 어머니는 더 힘들게 일을 하는 거라고.

그 사정은 친할머니도 잘 알고 있었습니다. 그래서 친할머니는 이렇게 덧붙였고요.

"근데 선생님도 아시겠지만 걔가 좀 고집이 있잖아요. 아버지가 물려준 땅을 어떻게 파냐며 하도 강하게 말해서 더 권유를 못 했지, 뭐. 애가 효자야, 효자."

"알겠습니다. 여러 사정이 얽혀 있는 듯하니 제가 두루두루 살펴보겠습니다."

"고맙습니다. 정말 고맙습니다. 선생님만 믿겠습니다."

친할머니가 눈물까지 흘려가며 말하는 걸 보고선 나는 사랑방을 나왔습니다. 아버지는 쪽마루에 앉아 컴컴한 하늘을 올려다보고 있었습니다. 나는 냉큼 아버지 옆에 앉았지요. 하지만 쉬이 말을 붙이진 못했습니다. 아버지 표정이 퍽이나 어두웠거든요. 아픈 것 같지는 않고 속이 상한 것 같았지요. 내가 옆에서 꼼지락대고 있으니 아버지가 살살 등을 쓸어주었습니다.

"아빠가 많이 못 놀아줘서 미안하다."

아버지가 그리 말하니 나는 갑자기 슬퍼졌습니다. 아버지가 늘 사랑방에만 누워 있어도 나는 좋았습니다. 함께 달리기도 하고 숨바꼭질도 하고 수영도 하면 더 좋겠지만 꼭 그러지 않아도 나는 아버지가 좋았습니다. 그 마음을 어떻게 말할까 고민하고 있는데 아버지가 다시 입을 열었습니다. 조금 딱딱한 표정을 하고요.

"옥희야. 저 아저씨가 뭘 하는지 잘 지켜봐라."

나는 또 무슨 말인지 못 알아들어 아버지의 검은 얼굴만 바라봤지요. 아버지가 뭔가 더 말을 하려는데 사랑방 문이 열리며 친할머니와 아저씨가 밖으로 나왔습니다.

"안 나오셔도 됩니다, 선생님."

"아닙니다, 어머님."

아저씨가 친할머니에게 깍듯하게 인사를 하려는 찰나, 어디 숨어 있던 건지 누렁이가 튀어나와 또 짖어대기 시작했습니다.

컹컹! 컹컹!

그 소리가 어찌나 사납고 크던지 나는 그만 귀를 막아버렸지요.

"아니, 이놈의 개새끼가 어디 주인을 보고 짖어?"

친할머니가 화를 내는 건 당연한 일이었지요. 그래도 누렁이는 물러서지 않고 짖고 또 짖었습니다. 이를 한껏 드러낸 누렁이의 주둥이가 향하는 곳은 다름 아닌 아저씨였습니다.

"허허. 누렁이가 저를 참 싫어하나봅니다."

아저씨는 머리를 긁적이며 웃었습니다.

"옥희야. 뭐 하니? 저 개 좀 조용히 시키질 않고."

친할머니가 버럭 소리를 지르는 바람에 나는 맨발로 마당에 나가 누렁이를 잡고 아버지가 내게 그랬던 것처럼 등을 가만히 쓸어주었습니다. 그러자 누렁이는 짖는 걸 멈추었지요. 나는 그때야 알았습니다. 사납게 짖던 누렁이가 실은 사시나무 떨 듯 떨고 있었던 것을요.

아저씨는 신기한 그림책들을 얼마든지 가지고 있어요. 나는 생전 처음 보는 글씨에 간드러질 정도로 화려한 그림이 들어간 책도 있고, 머리에 뿔이 나고 송곳니가 비죽 솟아 나온 도깨비들이 춤을 추는 책도 있고, 까마귀 부리 같은 희한한 모자를 쓰고 아픈 사람을 치료하는 책도 있어요. 나는 그 책이 어쩐지 마음에 들어 아저씨에게 이것저것 물어봤지요.

"이 모자 쓴 사람은 의산가?"

"우리 옥희 똑똑하네. 한눈에 알아보고. 의사지."

"아저씨 같은 의사? 그런데 왜 이리 이상한 모자를 썼누?"

"역병을 치료하는 의사였지."

"역병?"

"여러 사람을 아프게 하는 아주 지독한 병."

"역병은 어떻게 치료하나? 커다란 주사를 맞는가? 아니면 쓴 약을 먹는가?"

"산 채로 땅에 묻거나 태워버렸지. 그래야 역병이 사라지거든."

아저씨는 뭐가 그리 재미있는지 그 말을 하곤 빙그레 웃었지요. 나는 책을 끝까지 넘겨 봤습니다. 그러자 그 그림이 나왔습니다. 활활 타는 불구덩이 속에 사람들을 던지는 그림 말이지요.

"에구머니나."

나는 보기가 끔찍해 눈을 가렸다가 손가락 사이로 슬그머니 내려다봤습니다. 무섭기도 했지만 또 궁금하기도 한 것이 참 요상한 그림이지 뭐예요. 자세히 그림을 보니 불구덩이 속에서도 일어서서 손을 내밀고 있는 사람들이 여럿 있었습니다. 나는 아저씨를 향해 물었지요.

"이 사람들은 어째 불 속에서도 안 죽나?"

"그러게. 왜 그럴까? 아저씨도 그게 몹시 궁금한걸."

그림을 바라보는 아저씨의 눈이 반짝반짝 빛났습니다.

그날 저녁에는 아버지가 또 몹시 아팠습니다. 머리를 감싸 쥐고는 비명 비슷한 걸 지르면서 보는 내가 괴로울 정도로 고통스러워하셨죠. 어머니가 달려와 아버지를 살피는데 아버지는 도리어 화를 내셨죠.

"이 화냥년! 내가 모를 줄 알아? 으아악! 너 때문이야. 너 때문에 내가 이렇게 아픈 거야! 나가! 썩 꺼져."

어머니의 얼굴이 하얗게 질리는 걸 나는 똑똑히 봤습니다. 어머니는 곧 울 것처럼 눈을 껌벅이다가 입을 꾹 다물고는 몸을 부르르 떨었습니다.

아버지는 그 몹쓸 병을 앓으면서 불뚝불뚝 화를 내곤 했습니다. 한번 화가 뻗치면 밥상을 뒤엎기 일쑤고 닥치는 대로 욕도 했습니다. 종종 어머니를 때릴 때도 있었는데 아무리 우리 아버지라도 그런 모습은 끔찍이 싫었지요.

철썩!

이번에도 아버지는 어머니 뺨을 때리고 말았습니다. 나는 눈을 꼭 감아버렸지요. 일이 그쯤 되자 가만히 보고 있던 아저씨가 아버지에게 말했지요.

"이봐, 경선. 너무 심하지 않나."

"시끄러워! 너도 꺼져. 내 집에서 나가라고!"

아버지는 그렇게 소리치며 베개랑 책 같은 것들을 마구 집어 던지셨어요. 나는 너무 놀라 사랑방을 후다닥 빠져나왔지요. 어머니와 아저씨도 곧 방을 나왔는데 어머니 낯빛이 너무나 어두워 나는 깜짝 놀랐습니다.

밤이었어요. 나는 꿈을 꾸었지 뭐예요. 꿈속에서도 나는 아저씨의 그림책을 보고 있었어요. 불구덩이 속에서도 살아 있는 사람들 그림을 유심히 들여다보는데 그 그림이 살아 움직이는 겁니다. 맨 앞에 서서 활활 타고 있는 어떤 남자가 천천히 고개를 돌리더니 나를 바라봤어요. 나는 놀라서 눈을 감아버렸는데 퍼뜩 생각하니 그 남자 얼굴이 아버지와 닮지 않았겠어요. 그래서 다시 눈을 뜬다고 떴는데 그 바람에 그만 잠에서 깨어났지요.

방 안은 어두컴컴한데 어머니가 자리에 없었습니다.

평소라면 곱게 자고 있어야 할 어머니가 없었어요.

나는 이상하다 싶어 조용히 일어났지요. 뒷간에라도 가신 게 아닐까 싶어 한동안 기다렸지만 어머니는 돌아오지 않으셨습니다. 슬슬 불안하기도 하고 꿈의 내용이 무섭기도 해서 나는 어머니를 찾아 방을 나섰지요.

사방이 조용하고 어두워 금방이라도 뭔가가 튀어나올 것만 같아 가슴이 콩닥콩닥 뛰었습니다.

마루로 나와서 어머니를 불러볼까 하는데 두런두런 이야기하는 소리가 들렸습니다. 불 꺼진 건넌방에서 나는 소리였습니다. 늘 비어 있던 건넌방에서 말하는 소리가 들리다니, 나는 너무 무서워 꼼짝도 할 수가 없었지요.

외할머니가 들려주시던 이야기 속 도깨비가 아닐까? 혹시 도둑놈 둘이서 속닥속닥 나쁜 이야기를 하는 건 아닐까?

오만가지 생각이 드는 통에 어머니를 부를 엄두도 나지 않았습니다. 살금살금 건넌방 쪽으로 다가가볼까, 아니면 다시 안방으로 들어가 이불을 푹 뒤집어쓰고 어머니가 오실

때까지 기다릴까 고민하던 참에 두런두런 소리 끝에 귀에 익은 목소리가 들렸습니다.

"……그렇게 해주세요."

어머니였습니다.

건넌방에 있는 건 다행히 어머니였던 겁니다. 나는 퍽 반가운 마음이 들었지요. 그런 한편으론 어머니가 누구와 이야길 나누고 있는 건지 궁금했습니다. 내 궁금증은 금세 풀렸지요.

"알겠습니다. 대신에 마음 단단히 먹어야 합니다."

그렇게 말하는 이는 아저씨였습니다.

어머니와 아저씨라니, 얼마나 다행인지요. 도깨비도 아니고 도둑놈도 아니었던 겁니다. 무섬증이 스르르 사라져서 건넌방으로 다가가려는 찰나, 문득 궁금증이 일었지요.

어머니와 아저씨는 건넌방에서 무슨 이야기를 하는 걸까요?

평소 어머니는 아저씨와 눈도 잘 마주치지 않았습니다. 꼭 필요한 말도 내게 전하라곤 하셨지요. 아저씨가 무슨 반찬을 좋아하는지도 내가 물어서 알게 된 거랍니다. 그날은 아저씨가 늦은 점심을 잡숫고 있었는데 가만히 앉아서 그 모습을 구경하고 있노라니까 어머니가 시켰던 게 생각나지 뭐예요.

"언제 기회가 되면 아저씨께 좋아하는 반찬이 뭔지 물어봐."

그 말을 기억하고 있던 나는 대번에 물었지요.

"아저씨는 무슨 반찬이 제일 맛나우?"

아저씨는 한참이나 빙그레 웃고 있더니 마침 상에 있던 삶은 달걀을 가리키며 말했지요.

"삶은 달걀."

나도 삶은 달걀을 무척이나 좋아하던 터라 와락 반가운 마음이 들어 나는 그 길로 어머니한테 달려갔습니다.

"엄마, 엄마. 사랑 아저씨도 나처럼 삶은 달걀을 제일 좋아한대."

나는 안마당으로 뛰어 들어가면서 그리 외쳤지요. 그러자 어머니는 떠들지 말라고 살짝 눈을 흘기면서도 한편으론 고개를 끄덕이셨습니다.

그 후로 어머니는 달걀을 많이씩 사게 되었지요. 달걀 장수 노파가 오면, 한꺼번에 열 알도 사고 스무 알도 사고, 그래선 두고두고 삶아서 아저씨 상에도 놓고, 또 으례 나도 한 알씩 주고 그래요. 그뿐만 아니라 아저씨한테 놀러 가면, 가끔 아저씨가 책상 서랍에서 달걀을 한두 알 꺼내서 먹으라고 주지요. 그래, 그 담부터는 나는 아주 실컷 달걀을 많이 먹었어요.

그리 달걀을 많이 삶아 밥상에 놓으면서도 어머니가 아저씨랑 얘기하는 걸 나는 한 번도 본 적이 없습니다. 어머니가 아랫방 앞에 밥상을 놓고 흠흠, 헛기침을 하면 아저씨가 문을 여시곤 밥상을 들여갔지요.

한 번은 내가 궁금해서 물었지요.

"엄마, 왜 밥상을 안으로 안 가져가누?"

그러자 어머니 얼굴이 대번에 발개졌지요. 어머니는 살짝 눈을 흘기시면서 이렇게 말했습니다.

"아버지 앞에서 그런 말 하면 절대 안 된다!"

그랬던 어머니가 아저씨랑 둘이서 이야기를 나누니 신기할 수밖에요. 나는 조금 더 자세히 듣고 싶어서 건넌방 쪽으로 다가갔어요. 그때 낡은 마룻바닥이 삐걱 소리를 내지 뭐예요. 그 순간 건넌방에서 들리던 소리가 뚝 끊겼어요.

나는 어른들 말을 엿들은 걸 들키면 어머니께 야단을 맞을까봐 얼른 안방으로 돌아갔지요. 그러곤 아무 일도 없었던 것처럼 이불 속으로 쏙 들어가 눈을 꼭 감고 누웠어요.

곧 안방 문이 열리면서 어머니가 들어오셨어요.

스르륵, 스르륵.

어머니 치맛자락이 스치면서 그런 소리를 냈습니다. 그 소리는 내 이부자리 앞에서 딱 멈췄어요. 어머니한테서 늘 풍기는 은은한 복숭아 향이 났지요. 그런데 그 향 끝에 콧속을 파고드는 묘한 냄새도 섞여 있었어요.

"옥희야. 자니?"

어머니가 그렇게 물었을 때 나는 하마터면 눈을 뜰 뻔했어요. 어머니는 다시 물었지요.

"자니?"

나는 왠지 대답을 하면 안 될 것 같아 눈도 감고 입도 꾹 다물고 있었습니다. 하지만 어머니가 어두운 방 안에 우두커니 서서 나를 내려다보고 있다는 건 알 수 있었지요. 어머니는 한참 동안 그러고 있다가 내 옆에 누웠습니다.

나는 그 밤 내내 무서운 꿈을 꾸다가 말다가 했지 뭐예요.

그 후로 제법 조용하던 우리 집에 다시 난리 아닌 난리가 난 건 아저씨가 우리 집으로 온 지 한 스무날 정도가 지나서였을 때입니다. 난리의 장본인은 이번에도 아버지였지요.

마당에서 놀고 있던 나는 사랑방에서 들리는 와장창 소리에 깜짝 놀라 뛰어 들어갔습니다.

아랫방을 지나 윗방으로 가려는데 아저씨도 눈을 동그랗게 뜨고선 나를 바라봤지요.

"무슨 일인가?"

내가 물었지만 아저씨는 고개를 저었습니다.

나는 장지문을 조금 열고 안을 들여다봤지요. 불쑥 들어가면 안 될 것 같았기 때문입니다. 제일 먼저 본 것은 방바닥에 뒹굴고 있는 밥그릇이며 국그릇, 그리고 각종 반찬 그릇들이었습니다. 맑은 소고기 국물이, 오직 아버지 상에만 올라가는 그 귀하디귀한 국물이 바닥에 몽땅 쏟아져 있지 뭐예요. 나는 속으로 아까워하는 한편 무슨 일이 벌어질까 봐 조마조마한 마음으로 아버지와 어머니를 바라봤지요.

저번처럼 아버지의 화가 또 치민 건지도 몰랐으니까요.

철썩!

아버지는 이번에도 어김없이 어머니를 때렸습니다.

아이고.

나도 모르게 그 말이 튀어나오려는 걸 억지로 참았습니다. 한 송이 꽃 같은 어머니는 뺨을 잡고 주저앉아서는 하염없이 눈물을 흘렸지요. 아버지는 씩씩거리면서, 그 검고 비쩍 마른 얼굴로 소리쳤어요.

"내가 모를 줄 알아? 내가 모를 줄 아냐고! 너희 연놈들이 무슨 수작을 부리는지 내가 모를 것 같으냐고!"

"그런 거 아니에요. 그러니 제발 진정을……."

"진정? 국 맛이 이렇게 쓴데 진정을 하라고? 뭘 탔어? 여기 뭘 탔냐고!"

아버지는 어디서 그런 힘이 나는지 집이 떠나가라 고래고래 소리를 지르셨어요. 나는 그때마다 움찔움찔 놀라선 자라처럼 목을 쑥 집어넣고 있었지요.

아버지는 발로 어머니를 차기라도 하려는 듯 벌떡 일어났어요. 그 순간 아버지 입가가 파르르 떨리는 걸 나는 봤지요.

"억!"

아버지는 목덜미를 잡고선 몸을 한 번 부르르 떤 후 나무가 쓰러지듯 그대로 주저앉았어요.

"아빠!"

나는 그런 아버지를 향해 달려갔고 앉아 있던 어머니 역시 몸을 날렸어요.

아버지는 쓰러져 모로 누운 순간에도 어머니를 계속해서 노려봤습니다. 토끼의 그것처럼 빨갛게 변한 눈이 어머니에게서 떠나지 않았습니다. 어머니는 물이라도 떠오려는지 벌떡 일어났습니다. 그것과 동시에 아저씨가 방으로 들어왔지요. 그때였어요. 아버지가 내 귀에다 대고 조용히 말을 한 것은.

"옥희야. 저것들이…… 저것들이…… 날…….

아버지의 말은 끝에서 잘렸습니다. 아저씨가 아버지의 몸을 잡고 눌렀거든요. 아버지는 끙, 소리를 내면서도 움직이지 못하고 그대로 자리에 누웠지요. 나는 너무 걱정이 돼서 아저씨를 붙잡고 물었어요.

"우리 아빠 어찌 되누? 아저씨. 우리 아빠…….

"괜찮을 거다."

아저씨는 그렇게 말하며 품 안에서 약병을 꺼냈습니다. 제가 봤던 바로 그 까만색 약병을요.

"이봐. 입을 벌리고 이걸 좀 먹어."

아버지는 버둥거렸지만 이미 힘이 쭉 빠진 모습이었지요.

아저씨는 그런 아빠의 입을 벌리고는 까만색 물약 한 방울을 떨어뜨렸습니다. 기다렸다는 듯이 어머니가 물 한 대접을 가지고 들어오셨지요. 아버지는 목이 말랐던 듯 물을 벌컥벌컥 들이켜고는 끙, 소리를 내시며 자리에 누워 그대로 눈을 감았지요.

아버지는 얼마 안 있어 고르게 숨을 쉬며 잠에 빠져들었습니다. 나는 그제야 한숨을 돌리곤 어머니와 아저씨를 봤지요. 두 분은 심각한 표정으로 아버지를 내려다보고 있었습니다.

"원래 이 정도로 예민합니까?"

아저씨가 어머니를 향해 묻자 어머니는 말없이 고개를 끄덕였습니다.

"빨리 결정을 내려야겠습니다. 자칫 계획이……."

아저씨는 거기까지 말하다가 내게로 고개를 돌리셨습니다. 나는 어머니와 아버지를 번갈아 보고 있었고요.

"얘. 너는 나가 있으렴."

어머니가 내 어깨를 슬쩍 밀었습니다.

"아빠는 어쩌누?"

"괜찮으실 거야. 약도 드셨으니."

어머니는 뺨이 빨갛고 입술에도 피가 말라붙어 있었습니다. 그래서일까요, 어머니 목소리가 조금은 딱딱하게 들렸습니다. 나는 주뼛거리다가 슬그머니 사랑방을 나왔지요.

뒤에서 아저씨 말이 들렸습니다.

"용량을 좀 늘리겠습니다. 효과가 빨리 나타나게. 그 전에 한 번……."

그날 이후 아버지는 멍하니 누워 있거나 앉아 있는 시간이 많아졌습니다. 짜증을 내지도 않고 화를 내지도 않고 죽은 나무처럼 입을 다물고만 있었지요. 내가 옆으로 가도 별 반응이 없었습니다. 자상하게 머리를 쓰다듬어주시지도 않고 사탕을 몰래 내어주시지도 않았지요. 나는 걱정이 되어 또 아저씨께 물었습니다.

"우리 아빠가 왜 저리 변했을까?"

"너무 걱정 말아라. 차츰 낫고 있는 거니."

아저씨 말이 맞는 것도 같은 게 아버지는 멍하게 누워 있긴 해도 밥때가 되면 전에 없이 식사를 잘 하셨습니다. 고봉밥을 두 그릇씩 싹싹 비우는 건 물론이고 반찬도 남김없이 다 드셨습니다. 그러곤 꺼억, 트림을 하셨지요.

"와! 잘 드신다. 이제 금세 벌떡 일어나시겠네."

내가 그리 말하면, 아버지는 여전히 시장하신 듯 입맛을 쩝쩝 다시며 나를 바라보곤 하셨습니다.

아버지는 나날이 살이 붙었고 그걸 본 친할머니는 참말로 기뻐했습니다.

"아이고. 사랑방 선생님 덕분에 우리 아들이 다 나았네, 다 나았어!"

"옥희 어머니가 극진하게 간호를 한 덕분입니다. 끼니마다 약을 챙겨 먹였거든요."

아저씨가 말했습니다.

나는 딱 한 번, 어머니가 아버지 국에 뭔가를 넣은 걸 본 적이 있습니다. 아저씨의 까만 약병 비슷하게 생긴 병에서 가루를 톡톡 털어 넣었지요. 내가 뭐냐고 물으니 어머니는 고개를 돌리며 대답했습니다.

"그냥. 약."

그것이 참말로 약이고 또 그 약 덕분에 아버지가 저리도 식사를 맛있게 잡수신다 싶어 나는 참 다행이라는 생각을 했습니다.

하지만 친할머니는 또 싫은 소리를 했습니다.

"아니, 그거야 당연한 거지. 동리 사람들 모두가 여자를 잘못 들여서 우리 아들이 아프다는데 밤낮으로 치성을 드려도 모자랄 판에 교회에나 다니고. 쯧쯧. 저러니 내가 저걸 보면 속이 터지지!"

친할머니의 말에 어머니 얼굴이 어두워졌습니다. 예배당은 어머니의 유일한 낙이었습니다. 예배당에서는 어머니의 웃는 얼굴을 얼마든지 볼 수 있어 나도 좋았습니다. 그런데도 친할머니는 그것 가지고 타박을 하시니 덩달아 내 속도 상할 수밖에요.

사람 말을 못 알아들어도 속이 상하긴 누렁이도 마찬가지

였나봅니다. 친할머니를 따라 나랑 아저씨가 사랑방 밖으로 나가니 마구 짖어댔으니까요. 하지만 요번에도 누렁이는 아저씨를 향해 짖지 않겠어요. 누렁이는 참으로 멍청해서 이제 아저씨 얼굴을 익힐 때도 됐는데 보기만 하면 짖어요. 그러면서도 또 꼬리는 말아 아래로 내린 것이 겁을 먹어 저러나 싶기도 하고 아무튼 나는 누렁이를 당최 이해할 수 없었습니다.

"저놈의 개새끼는 또 짖는다, 짖어. 이놈의 집구석엔 뭐 하나 마음에 드는 게 없어. 에이."

친할머니는 그렇게 말하며 뒤도 돌아보지 않고 나가셨습니다.

"누렁아. 조용히 좀 해. 어찌 된 게 만날 짖누?"

"이 아저씨가 뭘 주면 누렁이가 좋아할까?"

아저씨는 누렁이가 짖는 소리에 익숙해졌는지 요래 내려다보면서 싱글싱글 웃으셔요. 그러더니 누렁이 앞에 쪼그리고 앉아 가만히 쳐다봤어요.

"옥희처럼 사탕을 좋아하려나, 아니면 삶은 달걀을 좋아하려나?"

아저씨가 쳐다보자 누렁이는 으르렁대면서도 또 한편으로는 끙끙거리다가 제 집 안으로 쏙 들어가지 뭐예요. 아저씨는 그런 누렁이를 보며 말했어요.

"누렁이가 참 영리하구나."

"아저씨만 보면 짖는데 뭐가 영리해?"

"그러니까 영리하지."

아저씨는 알 듯 모를 듯 그리 말한 후 또다시 웃으며 사랑방으로 들어가셨습니다.

나는 개집을 발로 뻥 차준 후 안마당으로 달려갔습니다.

그리고 그날 밤 누렁이가 죽었습니다.

내가 아침에 일어나 밥을 주려고 개집으로 갔을 때 누렁이는 이미 딱딱하게 굳어서 움직이지 않았습니다. 이름을 불러도 보고 코앞으로 밥도 대보고 손가락으로 여기저기를 쿡쿡 찔러봐도 누렁이는 꿈쩍하지 않았습니다.

죽었구나.

누군가가 죽은 모습을 보는 건 처음이었어요. 그래도 단박에 알 수 있었죠. 누렁이는 이제 다시 움직일 수가 없다는 걸. 꼬리를 칠 수도 없고, 게걸스레 밥을 먹을 수도 없게 되었죠. 내 손바닥을 핥을 수도 없었지요.

그때였습니다. 누렁이가 입을 조금 벌리지 않겠어요.

"누렁아!"

나는 반가운 마음에 얼른 누렁이를 끌어안았습니다. 그 순간 누렁이 입안에서 시커멓고 커다란 벌레 한 마리가 기어 나와 내 팔까지 올라왔습니다.

"으악!"

저절로 비명이 나왔지 뭐예요. 벌레는 어딘가로 사라졌지만 놀란 마음은 진정이 되지 않았고 나는 결국 울음을 터트리고 말았지요.

내 울음소리를 듣고 엄마와 아저씨가 달려왔습니다. 두 분은 울고 있는 나와 죽은 누렁이를 번갈아 보셨습니다. 어머니는 나를 꼭 안아주셨고 아저씨는…….

"예상대로군."

못 알아들을 말을 하며 누렁이를 내려다보고 서 있었지요. 나는 그런 아저씨를 향해 물었습니다.

"누렁이 살려줄 수 있나?"

아저씨는 고개를 저었습니다. 그 모습이 너무 매정해 보여 나는 살짝 마음이 상했지 뭐예요.

"대신에 아저씨가 좋은 곳에 묻어줄게."

아저씨는 다시 다정한 표정으로 돌아와 그리 말했습니다.

"그래. 넌 오늘 유치원 가는 첫날이지 않니. 어서 준비해. 누렁이는 아저씨께 맡기고."

어머니 말에 나는 조금 정신을 차렸습니다. 드디어 유치원에 간다는 생각을 하자 기분이 좋아지기도 했지요. 그래도 누렁이 생각만 하면 계속 눈물이 나왔습니다. 나는 훌쩍거리면서 세수를 하고 아침을 먹고 엄마가 주신 새 저고리로 갈아입었지요.

유치원으로 가려는 나를 엄마가 빤히 보더니 이렇게 말했습니다.

"옥희야. 마음 단단히 먹어야 한다."

나는 그 말이 누렁이 때문이라 생각하고는 고개를 끄덕였지요. 하지만 어머니는 재차 또 말씀하셨습니다.

"마음 단단히 먹어. 알았지?"

"응."

"앞으로 무슨 일이 벌어져도 옥희는 엄마만 믿으면 돼. 알았지?"

"응."

"옥희는 엄마를 얼마나 사랑하나?"

어머니가 단단한 표정으로 그리 물으니 슬그머니 걱정이 되었습니다. 그래서 나는 최대한 두 팔을 짝 벌려 보였습니다. 그러고는 말했지요.

"이만큼."

어머니는 나를 꽉 끌어안고는 혼잣말처럼 드문드문 말씀하셨습니다.

"옥희는 아직 철이 없어서 모르겠지만 세상 사람들 모두 욕을 한단다. 남편이 아픈 것도, 가세가 기우는 것도 모두 여자 잘못이라고 욕을 해. 그러니 한두 대 맞는 건 참으라고, 시어머니 괴롭힘이야 당연한 거라고 그렇게도 말을 하지. 이 동리 사람들도 마찬가지야. 뒤에서 손가락질을 하지. 뒷집에서도 수군거리고, 아랫집에서도 수군거려. 이 엄마가 잘못해서 집안이 이 꼴이 되는 거라고. 엄마는 그 소리들을 다 들어왔단다. 엄마는 참을 만큼 참았어. 참을 만큼 참았다고. 우리 옥희도 잘 알지? 옥희 때문에라도 이 엄마가 참아왔단 걸. 하지만 이젠 아니 참을 테야. 엄마는 참는 여자가 아니야."

나는 무슨 말을 하면 좋을지 몰라 응응 고개만 끄덕였습니다. 어머니는 그러고도 한참을 더 나를 안고 있었지요.

그날 유치원에서 고운 선생님을 만나 풍금에 맞춰 노래도 부르고 춤도 배우고 했지만 내 생각은 온통 죽은 누렁이와 어머니에게 쏠려 있었습니다. 아저씨는 누렁이를 잘 묻어주었을까, 어머니가 했던 말은 무슨 뜻이었을까, 그리고 누렁이는 왜 죽었을까. 내 작은 머리로는 도무지 생각도 할 수 없는 문제들이었지요.

그래서였습니다. 유치원이 끝나자마자 한달음에 집으로 달려간 것은. 궁금한 게 많으니 내 성미 상 기다릴 수가 없었던 거지요. 유치원 선생님이 데려다주시겠다는 것도 뿌리치고 얼른 달렸지요. 내가 또 달음질이 빠르거든요.

집 앞에는 아무도 없었습니다. 내가 돌아오는 시간에 맞춰 어머니가 나와 있겠다고 했는데 보이지 않았습니다. 나는 슬그머니 화가 났지요. 유치원 첫날인데 어머니는 내가 보고 싶지도 않은가보다, 그리 생각하니 더 부아가 치밀었습니다.

그래서 나는 일부러 엄마, 하고 부르지도 않고 조용히 혼자 대문 안으로 들어갔습니다. 누렁이 집이 비어 있는 걸 보니 아저씨가 묻어준 것 같았습니다. 아버지는 뭘 하시나 싶어 사랑방부터 들르려는데 이상한 소리가 들렸습니다. 생전 처음 듣는 소리였지요.

끙끙대는 것 같기도 하고 오래 달려 숨을 헐떡이는 것 같기도 한 소리였습니다. 흡사 누렁이가 내는 소리 같기도 했지요.

혹시 누렁이가 살아난 게 아닌가 싶어 나는 반가운 마음에 소리를 버럭 질렀지요.

"누렁아!"

그러자 그 소리가 뚝 그치면서 후다닥 움직이는 소리가 들리더군요. 그것도 건넌방에서요. 내가 막 건넌방으로 다가가려는 찰나 방문이 슬며시 열리며 어머니가 얼굴을 내밀었습니다. 어머니 얼굴은 열병이라도 난 사람처럼 새빨개요. 고운 이마에는 땀이 송골송골 맺혔고요.

"옥희 왔구나!"

어머니는 함박 웃으며 마루를 지나 내게 달려왔지요. 그러곤 나를 또 힘껏 안고는 뺨에 입을 맞추어주었습니다. 그런데 어머니의 입술이 어쩌면 그리도 뜨거운지요. 마치 불에 달군 돌이 볼에 와 닿는 것 같았습니다. 게다가 엄마 품에서는 낯선 냄새도 났지요.

"엄마. 건넌방에서 무얼 했어?"

나는 궁금해서 그리 물었지요.

"으, 으응. 그게 말이야……."

그때 건넌방 문이 다시 열리며 아저씨가 나왔어요. 아저씨도 나를 보더니 환하게 웃었답니다.

"옥희 왔구나. 아저씨는 옥희 어머니 도와서 건넌방에서 이걸 꺼냈단다."

아저씨가 그렇게 말하면서 몸을 슬쩍 비키니 거기엔 풍금이 놓여 있었습니다. 유치원에서 본 것과 비슷하게 생긴 풍금이었지요.

"엄마. 우리 집에 어찌 풍금이 있누?"

"그, 그게…… 결혼할 때 아버지가 선물로……."

"자, 옥희야. 너는 이 아저씨랑 뒷동산에나 가볼까?"

아저씨가 내 손목을 잡고는 살짝 끌어당기며 말했지요.

"뒷동산에는 무슨 일로?"

"누렁이를 거기에 묻었거든. 뒷동산 거북 바위 있지. 그 옆에 묻었단다."

나는 누렁이 생각을 하자 다시 슬퍼져서 입을 꾹 다물곤 고개만 끄덕했지요.

"그러렴. 엄마가 삶은 달걀 싸줄 테니까 아저씨랑 뒷동산에 다녀와."

어머니는 황급히 안마당 쪽으로 걸음을 옮기셨습니다. 그때였습니다. 드르륵, 하고 큰 소리가 나더니만 아버지가 사랑방 문을 부수듯이 열고선 마루로 걸어 나오시지 뭐예요. 어머니도 놀라고 아저씨도 놀라고 나도 놀랐지요. 최근엔 누워만 계시던 아버지가 벌떡 일어나서, 그것도 아주 힘찬 걸음으로 나왔으니 말이죠. 나는 반가운 마음에 아버지를 불렀습니다.

"아빠!"

하지만 불러놓은 뒤에야 나는 뭔가가 이상하다는 걸 알아챘습니다.

아버지는 얼굴이 시커메가지고 씩씩 숨을 몰아쉬고 있었습니다. 거기다가 눈은 등잔처럼 크게 뜨고 아이고, 입은 또 어떻게나 크게 벌리고 있던지요. 한편으로는 금세 살이라도 확 찐 것처럼 얼굴이고 손발이고 모두 빵빵하게 부풀어 있었습니다. 아버지는 우리를 향해 비척비척 걸어오며 버럭 소리를 지르셨지요.

"이 연놈들! 내가, 내가 모를 줄 알고!"

"자, 자네. 왜 그러는가?"

아저씨가 놀라서 그러는지 말을 더듬었습니다. 하지만 어머니는 주먹을 꽉 쥐고 아버지를 노려보고 있었지요. 어머니의 그런 표정을 나는 그날 처음 보았습니다.

"내가…… 내가……."

아버지는 도깨비처럼 성난 얼굴로 점점 다가오다가 우뚝

멈춰 섰습니다. 그러더니 우욱, 하는 괴상한 소리와 함께 뺨을 두꺼비 같이 부풀렸습니다. 그 순간 어머니가 나를 끌어당겨 치마 뒤로 숨기셨지요. 아버지는 몸을 부르르 떠는가 싶더니만…….

"크아아!"

이상한 소리를 내면서 속의 것을 모두 토하셨습니다. 검붉은 무언가가 고약한 냄새가 함께 마룻바닥으로 쏟아져 내렸지요. 그리고 나는 보았습니다. 바닥에 고인 그 검붉은 덩어리 안에서 꿈틀거리는 벌레를요.

나는 너무 놀라서 숨을 쉴 수도 없었지요. 아저씨는 안 그래도 하얀 얼굴이 숫제 분칠이라도 한 것처럼 허옇게 변해 버렸고 어머니는 아랫입술을 꽉 깨물고 있었습니다.

아버지는…… 아버지는…… 가슴을 움켜잡더니만 그대로 앞으로 푹 고꾸라졌습니다.

"헉!"

아저씨가 외마디 비명을 질렀지요.

"아빠!"

내가 아버지에게 달려가려 하자 어머니가 팔을 움켜쥐곤 고개를 저었습니다. 그러고는 본인이 마루로 성큼 올라가 아버지 코에 손도 대보고 가슴에 귀도 대보고 하는 것이지요. 어머니도 적잖이 놀란 듯 얼굴이 하얗기는 매한가지였습니다. 피가 나도록 깨문 입술만 새빨간색이었죠.

"숨이, 숨이 끊어졌습니다."

어머니가 고개를 들고는 아저씨에게 말했습니다. 머리카락 한 가닥이 땀에 젖은 어머니 이마 위로 내려왔습니다. 그 모습이 참으로 예쁘다고, 나는 엉뚱한 생각을 해버렸지 뭐예요. 그러다가 퍼뜩 정신을 차리고 아버지를 바라봤습니다.

여섯 살이지만 숨이 끊어졌다는 게 무슨 뜻인지는 알았습니다.

그건, 아버지도 누렁이처럼 죽고 말았다는 거지요.

"정말입니까? 정말 죽었습니까?"

아저씨는 다가가지는 않은 채 재차 물었습니다. 어머니는 확실하다는 듯 고개를 몇 번이고 끄덕였지요.

이상하게도 나는 눈물이 나지 않았습니다. 너무 놀라서 아무런 생각도 들지 않았지요. 그저 심장만 쿵쾅쿵쾅 뛰고 온몸에 소름만 오소소 돋았습니다. 그건 아마도 아버지가 도깨비처럼 변했기 때문인지도 모른다고 생각했지요. 그만큼 무서웠습니다.

아저씨는 그제야 마루로 올라가서는 아버지 목에다가 손을 대더군요.

"확실하군요. 맥이 안 뜁니다. 약이 효과가 있었습니다."

아저씨가 기쁜 듯이 그리 말하자 어머니가 뭔가 눈짓을 보냈습니다. 그러니 아저씨가 입을 꾹 다물었고요.

"아빠가 죽었으면 어쩌누? 이제 어쩌누? 할머니 모시고 올까?"

내가 말했습니다. 나는 도무지 정신이 하나도 없어 어떻게 해야 하는지 알 수가 없었습니다. 아버지가 죽었다는 사실도 믿을 수가 없었지요. 하지만 쓰러져 있는 모습을 보니 한편으로는 더럭 겁이 나기도 했습니다.

"할머니도 알아야……."

내 말이 채 끝나기도 전에 어머니가 달려와서는 양쪽 어깨를 꽉 잡았습니다. 아프도록 꽉. 그러곤 말을 하셨지요.

"옥희야. 이 일은 당분간 비밀로 하자. 알겠지?"

"왜?"

"할머니가 너무 놀라시지 않겠니? 아버지가 이렇게 갑자기 돌아가셨다고 하면 할머니가 무척 놀라고 슬퍼하실 거야."

친할머니가 슬퍼하시는 건 당연한 일이었습니다. 친할머니는 아버지를 끔찍이 사랑하니까요. 그렇다고 해도 그런 이유로 숨긴다는 게 참 이상하다 싶었지만 나는 그냥 고개를 끄덕였지요. 그러지 않으면 이번에는 어머니가 진짜로 슬퍼할 것 같았기 때문입니다.

그렇습니다. 나도 슬쩍 눈치를 채고 있었지요.

어머니는, 아버지가 돌아가셨는데도 전혀 슬퍼하지 않는다는 걸요. 어머니 눈은 반짝반짝 빛나고 있었습니다. 소풍을 기다리는 내 눈을 보는 것 같았지요. 또 이상하다 싶었지만 나는 입을 다물었습니다.

그러고는 아침에는 누렁이가 죽더니 낮에는 또 아버지가 돌아가시고, 참으로 재수도 없다 생각했습니다.

그런 한편으로 나는 아버지가 금방이라도 다시 일어나 "옥희야" 하고 부르실 것만 같았습니다.

"그럼 이제 어쩔까요? 땅문서부터 찾을까요?"

아저씨의 말에 어머니는 고개를 돌렸습니다. 아저씨는 어쩐지 몹시 흥분한 것 같았습니다. 목덜미에 땀이 맺혀 있는 걸, 나는 보았지요. 아저씨는 두 손을 마주 비비며 죽은 아버지와 사랑방을 번갈아 봤습니다.

"일단 이 양반부터 치워야지요."

어머니가 그리 말하자 아저씨는 "아차" 하면서 고개를 끄덕였지요. 마치 어머니가 선생님 같고 아저씨는 학생이라도 된 것 같았지요.

"그럼 어디로 치울까요? 사랑에 두고 같이 자긴 좀 그런데."

"건넌방에다 두고 병풍을 치죠."

나는 말 한 마디 안 섞던 두 사람이 이리 자연스럽게 이야기를 한다는 사실이 무척 신기했습니다. 두 사람은 언제부터 친해진 걸까요? 나는 묻고 싶은 걸 꾹 참았지요. 어쨌든 아버지가 돌아가신 아주 중요한 상황이니까요. 거기다가 내가 뭐라 입을 열 틈도 없이 어머니와 아저씨는 각각 아버지의 다리와 머리를 잡곤 영차, 하는 소리와 함께 들어 올렸지요.

"영차! 영차!"

"영차! 영차!"

두 사람은 하나 둘, 하나 둘, 발을 맞춰가며 건넌방으로 향했습니다. 어머니와 아저씨가 친해진 것 같아 좋기도 하였지만 팔을 덜렁거리며 옮겨지는 아버지는 꼭 지난겨울에 낡아서 내다 버린 내 인형처럼 보여서 비로소 슬픈 마음이 살짝 들었습니다.

아버지를 건넌방에 옮겨 놓은 어머니는 이마의 땀을 닦았습니다. 힘들어 보이긴 했지만 어딘지 즐거운 것도 같았습니다. 그러니 볼이 빨갛게 물들어 있는 것일 테지요. 어머니는 아저씨를 향해 말했습니다. 아저씨는 조금 진이 빠진 듯 보였고요.

"이제 **그거** 주세요. 그리고 선생님은 사랑방을 뒤져서 문서를 찾으시면 되겠네요."

대체 무얼 달라고 한 걸까요? 아저씨가 화들짝 놀라더니 말까지 더듬었습니다.

"저, 정말로 하겠다는 겁니까? 다, 다시 한 번 생각을……."

"주세요."

어머니가 재차 그리 말하자 아저씨는 슬그머니 사랑으로 들어가셨지요. 그러곤 얼마 안 있어 크고 검은 병을 들고 나왔습니다. 생긴 것이 꼭 간장병 같은데 그 안에 뭐가 들었는진 나도 몰라요. 어머니는 그 병을 받아 들더니만 다시 내 머리를 쓰다듬으며 말했지요.

"옥희야. 선생님이랑 기다리고 있으렴. 엄마는 잠시 다녀올 테니."

"어디에 가누?"

내가 그리 물으니, "응. 우물에" 하고 말한 뒤 어머니는 아주 예쁘게 웃었습니다. 세상 그리 예쁜 미소는 처음 봤지 뭐예요.

"우물에는 왜?"

"이 동리 사람들한테 똑똑히 가르쳐주려고."

"무얼?"

"입을 싸게 놀리면 어떻게 되는지."

그렇게 말하는 어머니는 잠시 웃는 것도 같았습니다.

"빨리 돌아오나?"

"얼마 안 걸리지. 그러니 걱정 말어."

내가 고개를 끄덕이자 어머니는 내 뺨을 어루만졌습니다.

"우리 착한 옥희, 엄마 말도 참 잘 듣고 너무 예쁘다. 옥희야."

"응."

"일어나야 할 일은 반드시 일어나게 돼 있단다. 알겠니?"

그게 무슨 말인지 도통 알 수가 없었지만 나는 고개를 끄덕였습니다. 그러면서 속으론 오늘 어머니가 참 모를 말을 많이 한다 생각했지요.

어머니는 내 뺨을 한 번 더 쓰다듬은 후 아저씨를 보고 슬쩍 인사를 한 뒤에 나풀나풀 한 마리 나비처럼 대문 밖으로 나가셨습니다. 그 크고 검은 병을 꼭 쥔 채로요.

나는 어머니가 그리 즐거워하는 걸 본 적이 없지요.

누렁이도 죽고, 아버지도 돌아가시고 하니 왠지 집 안이 퍽 쓸쓸하게 느껴졌습니다. 나는 마루에 앉아 다리를 흔들거리며 그날 유치원에서 배웠던 노래를 흥얼거리고 있었습니다. 아저씨는 무얼 그리 열심히 찾는지 사랑방 구석구석을 뒤지고 있었고요.

얼마 안 있어 아저씨가 "찾았다" 하면서 마루로 나오지 뭐예요.

"찾았누?"

내가 물으니 아저씨는 살짝 놀란 표정을 짓더니 이내 웃어 보이는 겁니다.

"아저씨가 뭘 찾았는지 아니?"

나는 고개를 저었지요. 아저씨는 내 옆에 와서 앉았습니다. 그 순간 나는 기억해냈지요. 아까 어머니가 건넌방에서 나왔을 때 나던 냄새가 바로 아저씨한테서 나는 냄새와 똑같다는 걸. 그리 고약하진 않지만 그렇다고 또 자꾸 맡고 싶은 냄새도 아니었습니다.

"옥희, 많이 슬프니?"

아저씨가 그리 물었습니다.

나는 슬픈 것 같기도 하고 아닌 것 같기도 해서 그저 가만히 있었습니다. 아저씨는 내 머리를 한 번 쓰다듬었어요. 그러곤 혼잣말인 듯 아닌 듯 중얼거렸지요.

"옥희 어머니는 참 대단한 사람이야."

"뭐가 대단하누?"

내가 묻자 아저씨는 싱글싱글 웃는 한편 아주 빛나는 눈으로 오래 나를 쳐다봤습니다. 그러더니 말을 했지요.

"모든 걸 혼자 계획했거든. 예쁜 얼굴 뒤에 비수를 숨기고 있었던 거야. 그리고 또⋯⋯."

"또?"

"욕망이 들끓는 여자니까. 그리고 그 욕망을 이룰 줄 아는 여자니까 옥희 어머니가 대단한 거야."

"욕망이 뭔가? 욕심 같은 건가?"

예배당 목사님이 욕심은 좋지 않은 거라 말씀하셔서 나는 아저씨의 그 말이 썩 좋지 않게 들렸습니다.

"아니란다. 욕망과 욕심은 다른 거지."

"어떻게 달라?"

"욕심은 비뚤어진 마음이지만 욕망은 간절한 마음이거든."

아저씨는 그리 말한 후 다시 나를 쳐다보더니 픽, 하고 웃었지요.

"아직 옥희가 이해하기엔 어려운 말이겠구나. 아무튼 옥희 어머니는 대단한 분이시란다. 그리고…… 아주 무서운 사람이지."

"엄마가 왜 무서워?"

"오늘 밤이 지나면 알게 될 거야."

아저씨는 그 말만 하신 후 찾았다는 그 문서란 걸 들고 방으로 들어갔습니다.

혼자 남겨진 나는 심심하기도 하고 집에 있으면 슬픈 마음이 들 것만 같아 아저씨가 말했던 뒷동산으로 혼자 향했습니다. 예전에야 꼭 어머니를 따라서 가던 곳이었지만 여섯 살이 된 이제는 넉넉하게 혼자 다닐 수 있었지요. 뒷동산에 가서 누렁이가 묻혀 있다는 곳도 확인해보고 싶었습니다.

집에서 뒷동산까지는 가깝지요. 나는 가는 길에 어여쁘게 핀 꽃을 꺾어 다발을 만들었습니다. 이걸 어머니에게 선물하면 좋겠다고 생각하면서 말이죠. 혼자 가는 게 조금은 서럽긴 하여도 뒷동산에 오르자 기분이 나아졌습니다. 뒷동산에서 거북 바위까진 내 걸음으로도 얼마 안 걸려요.

거북 바위에 도착해서 주위를 암만 살펴도 누렁이가 묻혀 있을 만한 작은 무덤은 보이지 않았습니다. 대신에 누군가 파다가 만 것처럼 땅을 헤집은 흔적은 있어요. 이게 무슨 일인가 싶어 나는 쪼그리고 앉아 거길 바라봤지요.

그때 그 소리가 들렸어요.

끙끙. 끙끙.

그건 누렁이가 배고플 때나 하여간 뭔가 마음에 안 들 때 내는 소리였지요. 아까 낮에 건넌방에서 들리던 소리완 완전히 달랐어요. 나는 단박에 알아들을 수가 있었습니다. 반가운 마음에 고개를 돌리니 과연 내 뒤쪽 수풀에 누렁이가 서 있었습니다.

"누렁아!"

진짜 누렁이지 뭐예요. 누렁이는 흙이 조금 묻긴 했어도 예전 모습 그대로였습니다.

"너 죽지 않았구나."

나는 누렁이를 향해 달려가려 했습니다. 그런데 뭔가가 조금 이상했습니다. 인형 같던 누렁이 눈알이 죽은 생선 눈깔처럼 허연 건 둘째 치고 아침에 봤던 그대로 주둥이에 피가 잔뜩 묻어 있는 것도 모자라 나를 향해 사납게 이빨을 드러내고 짖는 게 아닙니까.

컹! 컹! 컹!

그 소리가 너무 무섭게 들려 나는 그만 멈추고 말았습니다. 누렁이는 짖다가 이내 으르렁거리기 시작했습니다. 그러더니 나를 향해 비틀거리면서 다가왔습니다. 다가오는 꼴을 자세히 보니 누렁이 주둥이와 배 주변에는 온갖 벌레와 구더기들이 잔뜩 달라붙어 있었습니다.

나는 더럭 겁이 났지요.

누렁이는, 내가 알던 그 누렁이가 아니었습니다.

나는 주춤주춤 뒷걸음질을 치다가 이내 줄행랑을 놓았습니다. 뒤에서 누렁이가 따라오며 짖는 소리가 들렸지요. 눈물이 날 것만 같았습니다. 바보 누렁이. 제 주인도 몰라보고, 저리 짖다니. 아파서 그런 건가 싶기도 하다가 그렇다기에는 누렁이 꼴이 너무 더럽고 흉측해서 불쌍한 마음도 들지 않았습니다.

죽지 않은 건 분명하니 아저씨와 나중에 가서 고쳐달라고 하자, 이 생각뿐이었습니다.

그리고 헐레벌떡 집으로 돌아오니 어느새 어머니가 와 있었습니다. 어머니는 걱정스런 표정으로 물었습니다.

"어딜 다녀온 거니?"

"응. 뒷동산에."

"거긴 왜?"

"누렁이 보러. 그런데 누렁이가……."

"어서 짐을 싸."

어머니가 말을 끊는 통에 나는 할 말을 잃었습니다.

"짐은 왜 싸누?"

"외할머니댁으로 갈 거야."

"언제?"

"낼 아침에. 지금은 기차가 끊어졌으니."

그러고 보니 어느덧 저녁이 되었습니다. 나는 그것도 모를 정도로 정신없이 달려왔던 거지요.

"엄마랑 둘이서 가나?"

아버지는 어떡하고 우리 둘이서 외할머니댁으로 간다는 걸까요? 나는 그게 몹시도 궁금했습니다.

"아니. 아저씨랑 셋이서 갈 거야."

"아저씨랑?"

"싫으니?"

"아니. 그런데 아빠는?"

"친할머니가 알아서 하실 거야. 그러실 수 있다면."

점점 더 알쏭달쏭한 말만 하는 어머니를 보며 나는 답답했습니다. 내가 말이 없자 어머니는 알아들은 걸로 생각을 하고는 한 마디를 더하셨습니다.

"옥희야. 너도 크면 엄마 맘을 알게 될 거야."

"자, 이거."

나는 그런 어머니에게 꽃다발을 내밀었습니다.

"어디서 났니? 퍽 곱구나."

어머니는 꽃다발을 받아들고선 신난 표정으로 바라보다

가 안방으로 들어가셨습니다. 나는 짐을 챙길까 하다가 그래도 궁금해서 사랑으로 향했습니다.

방문을 여니 아저씨도 짐을 싸고 있었지요. 과연 우리랑 같이 갈 모양이었습니다. 아저씨는 휘휘 휘파람까지 불고 있었습니다. 퍽이나 신난다는 듯이요.

"아저씨."

"옥희도 어서 짐 싸야지. 엄마한테 말 들었지?"

"누렁이 진짜 죽은 거 맞나?"

"그럼. 진짜 죽었지. 너도 봤잖니. 그래서 내가 묻어주고 왔고."

"진짜로 죽었나?"

내가 재차 묻자 아저씨가 고개를 돌려 나를 봤지요.

"그게 무슨 말이니?"

"내가 누렁이를 봤거든. 누렁이가 나를 보더니 막 짖으면서……."

"잠깐. 다른 개가 아니고 정말 누렁이였니?"

나는 고개를 끄덕였지요. 암만 어린애지만 어찌 기르던 개도 못 알아보겠어요. 그렇게 말하려는 찰나, 아저씨 몸이 흠칫하였습니다. 그러고는 귀를 기울입니다. 나도 귀를 기울였지요.

아주 아름다운 소리가 들리기 시작했습니다.

그건 바로 풍금 소리였지요! 분명 안방에서 흘러나오는

것이었습니다.

"엄마다! 엄마가 풍금을 타나부다."

나는 벌떡 일어나 안방으로 향했습니다. 과연 마루에 나와 있던 풍금이 보이지 않았습니다. 안방에는 불이 켜지지 않았지만 그때는 음력으로 보름께나 되어서 달이 낮 같이 밝은데 은빛 같은 흰 달빛이 방 한 절반 가득히 차 있었습니다. 나는 흰옷을 입은 어머니가 풍금 앞에 앉아서 고요히 풍금 타는 것을 보았습니다.

어머니가 풍금 타시는 것을 보는 건 이번이 처음이었습니다. 집에 풍금이 있단 것도 몰랐으니까요. 그런데 어머니는 유치원 선생님보다도 풍금을 잘 타셔요. 그게 너무 신기해 어머니 곁으로 갔습니다마는, 어머니는 내가 곁에 온 것도 알지 못하는지 그냥 앉아서 풍금을 탔습니다.

조금 있더니 어머니는 풍금 곡조에 맞춰 노래를 부르기 시작하였습니다. 어머니의 목소리가 그렇게 아름다운 것도 나는 이때까지 모르고 있었습니다. 어머니는 참으로 유치원 선생님보다도 목소리가 훨씬 더 곱고, 또 노래도 훨씬 더 잘 부르시는 것이었습니다. 나는 가만히 서서 어머니 노래를 들었습니다. 그 노래는 마치도 은실을 타고 별나라에서 내려오는 노래처럼 아름다웠습니다. 그러나 오래지 않아 목소리는 약간 떨리기 시작했습니다. 가늘게 떨리는 노랫소리, 그에 따라 풍금의 가는 소리도 바르르 떠는 듯했습니다. 노랫소리는 차차 가늘어지더니 마지막에는 사르르 없어져버렸습니다. 풍금 소리도 사르르 없어졌습니다. 어머니는 고요히 일어나시더니 옆에 서 있는 내 머리를 쓰다듬었습니다. 그다음 순간, 어머니는 나를 안고 마루로 나오셨습니다. 어머니는 아무 말씀도 없이 그냥 꼭꼭 껴안는 것이었습니다. 달빛을 함빡 받은 내 어머니 얼굴은 몹시도 새하얗다고 생각되었습니다. 우리 어머니는 참으로 천사 같다고 생각하였습니다.

그날 밤, 나는 잠자리에 들었지만 쉬이 잠이 오지 않았습니다. 어머니의 풍금 소리와 노랫소리가 귓가에 울리기도 하고 아버지가 돌아가셨다는 사실이 그제야 실감이 났기 때문입니다. 이제 다시는 아버지를 볼 수 없다 생각하니 무척 슬퍼졌습니다. 자는 어머니를 깨울까봐 나는 울음이 나오려는 걸 꾹 참고 조용히 마루로 나왔습니다.

옥희야, 하고 다정히 불러주시던 아버지 목소리와 얼굴이 생각났습니다. 물론 성을 낼 땐 조금 무섭긴 했지만 내게는 그런 적이 없었기에 나는 아버지가 그립고 또 그리웠습니다. 그렇습니다. 낮에는 미처 정신이 없어 슬플 새가 없었는데 밤이 되고 고요해지고 달빛마저 은은히 비치니까 슬픔이란 것이 슬그머니 들어온 것입니다. 나는 훌쩍이며 마루를 가로질러 건넌방 쪽으로 갔습니다. 마루엔 이미 어머니와 아저씨가 싼 짐이 놓여 있었지요.

건넌방에는 돌아가신 아버지가 있다지만 나는 무섭지는 않았습니다. 그저 아버지 얼굴을 한 번만 더 보고 싶다는 마음뿐이었습니다. 그래서 방문을 열고 들어갔지요. 분명 달빛이 비치는 데도 건넌방은 무척 어두웠습니다. 방구석에 세워 둔 병풍이 어렴풋이 보였습니다.

저 병풍 뒤에 아버지가 있었습니다. 나는 병풍을 열고 아버지 얼굴을 볼 요량으로 다가갔습니다.

그때였습니다.

드그득. 드그득. 드그득.

갑자기 그런 소리가 들렸습니다.

쥐라도 있나?

첨엔 그리 생각했습니다. 그건 마치 쥐가 무언가를 갉아대는 소리 같았지요.

드그득. 드그득. 드그득.

그 소리가 또 들렸습니다. 나는 그게 병풍 쪽에는 나는 소리란 걸 알아챘지요. 뭔가가 병풍을 긁고 있는 모양이었습니다. 어두컴컴한 병풍 뒤에서, 손가락을 들어 병풍을 드그득, 드그득, 드그득 긁어대고 있는 것이었지요.

설마 아버지가?

아버지가 돌아가신 게 아니라 병풍 뒤에서 살아계신 채 도와달라고 병풍을 긁고 있는 건지도 모르겠다는 생각이 들었습니다. 나는 병풍을 젖히려고 했지요. 그러는 찰나 마당에서 친할머니의 날카로운 목소리가 들렸습니다.

"경선아! 경선아!"

이어서 큰삼촌 목소리도 들렸지요.

"다들 빨리 나오게. 큰일이 나버렸어!"

나는 후다닥 마루로 나갔습니다. 자고 있던 어머니와 아저씨도 놀란 얼굴로 달려 나왔지요. 마당에 선 친할머니는 귀신같은 표정을 하고선 소리를 질렀습니다.

"지금 온 동리가 발칵 뒤집혔는데 태평하게 잠이나 자고 있으면 어떻게 해? 경선아! 빨리 나와봐라."

"무슨 일인가요?"

아저씨가 물었습니다.

"이보게. 자네가 의사니 빨리 동리를 한번 둘러보게. 지금 동리 사람들이 하나둘 피를 토하며 쓰러져선 난리가 났다네."

큰삼촌의 말에 아저씨는 어머니를 돌아봤습니다. 어머니는 그때까지 아무 말 없이 꼿꼿이 서서는 친할머니와 큰삼촌을 내려다보고 있었지요.

"아니. 경선이는 왜 안 나오는 거야? 어떻게 된 거니?"

친할머니가 그리 묻자, 어머니는 작게 한숨을 쉰 후 대답했습니다.

"죽었습니다."

"뭐? 뭐라고? 지금 뭐라고 했니?"

"오늘 낮에 죽어 지금 건넌방 병풍 뒤에 놓아두었습니다."

친할머니와 큰삼촌은 한동안 아무 말도 못 하고 눈을 휘둥그레 뜨고 있을 뿐이었습니다. 나는 아버지가 돌아가신 게 아니라고 말하고 싶었지만 지금 입을 열면 왠지 야단을 들을 것만 같아 가만히 있었습니다. 그때 친할머니가 신을 신은 그대로 마루로 달려 올라왔지요.

"경선아!"

친할머니는 아버지 이름을 부르며 건넌방으로 뛰어 들어 갔습니다. 큰삼촌도 그 뒤를 따랐지요. 어머니는 그 모습을 보며 다시 한숨을 쉬고는 아저씨를 향해 슬쩍 눈짓을 보냈습니다. 그런 뒤 나를 잡고 말했지요.

"옥희야. 지금이야. 빨리 떠나자."

"엄마. 근데 아빠……."

내가 채 말을 마치기도 전에 병풍 뒤집히는 요란한 소리가 들리더니 곧이어 친할머니가 비명을 질렀습니다.

"아이고, 경선아!"

그 소리가 너무 크고 끔찍해서 나도 모르게 몸을 움츠렸습니다. 어머니와 아저씨도 건넌방 쪽으로 고개를 휙 돌렸지요. 건넌방에서는 계속 친할머니의 비명과 큰삼촌의 고함이 들렸는데 그 가운데 아주 기분 나쁜 소리도 섞여 있었습니다. 무언가를 게걸스레 뜯어 먹는 것 같은 소리.

"무, 무슨 일이?"

아저씨가 허옇게 질린 얼굴로 건넌방을 향해 다가갔습니다.

그 순간 친할머니가 튀어나왔습니다.

"헉!"

어머니는 친할머니를 보자 숨을 삼켰습니다. 나도 마찬가지였지요. 친할머니는 온몸에 온통 피를 처바르고 있었는데 그 피는 반쯤이나 뜯겨 나간 목에서 울컥울컥 뿜어져 나오는 것이었습니다. 자기 목을 누르며 비틀비틀 걷던 친할머니는 벌러덩 쓰러지더니 경기 일으키는 애처럼 온몸을 부들부들 떨었습니다. 그 모습이 너무나 끔찍해 눈앞이 빙글빙글 돌 정도였습니다.

"왜 저래요?"

어머니가 아저씨를 향해 물었습니다. 하지만 아저씨는 넋나간 표정으로 고개를 저을 뿐이었습니다. 그리고 다음 순간, 아버지가 어기적어기적 밖으로 나왔습니다.

아버지의 눈은 뒷동산에서 만난 누렁이의 그것과 똑같았습니다. 거기다가 입에는 온통 피 칠갑을 하고 있었고 뭔가를 우물우물 씹고 계셨습니다. 미남이라 불렸던 얼굴은 흉측하게 일그러졌고 역시 피가 잔뜩 묻은 두 손은 앞으로 뻗은 채 아저씨를 향해 걸어왔습니다. 분명히 죽었다던 아버지가 살아서 움직이는 게 반가워야 했지만 나는 조금도 그런 마음이 들지 않았습니다. 아버지는 너무 무섭게 변했고 도통 사람 같아 보이지 않았습니다. 나는 겁이 나서 어머니의 치맛자락을 꽉 잡았습니다.

"으헉!"

아저씨는 놀라서 엉덩방아를 찧고 말았습니다.

"분명 죽었는데……."

어머니는 그리 중얼거리곤 입을 꾹 다물었습니다.

아버지는 쓰러진 아저씨를 덮쳤습니다. 그러더니 이를 딱딱 부딪치며 아저씨의 목덜미를 물어뜯으려는 것이었습니다. 아저씨는 겨우겨우 아버지의 얼굴을 잡고 버티고 있었지요.

"히익! 살려줘! 힘이 어마어마해!"

아저씨가 발버둥 치며 소리를 질렀습니다. 저리 두면 큰일이 날 게 분명해 보였지요. 누렁이가 그랬던 것처럼 아버지 역시 내가 알던 아버지가 아니게 되어버렸습니다. 아버지는, 아저씨의 그림책에 있던 그 사람들처럼 역병에 걸려버렸고 그래서 무섭게 변해버린 것입니다.

"살려줘!"

아저씨가 다시 한 번 소리쳤지요. 그러자 어머니가 한달음에 광으로 달려가더니 금세 날카로운 낫을 들고 나타났습니다.

"옥희야, 넌 저리 가 있어!"

어머니는 그리 외친 후 아버지에게로 달려가 그 등짝을 낫으로 마구 베었습니다. 허지만 아버지는 꿈쩍도 하지 않고 계속 아저씨 목덜미를 물려고만 했지요.

"죽어! 죽어!"

어머니는 큰 소리를 지르며 아버지를 찌르고 또 찔렀습니다.

"빨리 살려줘!"

아버지 입이 아저씨 목에 점점 가까워졌지요. 나는 너무 무서워서 주먹을 꽉 쥐었습니다.

그때였습니다. 어머니가 무언가 결심을 한 듯 숨을 한 번 크게 쉬더니 낫을 양손으로 단단히 잡고 그 날을 아버지 목에 댄 뒤 힘껏 그었습니다.

나는 눈을 감아버렸지만 아버지 목이 뎅겅 잘려 나가는 것은 보고 말았습니다.

"아이고!"

나도 모르게 비명이 튀어나왔습니다.

아버지의 잘려 나간 목에서 피가 비처럼 쏟아져 아저씨 얼굴에 떨어졌습니다.

"히익."

아저씨는 아버지의 몸뚱이를 밀쳐낸 후 재빨리 일어났습니다. 어머니는 숨을 헐떡이며 굳은 채 떨어져 뒹구는 아버지 얼굴을 노려봤지요.

"저 양반은 죽어서도 속을 썩여."

어머니가 씩씩거리며 말하는 걸 듣고 있는데 죽었다 생각했던 친할머니가 몸을 부르르 떨더니 천천히 일어나지 뭐예요. 친할머니 역시 으르렁으르렁 짐승 같은 소리를 냈습니다. 나는 다급하게 어머니를 불렀습니다.

"엄마!"

엄마가 뒤를 돌아보려는 찰나 친할머니가 달려들었습니다. 어머니는 솜씨 좋게 피한 후 낫을 친할머니 머리에 박아넣었습니다.

"끄억."

친할머니는 괴상한 소리를 내면서 벌렁 나자빠졌습니다. 어머니는 그 꼴을 보더니 그 고운 목소리로 크게 웃었습니다.

"하하하!"

"뭔가 변고가 생긴 게 틀림없어요. 내 약이 이상하게 작용을 해서 죽었던 것들이 다시 살아나서……."

아저씨가 그리 말하는데 어머니가 성큼 움직여 짐을 들었습니다.

"그런 건 나중에 따지고 서둘러 움직입시다. 지금쯤이면 첫차도 다닐 테니."

어머니의 말에 아저씨 역시 고개를 끄덕이며 자기 짐을 들었지요. 나도 눈치 빠르게 내 짐 보퉁이를 들고 어머니를 따라나섰습니다. 어머니는 마당에 있는 도끼를 턱짓으로 가리키며 아저씨에게 말했습니다.

"저거 챙겨요."

"네, 네."

아저씨는 허둥지둥 도끼를 들고 대문 밖으로 나갔습니다. 그때 뒤에서 무언가가 울부짖는 오싹한 소리가 들렸지요. 내가 돌아보니 건넌방에서 큰삼촌이 어기적어기적 걸어 나오고 있었습니다.

"놔둬. 우린 빨리 가자."

어머니가 말했습니다.

"응."

나는 어머니 치맛자락을 잡고 따라갔습니다. 기차역으로 가려면 동리를 통과해야 합니다. 달빛이 형형한 새벽의 동리는 여러 가지 소리로 가득했습니다. 비명이 들리기도 하고 고함이 들리기도 하고 아버지나 친할머니, 그리고 큰삼촌이 냈던 것 같은 짐승 소리가 들리기도 했습니다. 그리고…….

동리 구석구석에 죽어 나자빠진 사람들이 가득했습니다.

게다가 그 사람들 중에는 꿈틀거리며 일어나는 이들도 많았습니다.

"일 났어. 큰일이 났어!"

아저씨는 무서워서 그러는 듯 주위를 둘러보며 거의 달리

다시피 기차역으로 향했습니다. 어머니와 나도 걸음을 서둘
렀습니다.

그때였습니다.

"크아아!"

우리 집에 자주 오던 달걀 장수 노파가 어디서 나타났는
지 우리를 향해 달려들었습니다. 그 할머니뿐만이 아니었습
니다. 조그만 아이도, 건장한 아저씨도, 곱게 생겼을 게 분
명한 언니 한 명도 우리를 둘러싸며 점점 다가왔지요.

"옥희야. 엄마 뒤에 꼭 붙어 있어!"

어머니는 그렇게 말하며 낫을 휘둘렀습니다.

"어, 어어!"

아저씨도 도끼를 가지고 그 사람들을 내리치기 시작했고
요.

"머리를 쳐야 해요! 머리를 노려요!"

어머니는 달걀 장수 노파의 목을 단번에 잘라버린 후 조
그만 아이의 머리도 두 쪽으로 갈라버렸습니다. 그사이 아
저씨도 언니를 어찌어찌 물리쳤습니다. 나는 너무 무섭고
정신이 없어 무슨 일이 벌어지는지도 정확히 알 길이 없었
습니다. 모든 게 낯설고 이상했습니다. 갑자기 변해버린 어
머니의 모습도 살짝 무서웠습니다. 백옥처럼 희고 고운 얼
굴에 피가 튀었지만 어머니는 상관하지 않고 동리 사람들을
차례차례 죽여 나갔습니다.

하지만 우리를 향해 다가오는 동리 사람들의 수는 점점 늘어났습니다.

"지긋지긋해. 이 인간들도, 이 동리도!"

나는 어머니가 낫을 들고 그렇게 중얼거리는 걸 들었습니다.

"이, 이제 어떻게 합니까?"

아저씨가 덜덜 떨며 물었지요.

"동리를 빙 돌아 도망가는 수밖에요."

어머니는 내 손을 잡고 달렸습니다. 다행히 도깨비처럼 변한 사람들은 느렸습니다. 큰삼촌이 술에 취해 비틀거리며 동리를 헤맬 때와 거의 비슷했지요. 하지만 골목 구석구석에서 동리 사람들이 튀어나와 우리를 붙잡으려 했습니다. 나는 숨이 가빴지만 어머니 치맛자락을 꽉 붙들고 달리고 또 달렸습니다.

"크아아!"

뒤에서 그런 소리가 들렸습니다. 동리 사람들은 완전히 도깨비로 변해 우리를 잡아먹으려고 난리를 쳤습니다.

"크아아!"

또 한 번 그 끔찍한 소리가 바로 뒤에서 들렸고 무서워진 나는 슬쩍 고개를 돌렸습니다. 그때였습니다.

"아!"

돌부리에 발이 걸리며 내가 넘어지고 말았습니다. 그러면서 어머니 손도 놓쳤지요.

"옥희야!"

어머니가 소리쳤습니다.

나는 일어나려고 했지만 다리가 아파 꼼짝도 할 수 없었습니다. 게다가 너무 무섭고 정신이 없어 울음만 나왔습니다. 도깨비로 변한 동리 사람들이 금방이라도 달려들 것만 같았지요. 나는 엄마와 아저씨를 불렀습니다.

"엄마! 아저씨!"

그 순간 누가 내 다리를 쑥 잡아당겼습니다. 뒤를 돌아보니 동식 오빠네 할아버지였습니다. 제가 가끔 놀러 가면 엿을 꺼내주기도 하던 그 할아버지가 입에서 피를 뚝뚝 흘리며 나를 덮쳤지요.

"으아아!"

나는 비명을 지르며 어머니와 아저씨를 향해 손을 뻗었지요. 그때 나는 봤습니다. 아저씨 혼자 저 멀리 도망가는 모습을.

"옥희한테서 떨어져!"

얼른 달려온 어머니가 동식 오빠네 할아버지의 얼굴을 뻥 차버렸습니다. 그러고는 낫으로 머리를 푹 찔렀지요. 할아버지는 고꾸라졌지만 그것으로 끝이 아니었습니다. 엄청나게 많은 사람들이 우리를 향해 다가오고 있었습니다. 밝은 달빛 아래 저마다 끔찍한 모습을 한 동리 사람들 얼굴이 뚝

똑히 보였지요. 사람들, 아니 이제 도깨비지요, 도깨비들은 꼭 산짐승처럼 마구 으르렁대고 소리를 질렀습니다.

"업혀라."

어머니가 등을 대고 앉았습니다. 나는 냉큼 업혔지요. 어머니는 나를 업고선 한 손엔 보따리를 들고 한 손엔 낫을 든 채로 또 달렸습니다. 헉헉. 어머니의 거친 숨소리가 들렸지요. 도깨비들은 금방이라도 우리를 붙잡을 듯 바싹 다가왔습니다. 잠시 주위를 살피던 어머니는 예배당으로 향했습니다.

다행히 예배당 문은 반쯤 열려 있었습니다. 누군가의 손이 내 엉덩이에 닿으려는 찰나 어머니와 나는 예배당 안으로 쏙 들어갔습니다. 어머니는 예배당의 무거운 나무 문을 쾅 소리가 나게 닫더니 빗장까지 단단히 질렀습니다.

쾅! 쾅! 쾅!

기다렸다는 듯이 동리 사람들이 예배당 문을 두드려댔습니다. 예배 시간에는 다들 코빼기도 안 보이던 동리 사람들이 이제는 예배당으로 들어오려고 저리도 문을 두드린다 싶었지요. 어머니는 나를 내려놓고 이마에 흐르는 땀을 닦았습니다.

"이제 어쩌누?"

여기에 꼼짝없이 갇힌 게 아닐까 걱정스런 마음에 내가 물었습니다.

"저기 뒷문이 있을 거야. 거기로 가자."

어머니가 내 팔을 단단히 잡고 걸었습니다. 나는 절룩거리면서 따라갔습니다. 무릎이 너무 아팠지만 더는 징징거릴 순 없었지요. 저 도깨비들한테 물어 뜯기느니 무릎이 조금 아픈 쪽이 훨씬 나았으니까요.

"하늘에 계신 아버지. 이 지옥에서 우리를 구하시고……."

어머니는 걸으면서도 기도를 하셔요.

"하느님. 이 지옥에서 우리를 구하시고……."

나도 어머니를 따라 기도를 했지요. 목사님은 분명히 말씀하셨어요. 착한 사람이 기도를 하면 하느님이 꼭 들어주신다고.

그때였어요. 예배당 남자석 맨 앞에서 시커먼 옷을 입은 누군가가 불쑥 튀어나왔지요.

"크아아!"

하며 소리를 지르는 도깨비는 다름 아닌 목사님이었습니다.

"아!"

미처 대비를 못 하고 있던 어머니는 목사님에게 떠밀려 바닥에 쓰러졌어요. 남을 해치면 안 된다고 그렇게 말씀하시던 목사님은 누런 이를 드러내며 어머니를 물어뜯으려 했어요. 목사님에게 완전히 눌린 어머니는 낫을 휘두를 수도 없었지요.

"옥희야!"

부들부들 떨고만 있던 나는 어머니가 부르는 소리에 퍼뜩 정신을 차렸지 뭐예요. 나는 주위를 살펴봤어요. 저만치 바닥에 목사님이 늘 들고 다니시던 나무 십자가가 떨어져 있었어요. 나는 그걸 주워 들었지요. 여섯 살인 내가 들기에는 제법 무거워요. 온 힘을 다해 십자가를 들어서는 어머니가 그랬던 것처럼 머리를 노리고 냅다 휘둘렀어요.

픽!

그 소리와 함께 목사님이 나를 향해 고개를 돌렸지요. 나는 눈을 질끈 감으며 십자가를 앞으로 내밀었습니다. 하지만 목사님은 팔을 휘둘러 십자가를 쳐내고는 내게로 달려들었습니다. 그 순간 어머니의 낫이 목사님의 목을 싹둑 베어버렸습니다.

"엄마!"

나는 너무나도 기쁘고 다행이다 싶어 어머니 품으로 달려가 안겼지요.

"자, 가자."

어머니와 나는 이번에야말로 뒷문을 찾아 예배당을 빠져나왔습니다. 예배당 뒤쪽은 조금 한적해요. 나는 뒤를 돌아봤지요. 아직도 동리 여기저기에 사람들이 쓰러져 있고 그 위에 올라탄 무서운 사람들이 으르렁 소리를 내며 뜯어 먹고 있었습니다. 참으로 무서웠지만 한편으로는 어머니와 내가 무사하다는 사실에 기쁘기도 했습니다.

"으아악!"

비명이 들려 돌아보니 한 사람이 우리 쪽으로 달려왔습니다. 그 사람은 변한 것 같지 않았지만 어머니는 대번에 낫을 들고 머리를 날려버렸습니다. 어머니는 사뭇 즐거운 것처럼도 보였습니다. 그러지 않고서야 그리 환한 얼굴을 하고선 도망칠 수는 없을 테니까요. 달빛에 비친 어머니의 얼굴은 아까보다도 훨씬 더 눈부셨습니다.

우리는 예배당 뒤쪽 길을 지나 동리의 끝자락에 도착했습니다. 거기에도 사람들이 흘린 피가 흥건했습니다. 어느 집에선 불이 나 활활 타오르고 있었습니다. 어머니처럼 낫 같은 걸 들고 설치는 사람도 있었지만 대부분은 뜯어 먹히는 쪽이었지요.

또다시 여러 사람들이 우리를 에워싸려 했습니다. 어머니는 치마를 확 걷어 올리고선 기합을 넣으며 그 사람들의 목을 하나둘 베어 갔습니다. 목이 뎅겅뎅겅 떨어질 때마다 나는 움찔움찔 놀랐지만 한편으로는 속이 시원하다는 생각도 했습니다.

"옥희야. 이제 거진 다 왔다."

나도 알고 있었습니다. 우리가 동리를 거의 다 빠져나왔다는 걸. 그 말은 기차역이 지척에 있다는 소리였지요. 아니나 다를까, 가까운 거리에서 이제 곧 기차가 출발한다는 기적 소리가 들렸습니다.

"서두르자."

어머니는 낫을 내버리고 내 손을 잡고선 달리기 시작했습니다. 그 순간 무언가가 어머니의 다리를 잡아 하마터면 우리 둘은 걸려 넘어질 뻔했습니다.

내려다보니 아저씨가 쓰러져 버둥거리고 있었습니다. 혼자서 도망간 줄 알았는데 어찌 저러고 있을까, 하고 보니 다리에서 피를 흘리고 있는 것이었습니다. 그리고 그 옆에는 누렁이가 아저씨의 다리를 깨물고 있었습니다.

"살려줘. 같이 가……."

아저씨가 어머니를 향해 그리 말했습니다.

"싫어."

그리 말하는 어머니의 목소리는 아주 힘차고 컸습니다. 나는 어머니의 이 말씀에 놀라 떼를 좀 써보려 했으나, 달빛에 빤히 비치는 어머니의 얼굴을 보니 용기가 없어지고 말았습니다.

"제발……."

어머니는 발로 아저씨의 손을 밟아 떼어놓은 후 아저씨 짐까지 챙겨선 다시 달렸습니다. 나는 떨어질세라 어머니 뒤를 재게 쫓았지요. 뒤에서 아저씨의 비명이 들렸습니다. 참으로 끔찍하고 섬뜩한 소리였습니다.

기차역은 동리에서 벌어진 끔찍한 소동을 모르는 듯 조용하기만 했습니다. 어머니와 나는 막 떠나려는 기차를 향해 달렸습니다. 역무원이 우리 꼴을 보더니 앞을 막아섰지요.

"아주머니. 어디 아픈 거 아닙니까? 무에 그리 땀을 흘립니까? 그리고 치마엔 피가⋯⋯."

"아닙니다. 몸이 좀 안 좋았는데 이젠 괜찮습니다. 저희들 빨리 기차를 타야 합니다."

역무원은 고개를 갸웃하면서도 슬쩍 비켜주었습니다. 우리는 늦지 않게 기차에 올랐지요. 어머니는 숨을 헐떡이면서도 빙그레 미소를 지었습니다. 나는 그런 어머니 얼굴을 보며 속으로 생각했지요.

'우리 엄마가 거짓부리 썩 잘하누나. 저 우리 엄마 얼굴을 좀 봐라. 어쩌문 저리두 환하고 밝을까. 어데가 아프긴 순 거짓부리다.'

어머니와 나는 기차에 자리를 잡고 앉았습니다. 기차는 힘찬 소리를 내며 출발했습니다. 나는 창밖을 바라봤지요.

"옥희야. 이제 우리 둘이서 행복하게 살자."

어머니가 그리 말하는데 솔직하니 말하자면 등허리에 오소소 소름이 돋았습니다. 그건 아마도 기차역 안으로 그 사람들, 변해서 다른 이들을 뜯어 먹는 사람들 수십 명이 들어오는 걸 슬쩍 봤기 때문인지도 모르지요.

아무렴 어떨까요. 누렁이고 죽고, 아버지도 죽고, 아저씨

도 죽었지만 내겐 어머니가 남아 있는걸요. 그것도 세상 다
정하고 어여쁜 어머니가요. 어머니는 키득키득 웃더니 이내
못 참겠다는 듯 큰 소리로 웃음을 터트렸습니다.

"하하하!"

나는 그 소리를 들으며 곧 잠에 빠져들었습니다.

운수 좋은 날

조영주

1

새침하게 흐린 품이 눈이 올 듯하더니 눈은 아니 오고 얼다가 만 비가 추적추적 내리는 날이었다.*

논현동 한 치킨집 앞에 독일제 차가 섰다. 차에서 내린 남자는 지나가던 사람들이 한두 번은 흘깃거릴 만큼 훤칠했다. 키가 180cm는 족히 넘고, 검은 뿔테 안경을 쓴 얼굴은 어딘지 모르게 낯이 익었다. 거리를 걷는 사람들 중 추리소설을 읽는 이가 있었다면 쉽사리 남자의 이름을 떠올렸으리라. 남자의 이름은 조남정, 자칭 이 나라에서 손꼽히는 추리소설가 중 한 명이다.

오늘 남정에겐 예정된 스케줄이 있었다. 오전 9시, 코엑스

* 〈운수 좋은 날〉의 첫 문장이다.

에서 열리는 국제 심포지엄에서 참석한 후 전주에서 열리는 북 페스티벌에 가야 했다. 전주 행사는 남정에게 큰 기회였다. 지난 두 달간 심혈을 기울여 강연 준비를 해왔다. 그런 남정이 지금 일정을 캔슬했다. 이곳, 논현동 치킨집 앞에 와 있었다. 그 여자, 해환 때문에.

남정은 심호흡을 길게 하며 선팅을 짙게 한 자신의 차 유리창에 비친 모습을 점검했다. 아, 역시 난 잘생겼다. 남정은 자신의 외모에 새삼 흡족해하며 핸드폰을 손에 들었다. 핸드폰에는 전주에 함께 가기로 한 여자 친구에게서 수십 통의 부재중 전화와 메시지가 도착해 있었다. 상관없었다. 해환이 OK 사인만 내리면 바로 헤어질 거다. 행사도 마찬가지다. 해환과 사귀기만 하면 더 좋은 기회가 올 것이다. 해환과 함께라면 파리나 뉴욕의 북 페스티벌에 갈 가능성도 있다. 모든 기회는 눈앞, 치킨집 안에 있다.

남정은 치킨집의 문을 열었다. 주변을 두리번거리며 해환을 찾았다. 178cm, 허리까지 오는 긴 금발, 뚜렷한 이목구비의 미녀를.

문제의 미녀는 치킨집에 없었다. 빨간 앞치마를 한 20대 청년이 꾸벅꾸벅 졸다가 하품을 길게 하며 "어서 오세요" 인사를 할 뿐, 손님이라곤 한쪽 구석에 앉은 100kg이 족히 넘어 보이는 짧은 검은 머리의 여자뿐이었다. 게다가 그 여자는 대낮부터 치킨과 맥주를 걸신들린 듯 먹고 있었다.

대체 해환은 어디에 있는 거지.

남정은 고개를 갸웃거렸다. 다시 생각해보니 이상했다. 해환은 엄격한 채식주의자였다. 모델 출신이라 그런가 몸매 관리가 철저했다. 어떤 자리에서도 술 한 모금 고기 한 점 먹는 일이 없었다. 그런 해환이 대낮부터 남정을 치킨집으로 불렀다. 그것도 이런 구시대의 유물 같은, 치킨집이라고 부르기에도 미안한 술집으로.

이런 곳에 왜 윤해환이 있지?

아, 어쩌면 이 치킨집 앞에서 기다리라는 뜻이었을 수도?

남정은 문득 떠오른 생각에 치킨집을 나섰다. 주변을 두리번거리며 모두의 시선을 사로잡을 만한 미녀를 찾았지만 그런 이는 없었다.

의아해하는 남정의 휴대폰이 울린 것은 바로 이 순간이었다. 발신자는 해환. 남정은 바로 전화를 받았다.

"윤 작가님, 어딥니까?"

"다시 들어와요."

"네?"

"나, 안에 있다고. 조 작가님 봤어요. 들어와봐요."

남정은 어리둥절한 기분으로 핸드폰을 손에 든 채 치킨집에 들어갔다. 그곳엔 여전히 빨간 앞치마를 한 청년과 거구의 여자밖에 없었다. 그런데 지금 보니 그 거구의 여자가 핸드폰을 든 한 손을 남정을 향해 흔들고 있었다.

"여기예요, 조 작가님."

남정은 잠시 눈앞의 여자를 바라보았다. 남자처럼 짧은 검은 머리, 한 손에 든 치킨을 마구 먹고 있고, 다른 한 손엔 맥주를 들고 있는 거구의 여자.

이 여자가 그 해환이라고?

……연령대가 완전히 달라 보이는데.

"윤 작가님……?"

남정은 의심을 잔뜩 품은 목소리로 핸드폰에 대고 말했다. 그러자 눈앞의 여자가 낯익은 목소리로 소리쳤다.

"어서 앉아요, 뭐 해요?"

대체 이게 무슨. 이 여자가 어쩌다 이렇게.

해환은 작가들 중 독보적인 외모의 소유자다. 본래 직업은 패션모델로, 늘 타인의 시선에 익숙했다. 태반이 남자인 추리소설가들의 관심을 역시 담담하게 받아들였다. 남정 역시 그런 해환에게 푹 빠진 추리소설가 중 한 명이었다. 여자 친구가 있어도 해환이 부르면 바로 달려갔다. 오늘도 그래서 왔다. 3년 가까이 작품활동을 하지 않고 사라졌던 해환이 갑자기 자신을 찾다니, 가슴이 쉴 새 없이 뛰었다. 그런데 대체 이 모습은. 지난 3년 사이 무슨 일이 있었던 걸까, 이건 달라진 정도가 아니라 변신이라고 하는 편이 낫겠다. 오후 2시부터 치킨 한 마리에 맥주 500CC를 단번에 해치워서 달라졌다는 게 아니다. 겉으로 보기에 엄청난 거구가 되어서만도 아니다. 문제는 냄새다. 잘 씻지 않는 사람에게서 나는 지독한 고린내가 해환의 몸에서 풍기고 있었다. 남정은 싫은 티를 내지 않으려고 노력했다. 3년 사이 외모가 변했어도 그 해환 아닌가. 국내 추리소설가 중 유일하게 세계 38개국에서 소설이 팔리고 있는 대세 작가 아닌가.

그래, 살이야 빼면 된다.

남정은 가까스로 표정을 다잡았다. 해환이 권하는 대로 테이블에 앉아 맥주 500CC를 시켜 한 모금 마신 후 억지웃음을 짜내며 말했다.

"어떻게 지냈어요? 오랜만이네."

"돈은 가져왔어요?"

"네?"

"그게. 술값이 없어서."

해환은 어딘지 모르게 비굴한 웃음을 지었다.

술값이 없다니, 이게 무슨 말인가. 전 세계에서 인세를 걷는 해환의 연수입은 10억 대라는 소문이 있었다. 그런데 술값이 없다고?

남정은 추리소설가로서의 호기심이 끓어오르는 것을 가까스로 참으며 물었다.

"네, 뭐 돈은 있는데, 돈은 작가님이 더 많을 텐데요."

"아."

해환은 치킨을 입에 넣고 쩝쩝 소리를 내며 말했다.

"깜빡하고 지갑을 안 가져왔는데, 귀찮아서 말이죠."

"그러면 모바일 계좌이체라던가……."

"그래서 어떻게 지내요?"

해환은 치킨 기름이 잔뜩 묻은 손을 남정을 향해 뻗으며 말을 돌렸다.

"네, 네! 잘 지냅니다."

남정은 흠칫 놀라 손을 뒤로 뺐다. 그런 자신에게 스스로 놀랐다. 이 여자가 그 해환이라고 아무리 자신을 설득해도 어쩔 수 없었다. 남정은 온몸에서 뿜어져 나오는 거부감을 참을 수 없었다.

2

"흥, 가버려라."

해환은 한 시간도 버티지 못하고 약속이 있다며 줄행랑을 치는 남정을 보며 콧방귀를 뀌었다. 왜 그런지야 충분히 알았다.

외모 탓이겠지.

3년 전까지만 해도 해환은 채식주의자였다. 것도 비건, 엄격한 수준의 채식주의자라 달걀이나 생선류에도 일체 손을 대지 않았다. 모델 시절 친구들은 해환에게 독하다고, 너는 모델이 체질이라고 말했고 해환도 그런 줄로만 알았다. 첫 소설을 쓴 그 순간까지 해환은 자신의 미래를 의심하지 않았다.

해환은 자신에게 글쓰기 재능이 있다는 사실을 단 한 번도 인지한 적이 없었다. 스무 살이 될 때까지 해환이 읽은 책은 교과서를 제외하고 단 세 권에 불과했다. 그래서 해환은 SNS에 올린 자작소설이 호평을 받았을 때 사람들이 놀린다고 생각했다.

그것은 운명이었다. 스물세 살, 우연히 선 런웨이에서 일어난 신제품 명품 액세서리 도난 사건. 해환은 이 사건의 범인으로 의심받았다. 이 사실을 참을 수 없었다. 말 그대로 머리 뚜껑이 열려 주변을 샅샅이 뒤져 진범을 찾아냈고, 이 과정을 기록하고 싶다는 일념하에 페이스북에 사연을 업데이트했다가 호평을 받았다. 처음엔 모델이 소설을 썼다니까 신기해서 그러는 줄 알았다가 연달아 쓴 소설이 인기를 끌고, 정말 출간 제안이 오고, 반년도 채 되지 않아 영상화에 해외 진출까지 되자 마음가짐이 달라졌다. 제대로 작가로서 살아보겠다고 마음먹은 후 런웨이를 걷기 위해 워킹을 훈련하듯 꼬박꼬박 소설을 썼다.

그렇게 5년이 지나자 해환은 세계적인 작가가 되어 있었다. 모델 시절 단 한 번도 인연이 없었던 파리와 뉴욕, 도쿄 등 38개국에 해환의 소설이 출간됐다. 그래서일까, 해환은 여전히 실감이 나지 않았다. 스물세 살 모델이었던 자신이 실존했다는 사실이, 그 자신이 작가로 데뷔하고 연애를 하고, 스물여덟의 나이에 결혼을 하고, 아이를 가졌다가, 유산을 하고, 이혼을 했다는 이 모든 일을 받아들일 수 없었다.

갑자기 써졌던 글은 그만큼 갑작스레 해환의 손을 떠났다. 스물여덟 여름, 슬럼프가 왔다. 전남편도 해환을 떠났다. 지금 생각해보면 전남편이라고 말해도 좋을지 모르겠다. 호적에도 올리지 않았으니까.

전남편이 집을 나간 날, 그가 먹다 만 소주를 딱 한 모금 입에 넣는 순간 고기가 당겼다. 시작은 전남편이 냉동실에 두고 간 삼겹살이었다. 이때 구운 삼겹살을 해환은 먹자마자 토했다. 그래도 또 먹었다. 토하고 먹고를 몇 날 며칠 반복하고 나서야 삼겹살 맛을 알았다. 대체 왜 그간 먹지 않았을까 의아할 정도로 맛있었다. 다음으로 손을 댄 건 스테이크, 바비큐였고, 마지막이 치킨이었다.

치킨이 특히 좋았다. 하루 한 마리가 기본, 심하면 하루 세 마리, 다섯 마리도 먹었다. 살이 찐다는 느낌은 있었지만 상관없었다. 결혼을 할 생각으로 외부 활동을 접었다. 사람들의 눈을 피해 강원도의 한적한 시골로 이사 왔다. 전남편도 없으니 이제 해환을 말릴 사람은 없었다.

해환은 가끔 생각했다. 갑작스레 환경이 변한 탓에 글을 쓰지 못하게 된 건 아니었을까, 그 탓에 남편이 떠난 건 아니었을까. 뭐, 이렇든 저렇든 이제 모두 상관없는 이야기가 되어버렸지만.

그래서 먹었다. 먹고 또 먹어서, 더는 먹지 못할 정도로 토하고 싶어질 때까지 먹으며 술을 마시고 또 마시다가 전남편의 재혼 소식을 들었다. 결혼식은 허례허식에 불과하다던 전남편이 동네방네 결혼한다며 청첩장을 돌렸다. 자신이 가진 모든 SNS 계정에 결혼 소식을 알렸다.

이때도 해환은 한 손에 닭 다리를 들고 있었다. 입에 넣고 말 그대로 아그작아그작 씹어 먹으며 단숨에 소주를 병나발분 후 벌떡 일어나 소리 질렀다. 개새끼 죽여버릴 테다. 그대로 차를 몰고 가려다가 자신의 체내 알코올 수치가 운전면허 취소 수준이란 사실을 깨닫고는 대리 기사를 불러야겠다고 생각했다.

이게 문제였다. 어디서 어떻게 대리기사를 불러야 하는가.

해환이 사는 강원도의 한 '읍'은 서울의 한 동에도 미치지 못할 만큼 턱없이 적은 인구가 살고 있었다. 이런 곳에서 대리기사를 찾는다는 것은 무리였다. 그러자 떠오른 것이 1년 전 끈적끈적 땀이 잔뜩 묻은 손으로 해환의 손을 잡았던 중년의 얼굴이었다.

처음 이사 온 날, 동네 사람들이 모두 해환의 집으로 찾아왔다. 그중에는 아직 결혼한 적이 없다는, 이 마을에서 젊은 축에 속한다는 50대의 '젊은' 이장도 있었다. 이장은 해환의 손을 잡으며 집적였다.

언제든 필요하면 불러.

그때 전남편은 어떻게 했더라.

모른 척, 방조했지.

해환은 새삼 분노에 치를 떨며 치킨의 기름기에 끈적해진 손으로 핸드폰을 들었다. 이장의 전화번호를 찾아 걸었다.

"누구십니까."

"안녕하세요, 저 왜 3년 전에 이사 왔던."

"아아아, 새댁! 어떻게 지냈어? 남편은 잘 지내고?"

새댁이라니. 그사이 이사 온 신혼부부가 아무도 없었나.

"제가 서울 갈 일이 생겼는데, 누구 운전 좀 해주실 분이 있을까요?"

"남편은?"

"서울 가서요."

거짓말은 아니다.

"새댁은? 운전 못 해?"

"제가 좀 사정이 있어서요. 혹시 서울 가실 분 있으면 부탁드리면 좋을 것 같은데…….."

"글쎄, 누가 있을까. 새댁네 차는 외제 차잖아. 그런 걸 몰아본 사람이 있을까. 누가 있을까, 허 참."

이장은 해환을 두고 한참 혼잣말을 하더니 말했다.

"아, 그래. 김씨가 있었네."

"김씨요?"

"응, 김씨라고 서울에서 택시 몰다 내려온 양반이 있어. 그 양반이라면 외제 차도 몰 수 있을겨. 그런데 돈을 좀 밝히는 것 같던데."

또 이장의 말이 길어졌다.

"상관없어요."

해환은 재빨리 이장의 말을 끊었다.

"일단 알려주세요."

이장은 김씨의 전화번호를 불러줬다. 해환은 기름 낀 손을 그대로 뻗어 볼펜을 들었다. 치킨박스에 전화번호를 메모했다.

"성함이 정확히 어떻게 되시는데요?"

"몰라."

"네?"

"그냥 김씨야, 김씨."

이 동네에 김씨가 한 명인가.

이름 없이 김씨로 통하는 남자라니, 해환은 이게 무슨 소린가 의아했다가 바로 깨달았다.

나도 여전히 새댁이라고 불린다.

"그럼 또 무슨 일 있으면 불러. 서울 잘 다녀오고."

"네, 감사해요, 어르신."

해환은 바로 문제의 김씨에게 전화를 걸었다.

"네."

단답이었다.

"저, 김씨신가요?"

해환은 어감이 이상하다고 생각하면서 말했다.

"네."

"운전 좀 부탁드리려는데요."

"네."

"이장님이 연락처를 주셔서."

"네."

김씨는 시종일관 단답으로 일관했다. 해환은 정말 알아들었다는 건지, 아니면 말을 하기 싫다는 건지, 확실치 않은 김씨의 태도가 영 찝찝했지만 일단 집 주소를 일렀다. 10분 후 만나기로 약속한 후 닭 다리를 마저 뜯으며 입고 갈 만한 옷을 찾다가 깨달았다.

몸에 맞는 옷이 한 벌도 없었다.

덩치가 커지는 속도에 따라 해환의 옷차림도 서서히 변했다. 언젠가부터 해환은 츄리닝이나 전남편의 잠옷 같은 것만 입고 지냈다. 그러다 보니 자신이 얼마나 살이 쪘는지, 예전에 자신이 얼마나 말랐었는지 잊고 있었다. 해환은 그나마 가장 깔끔해 보이는 검은 반팔 롱 원피스를 골랐다. 본래 용도는 임부복이었지만 지금 입으니 평상복이었다. 그것도 꼭 끼었다. 그리고 구두를 찾다가 해환은 또 한 번 소소

한 깨달음을 얻었다. 살은 온몸 구석구석 어김없이 찐다는 사실을, 그건 발 역시 예외가 아니란 사실을.

발에 살이 너무 쪄서 신던 구두가 맞지 않았다. 그렇다고 전남편의 구두를 신을 수도 없는 노릇이었기에 어쩔 수 없이 해환은 평소 현관문에서 배달음식을 받을 때나 신는 삼선 슬리퍼를 고를 수밖에 없었다.

반팔 원피스에 슬리퍼 차림으로 마당에 나오고 나서야 해환은 자신이 얼마나 잘못된 선택을 했는지 깨달았다.

냉기가 팔을 타고 올라왔다.

해환이 마지막으로 집 밖에 나온 건 3년 전 여름이었다. 그 후 해환은 단 한 번도 밖에 나오지 않았다. 완벽한 냉난방장치는 해환에게서 계절감을 빼앗았다. 그래서 밖이 겨울이란 사실을 몰랐다. 다시 안에 들어가 긴팔 옷을 입고 나오면 된다. 문제는 마땅한 게 없다는 사실이었다. 겨울 코트 역시 죄다 몸에 딱 맞는 디자인이었다. 예전의 해환은 아무리 추워도 몸매를 가리는 옷, 예를 들어 롱패딩 같은 종류를 입는 일이 없었다. 어떻게 할까, 서울에 가서 한 벌 살까. 고민하던 해환을 정신 차리게 만든 것은 마당에 서 있는 수상한 분위기의 남자였다. 검은색 두툼한 항공점퍼에 청바지를 입은 남자가 마당에 서 있었다. 머리에 쓴 비니 아래로 드러난 얼굴이 핏기가 전혀 없어 허여멀겋다. 얼핏 보아 50대, 해환보다 키가 10cm는 작은 듯했다. 남자는 탁한 시선으로 해환을 올려다보며 딱 한 마디만 했다.

"네."

"저, 혹시 아까 전화 받으신 김씨 아저씨세요?"

해환은 최대한 공손하게 말하려고 노력했지만, 김씨와 아저씨는 아무리 공손해 보이려고 해도 무리인 호칭이었다.

"네."

"서울까지 운전해주실 수 있어요?"

"네."

김씨는 또 단답이었다. 해환은 김씨의 단답이 불쾌감의 표현일지, 아니면 아무렇지 않다는 뜻일지 영 찝찝했다. 어쨌든 서울은 가야 하니 김씨에게 키를 건네줬다. 그러자 김씨는 해환의 우려와 달리 능숙하게 차 문을 열고 운전석에 앉았다. 바로 시동을 걸며 말했다.

"네."

타라는 뜻 같았다.

해환이 뒷좌석에 탄 후 목적지를 말하자 김씨는 다시 한 번 "네"라고 단답 후 차를 출발시켰다. 해환은 꺼져 있는 내비게이션을 보며 눈치를 보다가 김씨에게 물었다.

"저기, 내비게이션 안 찍어도 되세요?"

"네."

"정말 괜찮으세요?"

"네."

"저기, 저한테 뭐 기분 나쁜 거 있으세요? 네 말고 다른 말은 모르세요?"

이 질문에 김씨는 '네'조차 말하지 않았다. 해환은 슬슬 불안해졌다. 아까 한 말이 기분이 나빴던 건가, 김씨의 눈치를 보면서 한편으로는 자신이 왜 난생처음 보는 타인의 눈치를 보는가 의아했다.

예전의 해환은 남의 눈치를 보는 일이 없었다. 언제나 주변에서 해환의 눈치를 봤다. 아무리 생각해도 원인은 단 하나, 전남편뿐이었다. 해환은 전남편의 허여멀건 얼굴을 떠올리는 것만으로 이가 갈렸다.

해환과 가파석이 알게 된 사연은 해환이 소설가가 된 사연만큼이나 우연의 연속이었다. 스무 살 해환에게 처음으로 진짜 런웨이에 설 기회가 왔다. 그곳 파티장에서 해환은 가파석을 만났고, 그때의 해환은 가파석의 말을 있는 그대로 믿었다. 가파석의 외모나 분위기가 아니라 그가 내민 명함의 S어패럴이란 이름에 혹한 것이었다.

외모로만 따진다면 가파석은 해환의 관심을 끌 수 없었다. 가파석은 당시 이미 30대였다. 키가 160cm도 채 되지 않았고 몸도 비쩍 말라서 아동복 사이즈가 맞을 것 같은 체구였다. 그래도 상관없었다. 해환은 어떻게든 최정상 무대에 서고 싶어 안달이 나 있었기에 꾹 참고 가파석을 만났다.

해환은 스무 살이 되어서야 처음 런웨이에 섰다. 남들이 볼 땐 화려해 보일지 몰라도 열넷, 열다섯에 함께 시작한 친구들은 열일곱에 달성한 일이었다. 해환은 운이 없었다. 모델 열 명을 뽑는다고 하면 해환은 늘 열한 번째, 열두 번째에 걸렸다. 조건은 모두 좋았지만 매력이 없다, 개성이 없다는 평을 연달아 들어야 했다. 그런 해환에게 가파석은 놓칠 수 없는 기회였다. 그렇게 사귀기 시작했다가 한 달 후에야 가파석의 정체를 알았다. 처음 가파석은 자신이 사실은 양말을 디자인한다고 말하더니, 얼마 지나서는 디자인 업무를 보조하는 부서라고 했다가, 결국은 영업사원이란 사실을, 고졸에 만년 대리, 평생 S어패럴에 몸담아도 오를 수 있는 직급이 아마도 차장이라는 사실을 실토했다. 해환은 분개했다. 바로 헤어지려 했다. 그러자 가파석은 재빠르게 성관계 동영상을 찍었다며 해환을 협박했다.

가까스로 첫 런웨이에 선 후 뜨문뜨문 일거리가 들어오던 때였다. 이런 상황에서 성관계 동영상이 인터넷에 뜨면 어찌 될지 해환은 상상도 하고 싶지 않았다. 지난한 연애가 시작되었다. 어떻게든 연을 끊어보려고 노력하다가 우연히 소설을 썼고, 성공을 했고, 이런 해환을 가파석은 더 꽉 잡고 안 놔주려고 했고, 그렇게 결국 아이를 가져 사실혼 관계에 들어갔다가 유산을 했고, 우울증이 와서 아무것도 못 하게 된 해환에게 가파석은 위자료 2억만 내놓으면 동영상을 주고 헤어져주겠다고 협박을 했고, 해환은 그 2억을 당장 은행에서 찾아와 얼굴에 뿌리며 "개새끼 죽여버릴 테다"를 연달아 외치며 머리끄덩이를 잡고 싸웠으며, 이후 3년간 집구석에 처박혀 단 한 글자도 쓰지 못한 채 먹지 못하는 술을 마시고 삼겹살을 먹다가 정신을 차려보니…….

"……입니까?"

한참 생각에 빠져 있던 해환의 정신을 차리게 만든 건 걸걸한 남자의 목소리였다.

"작가님, 정말 채식주의자입니까?"

운전대를 잡은 김씨가 혼잣말처럼 작게 말하고 있었다.

나한테 말하는 건가? 하긴, 나밖에 없지.

해환은 김씨가 "네"가 아닌 말을 했다는 사실에 놀랐고, 채식주의자냐고 묻는 것이라는 사실에 새삼 놀랐다.

"저 아세요?"

"책을 읽었거든요."

해환은 김씨의 말에 살짝 웃었다. 동시에 의문이 생겼다. 책에 사진이 실리긴 했다. 하지만 책에 실린 해환은 지금과 외모가 전혀 달랐다.

"절 어떻게 알아보셨죠?"

"사진이랑 똑같아서."

"어디가?"

"이목구비가요."

해환은 기가 차서 웃었다. 살에 파묻힌 얼굴이 예전과 같을 리 없다.

"그래서 여전히 채식주의자입니까?"

"왜 물어보시죠."

"나는 채식주의자에게 흥미가 있습니다."

"내 몸을 보면 알잖아요."

"채식주의자입니까?"

남의 말을 안 듣는 건 가파석이랑 똑같군.

"지금은 아니에요."

"앞으로는?"

"글쎄요."

"아쉽군요."

"네?"

"육류는 몸에 해롭습니다. 끊는 게 좋아요."

해환은 갑작스런 김씨의 충고가 불쾌했다. 가능하다면 당
장 콜라와 치킨을 먹고 싶다고 느끼며 퉁명스럽게 대꾸했다.

"저도 이렇게 살고 싶어서 사는 게 아니에요."

"기회가 온다면 그렇게 살지 않겠다는 말입니까?"

"가능하다면. 하지만 그런 기회가 어떻게 오겠어요?"

"네."

"네?"

"네."

그리고 뚝, 대화가 끊겼다. 해환이 뭔가 더 말을 걸어보려

고 했으나 김씨는 다시 "네"만 말할 뿐이었다.

3

두 시간 후, 논현동의 한 예식장에 도착한 해환은 김씨에게 말했다.

"혹시 기다려주실 수 있어요?"

"네."

"그럼 부탁드릴게요. 요기라도 하고 오세요."

그렇게 말하며 해환은 지갑을 찾다가 깨달았다.

아차, 지갑을 두고 왔다.

"아, 지금은 돈이 없는데…… 가서 드릴게요. 집에는 돈 있어요."

"그럼 일당은?"

"네?"

"일당요."

"이따가 가서 드릴게요."

김씨는 대꾸하지 않았다. 불만스러운 표정으로 해환을 바라볼 뿐이었다.

"일단 차 몰고 근처에서 쉬고 계시면 연락드릴게요. 아까 그 핸드폰 번호로."

여전히 김씨는 대꾸하지 않았고, 해환은 괜히 불안해졌다. 그래서 마음에도 없는 소리를 하고 말았다.

"죄송해요. 두 배로 드릴게요."

"네."

김씨는 재빠르게 고개를 까딱하더니 해환의 차를 끌고 사라졌다. 해환은 그런 차의 뒷모습을 바라보다가 길게 한숨을 쉬고 예식장으로 들어갔다.

1층 예식장, 신랑 신부는 이미 주례 앞에 서서 반지 교환을 하고 있었다. 가파석은 해환의 앞에서는 단 한 번도 짓지 않았던 싱글벙글한 표정을 짓고 있었고, 가파석의 옆에 선 신부는 최소 해환보다 10살은 어려 보였다. 그런 둘을 보자마자 해환의 입에서 고함이 터졌다.

"이 결혼 무효야!"

아침드라마에서나 나올 법한 말이라고 생각하면서도, 그것밖에 떠오르는 말이 없었다.

해환은 씩씩거리며 붉은 카펫을 달려갔다. 가파석을 노려보며 단상 바로 아래에 멈춰서서 다시 한 번 소리 질렀다.

"누구 맘대로 결혼이야!"

문제는 이런 해환에게 가파석이 보인 반응이었다. 가파석은 화를 내거나 놀라지 않았다. 해환과 눈을 마주치며 의아한 표정을 짓더니 사회자와 눈을 마주치며 말했다.

"이게 어제 말한 서프라이즈?"

"아니, 이거 아닌데."

가파석은 다음으로 신부와 한 번, 주례사와 한 번 더 눈을 마주쳤다. 모두가 의아하다는 반응을 보이는 것을 확인한 후 해환에게 물었다.

"저기, 누구세요?"

가파석의 말에 사회자가 마이크를 들었다.

"아무래도 식장을 잘못 찾아온 불청객인 모양입니다! 결혼식에 이런 해프닝도 있어야죠!"

이 말에 객석에서 어색함을 달래는 잔잔한 웃음이 터졌다. 다들 사회자의 말을 믿는 듯, 해환의 등장을 곧이곧대로 받아들이지 않았다.

대체 왜?

해환의 의아함을 풀어준 건 사회자의 연이은 말이었다.

"신랑도 눈이 있죠."

그제야 해환은 깨달았다. 자신의 외모가 얼마나 달라졌는지, 그리고 그 변화가 자신을 어떻게 보이게 했는지. 얼굴이 화끈거렸다. 창피했다. 그래서 해환은 절대로 그럴 필요 없는 곳에서 또 주변 눈치를 보다가 이렇게 말하고 말았던 것이다.

"아, 저기…… 제가 이벤트 장소를 잘못, 찾아온 것 같습니다. 죄송합니다."

이 말에 식장 전체가 울리도록 박장대소가 터졌다. 해환은 어설프게 사람들을 따라 웃으며. 버진로드를 따라 조금씩 빠르게 발을 놀리다가 나중엔 거의 뛰다시피 했다. 예식장을 뒤뚱거리며 뛰쳐나왔다.

겨울 거리는 한산했다. 이젠 해환을 보고 웃는 사람이 없었지만 방심할 수 없었다. 차도를 지나가는 차들, 혹은 건너편 빌딩 어딘가에서 누군가 해환을 보며 비웃을 것 같았다.

사람들이 해환을 쳐다보기는 했다. 하지만 그건 해환이 입은 반팔 원피스 탓이지, 해환의 행동이 이상해서가 아니었다. 문제는 해환이었다. 해환은 이성적인 판단이 불가능했다. 숨고 싶었다. 급히 보이는 치킨집에 들어갔다. 아직 오전 11시 반밖에 되지 않았다. 치킨집에 손님은 해환뿐이었다. 붉은 앞치마를 걸친 20대로 보이는 남자 종업원이 다가오더니 질문 대신 메뉴판을 내밀었고, 해환은 메뉴판을 보지도 않고 말했다.

"반반 무 많이, 맥주 오백."

종업원은 하품을 길게 하며 고개를 끄덕인 후 돌아갔다. 10분 후 치킨과 맥주가 나왔다. 해환은 단 15분 만에 치킨 한 마리와 맥주를 해치웠다. 그러자 마음이 조금 진정되는 것도 같았으나 허기는 오히려 더 심해졌다. "한 마리 더"를 외칠 수밖에 없었다.

해환은 치킨을 우적우적 씹으며 씩씩거렸다. 아무리 외모가 바뀌었다고 해도 어떻게 날 못 알아볼 수 있지. 배가 차자 서서히 분한 감정이 가라앉았다. 오히려 잘된 일이라는 기분마저 들었다. 지금은 전혀 활동을 하지 않아도 일단은 셀럽이다. 만에 하나 누군가 해환을 알아봤다가는 언론이 들끓을 것이다. 실제로 가파석과 결혼 후 해환이 가장 염려한 것은 이 사실이 세간에 밝혀지는 것이었다.

이 모든 사실을 알고 있음에도 불구하고 갑작스레 찾아든 우울감은 좀처럼 가시지를 않았다. 해환은 또 폭식을 했다. 두 마리, 세 마리 연이어 치킨을 시키다가 골뱅이 소면을 서비스로 받았다. 마침내 배가 좀 차는구나 싶은 기분이 든 건 골뱅이 소면을 싹싹 긁어먹은 후 그 국물에 치킨을 찍어 먹을 무렵이었다. 슬슬 일어날까 생각하며 호주머니를 뒤지다가 오늘 입은 반팔 원피스엔 주머니가 없다는 사실을, 지갑이 없어서 김씨에게 오늘의 일당도 줄 수 없었다는 사실을 깨달았다. 500CC를 5개, 치킨은 세 마리, 아무리 가격을 낮게 잡아도 최소 6만 원어치는 먹었을 거다. 평소의 해환이라면 눈 하나 깜짝 안 할 금액이었으나 지금은 상황이 달랐다. 어떻게 해야 할까. 해환은 닭 날개를 하나 더 들어 입에 넣고 우물거리며 고민을 시작했다. 처음엔 김씨를 부를까 하다가 일당을 늦게 준다는 말에 불만스러워하던 표정을 떠올리자니 그럴 수 없었다. 해환이 해결책을 떠올린 건 새로운 500CC를 하나 더 시켜 모두 들이켰을 무렵이었다.

남자가 있었다, 내겐.

3년 전까지 자신에게 목을 매던 남자들, 특히 개중 해환에게 가장 큰 관심을 보였던 조남정에게 기대를 걸기로 했다.

역시나, 조남정은 바로 나타났다.

해환을 보고도 못 알아본 건 전남편과 꼭 같았지만, 한 시간도 채 되지 않아 도망쳤지만, 그런 조남정의 태도에 내심 실망했지만, 결국 남자는 다 똑같구나 싶었지만, 상관없었다. 해환의 진짜 목적은 조남정이 아니라 조남정의 지갑이었으니까.

해환은 조남정이 반도 채 비우지 못하고 두고 간 500CC의 나머지와 네 마리째 치킨까지 야금야금 해치운 후 나머지 닭 날개 하나를 손에 들고 자리에서 일어나다가 눈앞이 핑그르르 돌았다. 세 시간 조금 넘는 시간동안 3,000CC에 가까운 맥주를 마신 건 지난 3년간 술로 매일을 보내온 해환이라도 무리인 모양이었다. 그래도 해환에겐 일어난다는 선택지밖에 없었다.

어느새 김씨가 식당 안에 들어와 있었다.

4

해환만 김씨를 뒤늦게 눈치챈 게 아닌 듯했다. 꾸벅꾸벅 졸며 서빙을 하던 붉은 앞치마의 청년 역시 해환만큼이나 놀란 표정으로 김씨를 보며 혼잣말을 했다. 언제 들어왔지.

"또 고기를 드셨군요."

김씨는 해환 대신 테이블의 고기를 뚫어져라 바라보았다. 탐욕스러운 표정이었다.

"같이 드시겠어요?"

"저는 채식주의자입니다."

표정은 전혀 아닌데.

"아, 네. 그럼 가시죠. 가는 길도 잘 부탁드려요."

해환은 닭 날개를 손에 꼭 쥐고 식당을 나섰다. 김씨는 해환이 손에 든 닭 날개를 노려보며 해환의 뒤를 따랐다. 밖은 여전히 추웠고, 해환은 여전히 반팔이었다. 그런 해환이 차에 바로 타는 건 당연한 일이었다.

"다 드시고 타시죠."

그런데 김씨가 제지했다.

"고기 냄새가 나면 운전에 집중이 안 됩니다."

내 차에서 내가 냄새 좀 묻히면 어때서?

해환은 불쾌했다. 하지만 김씨의 태도가 완고했기에 단번에 닭 날개를 물어뜯은 후 뼈다귀를 바닥에 던져버렸다. 차 문손잡이로 손을 뻗어 그대로 문을 열려는데 김씨는 또 해환을 제지했다. 점퍼 주머니에서 물수건을 꺼내 해환에게 내밀어 "닦으세요"라고 말한 후, 해환이 완벽하게 손에 묻은 기름기를 제거했는지 확인하고 나서야 문을 열도록 허락

했다.

마침내 출발.

김씨의 운전은 올 때와 마찬가지로 흠잡을 데가 없었다. 차는 미끄러지듯 흘러갔고, 해환은 조금씩 나른해졌다.

"잡니까?"

그런 해환에게 김씨가 말을 시킨 건 언제쯤이었을까.

"안 자요."

사실은 반쯤 잠에 취해 있었다. 평소 해환은 외출을 전혀 하지 않는다. 그런 해환이 서울까지 왔다. 예식장에 쳐들어가고 치킨집에 가서 먹고 마셨다. 피곤할 수밖에 없었다.

"왜 그렇게 먹어대는 겁니까?"

"네?"

"엄격한 비건이었던 작가님께 무슨 일이 있었냐는 겁니다."

차라리 '네'나 계속할 것이지.

해환은 한숨을 길게 내쉬었다.

"절 어떻게 그렇게 잘 아세요?"

"관심이 있으니까."

"보는 눈은 있군요."

"당신 말고 당신 책에."

"아, 그러세요."

"작가님이 쓰는 책은 정말 특별했습니다. 뭐랄까, 글의 신에게 사랑받는다는 기분이 들었습니다. 그런 소설을 읽은 건 정말 오랜만이었어요. 다 읽었어요. 작가님이 쓴 소설은 몽땅 다. 그런데 그런 작가님이 3년간 신작을 내지 않았더군요. 게다가 알고 보니 우리 동네에 살았다고. 또 그런 몸이 되었다고. 왜 그렇게 됐죠?"

김씨는 한번 입을 열자 청산유수였다.

"왜 그렇게 됐죠?"

게다가 해환이 대꾸를 하지 않자 집요하게 같은 질문을 반복하기까지 했다.

"어쩌다 그렇게 됐습니까?"

조금씩 단어만 바꿔가며 같은 질문을 해오니 해환은 대답을 해줄 수밖에 없었다.

"대충 눈치챘을 거 같은데요."

"대충은 눈치를 챘죠."

"그런데 왜 물어봐요?"

"확인사살이 취미라서. 특히 도끼로 확인사살하는 걸 좋아하죠."

농담이라기엔 조금 셌다.

"그래서 왜 그렇게 됐죠?"

김씨는 아무래도 해환이 사실을 말해줄 때까지 계속 떠들 것 같았다.

그래서 해환은 이야기를 시작했다.

처음엔 적당히 말할 셈이었다. 어차피 오늘 보고 안 볼 사이니까 괜찮지 않을까 싶었다.

그런데 일단 시작하니 말이 술술 나왔다. 워낙 차를 타고 가야 하는 시간이 긴 탓인가 전남편과 섹스 동영상, 결혼, 이혼, 2억 원의 위자료, 폭식, 결혼식에 쳐들어갔다가 당한 창피와 자신이 좋다던 남정의 싹 달라진 반응까지 몽땅 다 털어놓았다. 그러다가 눈물이 났다. 결국은 대성통곡하며 소리까지 쳐버렸다.

"씨발, 나도 이렇게 살고 싶지 않다고요. 본래의 나로 돌아가고 싶다고요."

그런 해환에게 김씨는 대답했다.

"네."

또? 이 시점에서 다시 "네"라고?

청산유수는 어쩌고 도로 단답으로 돌아간 김씨.

해환은 급격히 창피해지기 시작했다. 입을 다물고 진정하자니 속이 안 좋아졌다. 아랫배에 신호가 오고 있었다. 몸무게가 급격히 늘어난 후 화장실 가는 일도 잦아졌다. 근처 아무 데서나 좀 내려달라고 하자 김씨는 잠시 주변을 두리번거리는가 싶더니 "네"라고 대답했다. 얼마 안 가 나타난 24시간 설렁탕집 앞 주차장에 차가 섰다. 해환은 고맙다는 말도 하지 않고 바로 식당에 들어갔다. 평소 같으면 화장실을 쓰겠다고 허락부터 받았겠으나 이 날은 워낙 급해 생략했다.

잔뜩 속을 비우고 나오니 다시 배가 고팠다. 마침 코를 자극하는 냄새도 났다. 진한 고깃국 냄새. 최소 열두 시간 이상은 우려내지 않았을까 싶은 사골국 냄새였다. 이제 와서 보니 테이블마다 놓여 있는 메뉴판에는 설렁탕과 갈비탕, 우거지 해장국 등을 판다고 적혀 있었다. 기다리는 김씨에겐 미안하지만 그냥 지나칠 수 없었다. 해환은 설렁탕 특에 소주 한 병을 시키기로 마음먹고 자리에 앉았다. 기다리다 지치면 들어오겠지. 뭐라 타박하면 같이 먹자고 할 셈이었다. 그런데 직원이 나타나지 않았다. 고속도로 주변 24시간 운영하는 음식점에서는 가끔 이런 일이 있다. 특히 야밤에는 사람이 없는 일이 있긴 하지만 지금은 경우가 다르다. 오후 5시가 채 되지 않았다. 대낮이다. 그런데 왜 이렇게 텅 비었을까. 보통 이러면 그냥 돌아가겠으나 해환의 먹을 것에 대한 집착은 일반적인 수준을 넘어선 지 오래였다. 주방으로 다가갔다. 닫힌 주방 문을 열고 들어가 "여기요"를 외치며 안을 들여다봤다가 뜻밖의 광경을 목격하고 말았다.

한 손에 식칼을 든 중년의 여자가 온몸에 피 칠갑을 한 채 숨을 헐떡이고 있었다. 여자의 앞에는 비슷한 또래의 중년 남자가 피가 낭자한 바닥에 쓰러져, 초점이 없는 눈동자로 해환이 서 있는 주방 입구 부근을 바라보고 있었다. 중년의 여자가 그 남자의 목으로 입을 갖다 댔다. 그러고는 남자의 살점을 우적우적 뜯어 먹기 시작했다.

"히익, 이게 뭐야."

해환은 그 광경에 저도 모르게 소리를 내버렸다가 아차 싶었다. 지금 이 상황이 해환의 상상대로 살인 현장이라면, 해환은 유일한 목격자다. 이 상황에서 살인자가 해환을 발견한다면 할 일은 단 하나밖에 없다.

증인의 인멸.

저 여자는 사람을 죽이다 못해 인육을 먹는 엽기적인 일을 벌였다. 그렇다면 더더욱 목격자를 없애려 들 것이다. 그리고 그 일이 일어났다. 중년 여자는 해환의 존재를 눈치챘고, 흥분한 채로 비명을 지르며 순식간에 해환에게 다가와 식칼을 휘둘렀으며, 그 식칼은 살집이 두꺼운 해환의 목에 꽂혀 꿈쩍도 하지 않았다. 해환은 피 웅덩이에 쓰러진 중년 남자와 꼭 같은 자세로, 하지만 목이 기묘하게 비틀린 상태로 쓰러졌다.

누가 좀, 도와줘요. 누가 좀.

목소리는 나오지 않았다. 식칼이 관통한 목이 낼 수 있는 소리라고는 바람 새는 소리와 피가 넘치는 소리뿐이었다. 그런 해환에게 여자가 코를 들이밀었다. 들개가 먹잇감의 냄새를 맡듯 코를 벌름거리며 해환의 냄새를 맡더니 놀라 인상을 찌푸렸다. 몸을 뒤로 젖히며 토 쏠리는 시늉을 했다.

남정이 진절머리를 낸 해환의 냄새가 도움이 됐다.

아니, 냄새는 그때보다 훨씬 심해졌다. 낮에 먹은 맥주와 치킨 찌꺼기가 피와 함께 입으로 튀어나왔고, 아래로는 방금 전 화장실에서 처리한 대소변의 나머지가 쏟아졌다.

해환은 살기 위해 양손과 양발을 버둥거렸다. 자신이 오바이트한 것 위로 대소변을 온몸으로 짓누르며 어떻게든 현관을 향해 기었다. 1초가 한 시간, 1분이 하루처럼 느껴질 만큼 도망치는 시간은 길고 지리멸렬했다.

그런 해환을 발견한 것은 현관문이 열리며 들어온 한 남자였다. 정확히 말하면 아마도 남자가 아닐까 싶은 해지고 검은 운동화와 바지를 입은 누군가였다. 해환은 남자의 바지에 매달렸다.

살려줘요. 119를 불러요.

여전히 목소리는 나지 않았다. 그런데 남자는 해환의 목소리를 알아들었다. 남자는 해환을 향해 혼잣말처럼 말했다.

"어쩐지 설렁탕집에서 안 나오더라니……."

해환은 자조 섞인 목소리를 통해 이 남자가 자신의 차를 운전한 김씨라는 사실을 알 수 있었다.

이렇게 죽을 수는 없어. 날 살려줘.

"예전에 채식주의자랬죠?"

지금 이 상황에서 무슨 소리를 하는 거야. 내 말을 알아들으면 119나 부르라고!

"다시 고기 안 먹을 수 있어요?"

시끄러워, 제기랄! 살려달라고! 살려만 주면 뭔들 안 하겠어!

"다들 그렇게 말을 하죠."

김씨가 쭈그리고 앉았다. 한 손에 든 손도끼를 바닥에 내려놓더니 자신의 바지를 걷어 올렸다. 해환의 입에 자신의 다리를 갖다 대더니, 그 입을 꽉 다물어 살점을 깨물게 하며 말했다.

"하지만 단 한 명도 그 말 그대로 실천하는 사람이 없었죠. 뭐, 하지만 난 일당을 받아야 하니까, 것도 두 배로 받아야 하니까, 그때까지만 살아주셨으면 합니다."

김씨는 살점이 떨어져 나갈 만큼 심하게, 피가 흐를 정도로 강하게 자신의 다리를 물게 하더니 해환의 턱을 억지로 움직여 살점을 씹어 삼키게 만들었다.

"맛있게 먹도록 해요. 이번 생의 마지막 육식이 될 테니."

해환은 무슨 일이 일어났는지 알지 못했다. 일단 김씨가 시키는 대로 그의 살점을 목구멍에 집어넣으려고 노력했지만, 식칼이 찔린 목이 문제였다. 목에 꽂힌 식칼 때문에 살점을 넘길 수 없었다.

"이제부터."

김씨가 그 식칼로 손을 뻗었다. 해환의 목에서 있는 힘껏 식칼을 뽑아들며 담담하게 덧붙였다.

"다시 채식주의자가 되는 겁니다."

해환의 목에서 피가 용솟음쳤다. 온몸이 피로 범벅이 되어가는 사이에도 김씨의 살점은 해환의 목을 지나 식도를 타고 위장으로 내려가고 있었다. 해환은 정신이 혼미했다. 그래서 지금 눈앞에 펼쳐진 장면이 환상이라고 여길 수밖에 없었다. 아니라면 대체, 김씨가 손에 든 도끼로 인육을 먹는 여자의 머리를 박살 내는 장면을 어떻게 받아들여야 한단 말인가.

5

해환은 숨을 급히 몰아쉬며 벌떡 일어났다. 주변엔 낯익은 광경이 펼쳐져 있었다. 제복 경찰이며 의사, 간호사들이 서 있었다. 3년 전 유산을 했을 때도 해환은 비슷한 경험을 했었다. 그건 곧 지금 이곳이 병원 응급실이란 뜻이리라. 해환을 둘러싼 사람들 중 가장 먼저 입을 연 건 30대로 보이는 남자 의사였다. 의사는 친근감이 잔뜩 섞인 표정으로 해환에게 가까이 다가와 작은 손전등으로 눈이며 코, 입 주변을 비추며 말했다.

"이름이 뭐죠?"

"나이는?"

"여기가 어디죠?"

"마지막 기억은?"

해환은 연달아 쏟아지는 질문에 멍청히 있다가 마지막 말에 본능적으로 몸서리를 쳤다. 식당에서 있었던 일을 떠올리자마자 온몸이 덜덜 떨리고 오바이트가 쏠렸다. 의사는 그럴 줄 알았다는 듯 재빠르게 양동이를 들이밀었고, 해환은 그 안에 잔뜩 형체를 알아볼 수 없는 것들(아마도 치킨과 맥주)을 게워냈다.

"목에 칼이 찔렸어요! 그런데 지금 내가, 잠깐만. 지금 내가 왜?"

생각해보니 이상했다. 목에 칼이 찔렸다. 대출혈이 일어났다. 그런데 어떻게 아무렇지 않게 목소리가 나올까.

아니 그보다, 컨디션이 아주 좋았다. 해환은 몸이 가볍다고 느끼고 있었다. 해환은 자신의 손을 들어 얼굴이며 목 주변을 더듬다가 자신의 손가락과 팔이 평소와 다르다는 사실을 깨달았다.

"가늘어?"

"네, 많이 말랐네요."

아까의 의사는 다시 한 번 친근감 넘치는 미소를 지으며 해환에게 다가와 말했다.

"많이 드셔야겠어요. 환자분은 너무 말랐어요."

의사의 표정. 이 표정을 해환은 3년 전까지만 해도 거의 매일 접했었다.

설마.

"거울, 거울 좀 볼 수 있을까요?"

"물론이죠."

"여기, 여기."

옆에 있던 경찰이 얼굴 가득 친절한 표정을 지으며 재빠르게 손거울을 내밀었다. 해환은 거울을 들여다봤다.

"말도 안 돼."

"괜찮아요. 흉터 같은 건 전혀 남지 않았어요."

의사가 재빠르게 말을 걸어왔다.

"그런 엽기적인 살인 현장에서 혼자 아무 일도 당하지 않다니, 환자분은 정말 운이 좋군요."

해환은 의사의 말을 무시하며 얼굴을 더듬다가 연이어 덮고 있던 홑이불을 걷어 자기 자신을 들여다봤다.

낯익은 몸뚱이가 형태를 드러냈다. 초등학생이라고 해도 믿을 만큼 가느다란 발목과 뼈가 드러날 정도로 마른 발, 그리고 환자복이 헐렁헐렁하다 못해 부댓자루처럼 느껴질 만큼 쏙 들어간 배.

지금 이 순간, 오랜만에 해환의 머릿속에 문장이 떠올랐다.

삶은 목에서 솟아나 발바닥으로 빠져나간다.

사실 이 문장엔 두 단어의 오류가 있었다. '살'과 '갔'.

'살'은 목구멍에서 솟아나 발바닥으로 빠져나'갔'다.

이것이 지금의 해환에게 딱 어울릴 문장이었다.

"저한테 무슨 일이."

해환이 의사의 가운 깃을 그러쥐며 말했다.

"내 몸에 무슨 일이 일어난 거냐고요!"

의사는 해환의 비명에 가까운 절규에 당황하면서도 결코 그런 해환을 놓지 않았다. 오히려 해환이 자신에게 매달렸다는 사실을 즐기는 듯했다.

6

남정은 다시 한 번 해환의 호출을 받았다. 처음엔 전화가 걸려 와도 받지 않았다. 어제의 해환을 떠올리면 저절로 거부감이 들었다. 물론 문자도 무시했다. 또 전화가 오자 가차 없이 차단했다. 그러다 한 시간쯤 지나 모르는 번호로 영상통화가 걸려왔을 때, 남정은 잠시 고민했다. 해환이라면 받고 싶지 않다. 하지만 계속 전화가 온다면 이번 기회에 단호하게 끊는 것도 나쁘지 않을 것 같았다. 그렇게 전화를 받았다가 영상통화로 마주친 해환의 모습에 남정은 자신의 태도 변화를 정말 확실하게 보일 수 있었다.

"윤 작가님, 어디세요? 아파요?"

매우 친절하게.

영상통화를 걸어온 해환, 그녀는 어제 만났던 모습과는

딴판으로 다시 본래의 모습으로 돌아와 있었다. 게다가 예전과 달리 머리 스타일이 검은 쇼트커트라 귀여운 느낌마저 있었다.

"사고가 나서 병원에 입원했어요. 저기 미안한데, 하루만 더 내 지갑이 되어주겠어?"

"물론이죠, 당장 가겠습니다."

"그리고 정말 미안한데."

"안 미안하셔도 됩니다. 뭔데요?"

"옷 좀 사다줄래요? 내가 사건에 휘말리는 바람에 옷이 엉망이 되어버려서."

"물론입니다. 물론입니다."

남정은 또 여자 친구와의 약속을 깼다. 여자 친구는 오늘도 안 만나면 헤어지자고 난리였지만 깡그리 무시했다. 역시 해환은 예뻤다. 남정은 어제 자신이 헛것을 본 거라고, 너무 오랜만에 해환을 봤더니 이상한 쪽으로 과대평가를 한 게 분명하다며 자기합리화를 시도했다. 다시 생각해보자니 해환이 그런 이상한 치킨집에 있었던 것 자체가 난센스였다. 역시 꿈이 분명했다. 남정은 근처 옷가게에 들어가서 가장 비싼 옷을 달라고 했다. 옷가게 주인은 현란한 꽃무늬 원피스를 줬다. 아무래도 디자인에 문제가 있는 것 같았지만 마음이 급해 그냥 챙겼다. 한 시간 반 만에 문제의 병원에 도착했다. 로비에 들어서서 주변을 두리번거리고 얼마 지나지 않아 남정은 해환을 발견할 수 있었다. 환자복을 입은 해환은 마네킹 같았다. 지방 병원이라서 대부분의 내원객이 중년층 이상이라는 점을 고려하더라도 외모가 압도적으로 눈에 띄었다. 그 모습을 보자 다시 한 번 남정은 자신이 어제 헛것을 본 게 분명하다고 확신할 수 있었다.

남정은 해환에게 다가가 물었다.

"무슨 일이 있었던 겁니까? 왜 갑자기 환자복이에요?"

"그게 어쩌다 보니 사건에 휘말려서."

"무슨 사건요? 다쳤어요?"

"그런 건 아니에요. 미안하지만 퇴원 수속 좀 밟아주세요."

"물론이죠."

"그리고 혹시, 옷 사 왔어요?"

"당연하죠."

남정은 재빠르게 쇼핑백을 내밀었다.

"고마워요. 나중에 다 갚을게요."

해환은 근처 화장실로 쇼핑백을 들고 사라졌다. 남정이 퇴원 수속을 밟는 사이 해환이 옷을 갈아입고 나왔다. 그 모습을 본 남정은 새삼 감탄했다.

남정이 산 옷가게에서 가장 비싼 옷은 큼지막한 꽃무늬가 잔뜩 그려진 원피스였다. 그것도 치렁치렁한 레이스까지 달려서 아무나 소화하기 힘든 디자인이었으나 해환이 입으니 달랐다.

"퍼펙트입니다. 잘 어울립니다. 최곱니다."

"고마워요."

"저, 어떻게 댁으로 모셔다드릴까요?"

"그보다 치킨."

"네?"

"치킨에 맥주 한잔합시다."

해환의 말에 남정은 어제 두 배는 되어 보였던 해환의 모습을 떠올렸다. 이대로 치킨과 맥주를 마셨다가는 본래의 모습으로 돌아가는 게 아닌가 하는 망상에 잠깐 빠졌다가 정신을 다잡았다. 그건 환상이야. 아주 나쁜 환상이었어. 남정은 스스로를 다독이며 해환과 함께 근처 치킨집에 들어갔다.

"무슨 정밀검사를 계속 한대서 쫄쫄 굶었어요."

해환은 치킨과 맥주를 시키며 아무렇지 않게 말했다.

"정밀검사요?"

"혹시 모르니까 해보자고 하더라고요. 그런 현장에서 아무 일이 없기는 힘들다면서."

"대체 무슨 현장이었는데요?"

"살인 현장."

"살인요?"

"것도 대량살인. 미친 여자가 다섯 명을 죽이고 도주했대요. 저는 그 사건의 유일한 목격자이자 생환자."

"영화 이야기 아니죠? 작가님 소설 이야기도 아니고요?"

"네, 아니에요. 아, 맥주 나왔네."

해환은 담담하게 대꾸하며 맥주를 손에 들었다. 남정과 잔을 부딪친 후 맥주를 한 모금씩 들이켰다. 남정은 "크!" 소리를 내며 시원하게 맥주를 들이켰지만 해환은 달랐다. 입에 넣자마자 맥주를 뼈 통에 토했다.

"이거 맛이 왜 이래?"

"네?"

남정은 해환의 말에 맥주를 한 모금 더 마셔봤다.

"맛있는데요."

"그럴 리가, 조 작가님 입맛 이상한 거 아니에요?"

남정은 고개를 갸웃거리며 다시 한 번 맥주를 한 모금 마셨다.

"아니, 맛있는데요."

"이상하네. 검사 오래 받아서 입맛을 잃었나. 역시 첫 끼에 맥주와 치킨은 무리인가."

해환은 고개 갸웃거리며 이번엔 치킨을 손에 들었다. 그러고 입에 넣었다가 이번에도 바로 뱉었다.

"이거 뭐야! 맛이 완전히, 으웩! 조 작가, 조 작가님도 그래요?"

남정은 해환의 말에 치킨을 손에 들었다. 한 입 물어뜯어

신중하게 우물우물 씹어 삼킨 후 대답했다.

"그냥 치킨 맛인데요. 것도 간장치킨."

"그래요? 그럼 나만 이상한 거야?"

해환은 영 마음에 들지 않는다는 표정으로 이번엔 포크로 치킨 무를 찍어 먹었다.

"이건 괜찮네."

"작가님, 혹시."

"네?"

"원래 채식주의자셨잖아요. 이번에 사고 일어나서 본래 입맛을 돌아온 거 아닐까요?"

"에이, 말도 안 돼. 그런 일이……."

해환은 피식 웃으면서 말을 하다가 순간 멈칫했다. 뭔가 한참 생각에 빠진 표정으로 치킨 무를 바라보는가 싶더니 말했다.

"설마 그런 일이……."

결국 치킨과 맥주는 모두 남정의 차지가 되었다. 남정은 해환이 배가 고플까 염려하면서 근처 피자집으로 향했다. 그곳에서 일반 피자를 시키려다가 아까의 일을 떠올리고는 야채 피자와 콜라를 주문했다. 둘은 30분을 기다렸다가 피자를 들고 함께 해환의 집으로 향했다. 해환이 알려준 집 주소는 산중턱이었다. 처음엔 드문드문 집이 나타나는 듯했으나 목적지인 해환의 집 근처에는 다른 집은 전혀 없었다. 녹

색 지붕을 얹은 흰색 2층집은 주변을 둘러싼 숲과 완벽하게 조화를 이루고 있었다.

"히야, 참 공기 좋은 데 사시네요."

남정은 진심으로 감탄하며 차에서 내렸다. 피자와 콜라를 챙겨 집으로 들어가려는데, 해환이 바로 따라오지 않았다.

해환은 마당에 세워진 차를 가만히 노려보고 있었다. 뭔가에 홀린 듯한 표정으로 선팅을 짙게 한 승용차의 운전석에서 시선을 떼지 못하고 있다가, 남정이 현관문에서 해환을 몇 번이고 부르고 나서야 고개를 돌려 반응했다. 남정에게 문제의 승용차를 가리키며 물었다.

"여기, 보여요?"

"네?"

"혹시 이 운전석에, 누가 앉아 있냐고요."

"아뇨, 아무도 없어요."

"그쵸, 아무도 없죠?"

해환은 그렇게 말한 후 혼잣말처럼 "일당을 줘야 하는데"라고 중얼거린 후 남정을 따라 현관에 올라왔다.

남정은 해환이 좀 이상하다고 느끼기는 했지만 별 상관은 없다고 여겼다. 어찌 됐건 이대로 해환과 단둘이 있다면 무슨 일이 생기겠다고 기대했지만…… 아니었다. 집 안의 상황은 남정이 기대하는 일이 일어나기엔 한없이 무리가 있었다.

언젠가 남정은 저장강박증에 걸린 노인을 취재한 적이 있었다. 서울 우이동의 한 낡은 집에 사는 노인은 갖은 쓰레기며 고철을 모아 마당에 쌓아놓고 살았다. 남정은 이 노인에게 흥미가 생겨 반년 넘게 노인의 뒤를 쫓아다녔다. 그런 취재의 결과를 '텅 빈'이라는 제목의 장편소설로 발표했다.

이 소설은 꽤 인기를 끌어 훗날 영화로 제작되었지만 결과물은 남정의 마음에 들지는 않았다. 영화세트는 남정이 직접 보았던 노인의 저장강박증을 재현하기엔 턱없이 부족했다. 남정은 보다 현실적인 세트를 원했다. 예를 들어 지금 눈앞의 풍경, 해환의 집 안과 같은 풍경 말이다.

해환의 집은 발 디딜 틈 없는 수준의 쓰레기로 뒤덮여 있었다. 대부분 치킨이나 피자 상자, 편의점 도시락 용기 같은 일회용품이었다. 그리고 그 사이사이 쓰다 만 A4 용지가 굴러다녔다. 남정은 그중 한 장을 들어 읽어보았다.

그 새끼는 죽어야 해. 그 새끼는 죽어야 해. 그 새끼는……

해환은 〈샤이닝〉의 한 장면처럼 같은 문장을 끊임없이 적고 있었다. 대체 여기서 말하는 그 새끼는 누구일까. 남정이 궁금해하는 사이 해환은 쓰레기 더미에 파묻힌 어딘가로 다가갔다. 대충 발로 주변을 쓱쓱 쓸어내더니 무언가 위에 앉으며 말했다.

"여기 앉지 그래요?"

거기, 앉으라고?

남정은 속으로 기가 질려 하면서도 일단 다가갔다. 해환이 말한 여기가 본래 소파였다는 사실은 바로 앞에 서고 나서야 눈치챌 수 있었다. 남정은 소파 등받이에 반으로 접혀 꽂혀 있는 빈 컵라면 용기를 손가락 끝으로 들어 바닥에 내려놓았다. 엉덩이만 살짝 걸쳐 소파에 앉다가 본능적으로 코를 움켜쥐며 한 가지 미스터리가 풀렸다는 사실을 깨달았다. 어제 해환의 몸에서 났던 악취의 정체는 바로 이것이었다!

"그럼, 다시 한 번 먹어보죠."

해환은 냄새에 아랑곳하지 않았다. 코가 마비라도 된 사람처럼 아무렇지 않게 손을 뻗더니 피자를 손에 들었다. 그리고 이번에도 피자를 입에 넣자마자 바닥에 토해버렸다. 바닥 전체가 쓰레기통이니 큰 문제는 없었다.

"조 작가도 먹어봐요. 이거 맛이 이상해."

"저, 저는 괜찮습니다. 배가 불러서."

정확히 말하자면 주변 광경에 비위가 상해서 먹을 수 없었다. 해환은 남정에게 두 번 권하지 않았다. 대신 코를 벌름거리더니 남정과 눈을 마주쳤다. 갑자기 입술이 닿을 만큼 남정에게 다가오더니 그의 얼굴을 빤히 보며 말했다.

"조 작가님, 참 좋은 냄새 나요. 알아요?"

남정은 떨렸다. 쓰레기 더미에 파묻혀 있어도, 아무리 냄새가 지독해도, 해환은 해환이었다.

"그, 그렇습니까?"

"전엔 왜 몰랐지."

해환은 남정의 몸 위로 올라탔다. 남정의 목 뒤로 손을 뻗어 끌어안더니, 남정의 머리를 양손으로 꽉 잡고 머리에 코를 갖다 댔다. 한참 냄새를 맡으며 정수리를 손으로 더듬다가 천천히 얼굴을 내려 눈을 마주쳤다. 코와 코를 부딪쳤다.

드디어 이 순간이 왔구나.

남정은 해환의 태도가 확실히 달라졌다는 걸 깨달았다. 해환의 몸으로 손을 뻗었다. 슬그머니 해환을 끌어안으며 자신을 향해 코를 벌름거리는 해환에게 서서히 입술을 갖다 댔다. 남정이 입술을 열자, 해환 역시 입술을 열었다. 그대로 두 입술이 마주칠 것 같았던 그 순간, 한 남자의 목소리가 산통을 깼다.

"채식 하라니까 그러네."

처음 남정은 잘못 들은 줄 알았다. 무시하고 해환과 키스를 시도하려는데 뭔가 이상했다. 해환의 입은 남정의 입이 아닌 남정의 귀로, 정확히 말하자면 귀 아래 목으로 향하고 있었다. 마침내 해환이 남정의 목으로 입을 갖다 댄 순간, 한 남자의 거친 손이 해환의 머리끄덩이를 뒤에서 잡아당기더니 해환을 바닥에 내팽개쳤다.

남정은 대체 무슨 일이 일어났는지 알 수 없었다. 바닥에 쓰러진 해환과 음침한 분위기의 중년 남자를 번갈아 보며 입만 뻥긋거리자니 다시 한 번 중년 남자가 말했다.

"당신, 운 좋은 줄 알아."

"네?"

"도망쳐."

"네?"

"살고 싶으면 도망치라고."

그 말과 동시에 해환이 뒤에서 몸을 벌떡 일으켰다. 뭔가에 홀린 사람처럼 중년 남자에게 달려들더니 목을 힘껏 깨물었다. 살점을 뜯어 질겅질겅 씹어 먹으며 남정을 탐욕스러운 표정으로 쳐다보았다.

먹었어. 사람 살을 먹었어.

남정은 눈앞의 초현실적인 상황을 이해할 수 없었다. 멍청한 표정으로 해환과, 그에게 살점이 뜯어 먹힌 초면의 남자를 바라보고 있자니 중년의 남자가 한숨을 길게 내쉬었다. "어쩐지 일당이 높더라니……"라고 중얼거리고는 괴력을 발휘해 해환을 바닥에 던져버렸다. 연이어 이번엔 남정에게 다가와 다짜고짜 얼굴을 주먹으로 내리쳐 기절시켰다.

7

해환은 머리를 양손으로 붙잡은 채 일어났다. 뭔가에 세게 부딪친 듯 두통이 심했다. 그런 해환의 눈에 가장 먼저 띈 것은 바닥을 걸레질하는 남정이었다.

"작가님, 거기서 뭐 해요?"

해환의 질문에 남정은 으악! 소리를 지르며 한 손에 든 걸레를 바닥에 떨어뜨렸다. 엉덩방아를 찧고 해환을 바라보았다.

"작가님, 왜 그래요?"

여전히 남정은 공포에 질려 비명을 지르며 해환을 올려다볼 뿐이었다.

영문을 모르겠네.

해환은 고개를 갸웃거리며 주변을 살폈다.

그랬다가 그 남자를 발견했다.

김씨.

어제 만났을 때와 마찬가지로 김씨는 인기척이 없었다. 한 손에 대걸레를 들고 바닥을 닦고 있다가 해환과 눈을 마주치자 말했다.

"일당을 먼저 받는 건데."

"네?"

해환은 김씨의 말을 알아들을 수 없어 물었다. 그러자 김씨는 대걸레로 그대로 바닥을 쓱 밀며 해환에게 다가와 손을 내밀며 말했다.

"약속한 일당 주십쇼. 어제치랑 오늘치, 저 친구 것도 좀 챙겨주시고요. 이 쓰레기 더미 우리 둘이 다 처리했으니깐요."

"아, 네. 드릴게요."

해환은 영문을 모르겠다고 생각하면서도 지갑을 찾았다. 주변을 두리번거리다가 안방으로 들어갔다. 그곳 역시 깨끗하게 정리가 되어 있었다. 김씨가 그런 해환을 뒤따라왔다.

"실력이 대단하시네요. 예전에 무슨 청소 일 하셨었어요?"

"일당."

이번엔 김씨는 일당만 말하려는 것 같았다. 해환은 "네, 네"를 연발하며 화장대를 뒤져 지갑을 꺼냈다.

"계좌로 넣어드릴게요. 여기 OTP 있으니까……."

그러고는 고개를 돌렸다가 김씨가 대걸레 대신 한 손에 들고 있는 것을 목격하고 말았다.

"그거, 뭐예요?"

"아, 이거요?"

김씨는 해환의 말에 손에 든 그것을 들어 보이며 말했다.

"별것 아닙니다. 호신용이죠."

그것은 손도끼였다.

"아니, 그러니까 그런 걸 왜 들고 있냐고요."

"별것 아닙니다. 일당이나 주시죠."

"별것 아닌 게 아닌 거 같은데요?"

해환은 이 손도끼가 낯이 익었다. 생각해보니 어제 이 손도끼를 봤다.

아.

피바다가 된 설렁탕집. 김씨는 그곳에서도 저 손도끼를 들고 있지 않았던가. 분명 피가 묻은 손도끼를 들고 안에 들어와 해환에게 자신의 살을 먹인 후 저 손도끼로…….

"김씨!"

해환은 지갑을 열던 손을 멈췄다. 그대로 김씨의 멱살을 잡으며 말했다.

"김씨, 당신 나한테 무슨 짓을 했죠!"

"별것 아닙니다."

"뭐가 별것 아닙니까! 저한테 당신 살점을 먹였잖아요. 그리고 목에서 식칼을 뽑아내고. 맞아! 당신이 그랬어!"

"……일당은 포기해야겠군요."

김씨는 한 손에 든 손도끼를 높이 쳐들었다. 해환의 머리를 노리며 말했다.

"성불하시길."

"잠깐, 잠깐만요! 잠깐만! 이게 무슨!"

당황한 해환은 김씨의 멱살을 잡고 그대로 밀쳤다. 그 충격으로 김씨가 손도끼를 손에서 놓쳤다. 반동으로 날아갔다. 열린 안방 문을 넘어, 엄청난 굉음을 내며, 거실 한쪽 벽에 김씨의 몸이 박혔다.

"대체 이게 무슨."

해환은 자신의 괴력에 당황하면서도 이때를 놓치지 않았다. 김씨가 떨어뜨린 손도끼를 들고 거실로 나갔다. 주변을 뒤져 빨랫줄을 찾아내 김씨를 포박한 후, 바닥에 오줌이 지려 털썩 주저앉은 남정과 새삼 눈을 마주쳤다.

"사, 살려주세요."

그 말에 해환은 조금 더 최근의 기억이 돌아왔다. 정신을 잃기 전, 이 집이 아직 쓰레기장이었던 순간의 기억. 남정의 몸에서 좋은 냄새가 나서 다가갔다가 그를 먹고 싶어진 기억……. 잠깐만, 먹고 싶어졌다고? 인간을, 먹고 싶었다고?

아무래도 이 상황에 대한 아주 긴 설명이 필요할 것 같군.

해환은 정신을 차려가는 김씨를 노려보며 손도끼를 불끈 쥐었다.

"대체 나한테 무슨 짓을 한 거야? 왜 내가 인간을, 인간 고기가 먹고 싶어진 거야!"

해환의 목소리는 살짝 떨렸다. 그건 지금 막 해환의 머릿속에 얼핏 스치고 지나간 생각 탓이었다.

4년 전 한창 바쁘게 창작을 하던 시절, 이런 설정의 단편을 앤솔러지에 실은 적이 있었다. 그 앤솔러지의 주제는 좀비였다. 분명 이 책에서 이런 식으로 좀비가 된 인물의 이야기를 적었다. 하지만 그건 소설이다. 설마, 그럴 리 없다. 그럴 리가 없어야 하는데.

"다 알면서 뭘 묻습니까."

김씨는 당연하다는 듯 해환에게 말을 이었다.

"나는 좀비요. 작가님도 이제 좀비가 됐고."

김씨의 말은 마블 시리즈의 히어로 아이언맨의 유명 대사 "아이 엠 아이언맨"만큼이나 쇼킹했다.

해환이 알기로 좀비란 소설이나 만화, 영상물처럼 픽션에서나 등장하는 어떤 것이었다. 바이러스라던가 이상 현상으로 인해 생기는 살아 있는 시체, 〈시체들의 새벽〉이라던가 〈월드워Z〉 최근에는 〈부산행〉 등에서 이러한 좀비들을 쉽사리 접할 수 있었다. 해환이 그런 좀비라니 말도 안 되는 소리였다. 뭣보다 눈앞의 김씨는 그런 세간의 상식과는 거리가 멀어 보였다. 멀쩡하게 말을 잘 하고, 존재감이 거의 없는, 뭣보다 딱히 인간을 먹으려 들지도 않았다. 물론 〈웜바디스〉라던가 〈도쿄 구울〉 같은 약간 다른 형태의 좀비물도 있었지만, 일반적으로 좀비라고 하면 말 그대로 뇌가 흐물흐물해져서 인간의 뇌를 먹고 싶어 하는 살아 있는 시체가 아니던가?

"내가 왜 좀비라는 거죠?"

해환은 손도끼를 불끈 쥐며 말했다.

"대답 여하에 따라 머리를 날려버리겠어요."

연이은 말은 상당히 무시무시했지만, 일단 이 협박은 확실히 통했다.

"작가님은 내 살점을 먹었소. 좀비의 살점을 먹으면 좀비가 되지."

"허튼소리. 좀비한테 물려야 좀비가 되죠."

"케바케란 말도 모릅니까? 나는 바이러스에 감염된 몸이고, 이 바이러스가 퍼지는 방식은 다른 경우와는 다르다는 겁니다. 자세한 건 책을 보시면 압니다. 《THE 좀비스》라는 책 서문에 보면 말이야, 아주 그럴 듯하게 설명이 되어 있는데 말이지, 아프리카 부두교에서 시작된 좀비부터 시작해서 사랑하는 좀비, 첨단기술과 과학에서 시작된 좀비까지 갖은 좀비가 다 나와. 그러니까 그렇게 됐다는 거지, 우리가 그렇게 잘."

"그렇게 잘이 뭐냐고!"

"괜찮은 좀비가 됐다고. 작가님, 다시 예뻐지고 싶어 했잖아."

김씨의 말에 해환의 손도끼가 살짝 아래로 처졌다.

"난 그걸 이뤄준 거라고."

해환은 김씨를 가만히 노려보다가 손도끼를 완전히 내렸다.

"난 진심으로 후회 중이야. 설마 작가님이 그런 괴력을 뽐게 될 줄은 몰랐거든. 이건 100년 넘게 살면서 처음 겪는 일이라고. 이렇게 후회가 되는 건 마누라가 죽었을 때 이후 처음이야."

"100년을 넘게 살았다고?"

"역시 설렁탕은 위험해."

"저기 두 분, 진지한 대화 중인데 제가 한 가지 여쭤봐도 되겠습니까."

남정이 끼어들었다. 남정은 양손으로 걸레를 쥐고 무릎을 꿇고 앉아 매우 공손한 표정을 짓고 있었다.

"제가 아까부터 상당히 신경이 쓰여서 그러는데요, 저기 혹시, 그러니까 혹시 김씨 어르신 만약에 말도 안 되는 소리 긴 한데, 혹시 저기……."

"그냥 좀 말하면 안 돼?"

해환이 짜증을 냈다.

"내가 지금부터 하려는 말이 아무리 생각해도 말이 안 되는 소리 같아서 그래요."

"빨리 해. 나 지금 신경 곤두섰거든?"

해환은 손도끼에 힘을 주며 남정을 노려보았다.

"네, 네. 그러니까 김씨 어르신 혹시…… 현진건이라는 작가를 아십니까?"

"무슨 헛소리야, 갑자기?"

해환의 날 선 반응과 달리 김씨는 담담했다.

"아아, 알지."

"그럼 저기 혹시, 선생님, 어르신, 혹시…… 아드님 성함 이 개똥입니까?"

"정확히는 계동이야."

"그럼 혹시, 저기, 어르신, 아니, 음, 선조님, 아니, 으음, 아니 다 필요 없고 그러니까 저기, 혹시, 만에 하나, 선생님 전직이…… 인력거꾼? 혹시 김 첨지님?"

"아아, 그렇게 불린 적도 있었지."

김씨는 아련한 표정을 지으며 말했다.

"세상에. 레알트루였어."

그제야 해환은 남정이 하려는 말뜻을 알아들었다. 어이가 없다는 표정으로 김씨와 남정을 번갈아보다가, 둘의 표정에 웃음 한 점 없다는 사실을 깨닫고 나서야 소리쳤다.

"지금 이 사람이, 소설 속 등장인물이란 거야?"

"그런 것 같습니다."

"뭔 개소리야! 그 말을 믿어? 이 사람이 그 김 첨지? 고교생이 알아야 할 소설 100선에 반드시 실리는 그 〈운수 좋은 날〉의 김 첨지라니 말이 돼?"

"작가님이 좀비가 된 거나 이거나, 뭐."

"야!"

"죄송합니다."

"그 김 첨지가 왜 여기서 이러고 있는데? 왜 대리기사를 하고 있냐고!"

"안 죽었으니까 그렇지."

김씨가 담담하게 끼어들었다.

"아니, 그러니까 왜 안 죽었냐고!"

"그건 마누라와 계동이가 죽었을 무렵으로 거슬러 올라가지."

김씨는 향수에 젖은 표정으로 이야기를 시작했다.

"당시 동네엔 전염병이 돌고 있었어. 마누라와 계동이는 결국 그 전염병에 걸려 죽었지. 그런데 나는 그 전염병에 걸렸다가 살아남았어. 이후 이상하게도 이런 몸이 되어버린 거야. 마누라랑 아들이 죽어버렸으니 뭐 할 일이 있나. 그냥 평소처럼 인력거를 몰고, 후에는 택시도 몰고, 그러다가 버스도 몰아보고, 나중에는 대리기사가 일당이 좋더라고. 그래서 대리기사가 된 거지."

학창 시절 해환이 읽은 소설은 손에 꼽는 수준에 불과했다. 그런 해환이 읽은 몇 안 되는 소설 중 한 편이 〈운수 좋은 날〉이었다. 인력거꾼 김 첨지, 운이 좋아 손님이 많아 그 돈으로 설렁탕을 사 갔는데 마누라가 죽었던 김 첨지⋯⋯. 해환은 이 소설을 어디까지나 입시를 위한 수단으로 읽었다. 그런데 그 이야기가 그걸로 끝이 아니었다니, 눈앞의 사내가 자신이 그 김 첨지라고, 좀비가 되어 지금까지 살아남았다고, 게다가.

"⋯⋯슬슬 운전도 질려서 귀촌을 했다가 도서관에서 책이나 읽는 걸로 소일거리를 삼았지. 작가님 소설을 읽었는데 재밌더라고. 나와 마찬가지로 엄격한 비건이라니, 미녀라니 이것 참 팬심이 생기더라고. 그런데 이런! 이장이 작가님 댁으로 가보라잖아! 일당을 잘 쳐준다더라며 운전을 하라잖아! 갔지. 내가 앤티크를 모으는 취미가 있거든. 그래서 갔다가…….”

해환은 기가 차서 웃음만 나왔다. 그러던 해환이 다시 손도끼를 쥔 손에 힘을 넣은 것은 김 첨지가 이야기의 클라이맥스라고도 할 법한 이야기, 왜 좀비가 되었는가에 대한 연유를 말한 순간이었다.

“그때 전염병이 돌았댔잖아. 그런데 왜 나만 살아남았냐면 말이지, 나는 고깃국이 냄새도 맡고 싶지 않았기 때문이야.”

아내가 그렇게 죽은 후 김 첨지는 고기 냄새만 맡아도 구토가 일었다. 전염병이 낫고 나서도 절대로 고기 종류엔 손을 대지 않았다. 이웃들은 달랐다. 같은 병을 앓았다가 나은 이들은 하나같이 인육을 탐했다.

가까운 사람들의 인육에 손을 댔다가 하나둘 변해갔다. 이성을 잃고 뇌부터 썩어 들어갔다. 이후로도 잊을 만하면 좀비 사건이 일어났다. 그때마다 이들은 인간들에게 목이 잘려 죽거나 김 첨지의 손에 처리됐다.

“정체가 밝혀지면 내가 곤란해질 수 있으니까.”

김 첨지는 해환이 손에 든 손도끼를 보며 말했다.

“그거, 100년 된 도끼야. 도낏자루가 썩어서 몇 번을 바꾼 거야. 살살 다뤘으면 좋겠어.”

"농담이죠?"

"진담인데. 앤티크야. 직선 무늬 떡살 다음으로 아끼는 물건이라고."

"그거 말고 날 죽이려고 했다는 부분요."

"아, 그건 사실이야. 일당만 주면 바로 죽이려고 했지."

"왜요!"

"그래봤자 고기 못 끊을 거 아냐."

김 첨지가 남정을 보며 동의를 구했다.

"나오자마자 치맥 했잖아. 다 들었거든."

남정이 고개를 크게 끄덕여 동의했다.

"그건…… 몰라서 그랬죠! 치킨이랑 인간이 같아요!"

"과연 그럴까. 결국 인간을 먹고 싶어지지 않겠어?"

해환은 김 첨지의 말을 바로 부인할 수 없었다. 남정의 몸에서 맛있는 냄새가 난다고 느낀 건 사실이었으니까. 그래서 해환은 스스로에게 물을 수밖에 없었다. 이제 나는 어떻게 살아야 할까. 앞으로 어떻게 되는 걸까.

그런 해환이 고민 끝에 불쑥 꺼낸 말은 다음과 같았다.

"어쩐지 치맥이 당기더라니……."

피,
소
나
기

차무진

1

소년은 개울가에서 소녀를 보자 곧 윤 초시네 증손녀라는 걸 알 수 있었다.

소녀는 개울에다 손을 담그고 고기 새끼라도 잡을 양 연신 물을 움켜내고 있었다.

소년이 소녀를 본 것은 비단 오늘만이 아니었다.

그제는 강섶에서, 어제는 저쪽 마지막 징검돌 위에서 그러더니, 오늘은 징검다리로 놓은 돌들 한가운데에 쪼그려 앉아 저러고 있다.

징검다리가 시작되는 지점, 불뚝 튀어나온 바위 옹두라지에 무춤하게 서 있던 소년은 침을 한 번 삼키고 첫 징검돌에 발을 디디고 올라섰다.

소년은 불안한 손을 달래기 위해 바지 주머니에 넣어둔 호두알을 움켜잡았다. 오랫동안 주머니 속에 들어 있었던 호두알은 반들반들했다.

다가가야 한다. 말을 걸어야 한다.

그러려면 쥐고 있는 이 호두알처럼 단단히 마음을 먹어야 한다.

작정하고 소녀를 노려보자 소년은 차분해지는 기분이 들었다.

'오늘은 어제처럼 망설이지 않을 테다.'

사실 어제는 너무도 한탄스러워 개울둑에 푹 퍼질러 앉아 버렸다. 소녀가 알아서 비킬 때까지 기다렸다. 소녀가 자신을 바라보기를 몹시 원했던 것 같기도 하다. 그렇게 앉아선 내내 소녀를 관찰했다. 한참 만에 소녀는 물속에서 불쑥 무언가를 잡더니 소년에게 던지고 사라졌다.

던진 것은 하얀 조약돌.

바보라는 말도 들은 것 같다.

소년이 꿈이 아니라고 확신한 것은 그때부터다. 조약돌이 튕긴 물방울들이 볼에 닿자 정신이 번쩍 들었기 때문이다.

굳게 마음을 먹고 다음 징검돌로 한 걸음을 더 이동한 소년은 소녀를 노려보았다.

꿈이 아니야.

이건 분명한 사실이야. 오늘은 말을 걸 테다.

저쪽, 소녀의 얼굴은 하루쯤 묵힌, 툇마루에 놓아둔 홍시 같았다.

주름이 있는 부분, 예를 들면 아미에서 흘러내리는 눈초리라던가 웃을 때 팬 보조개라던가, 그런 부분에서 새로이 잡힌 주름들은 쉬 제자리로 돌아가지 않고 꾸덕꾸덕해졌다. 단발머리는 풀풀 거스러미가 일어 오래된 종이 같다. 희미하게 된장 끓이는 냄새도 난다.

무엇보다 저 옷.

소녀가 입고 있는 저 분홍 스웨터 앞자락에는 검붉은 진흙물이 물들어 있다.

그 옛날 소녀는, 소년에게 스웨터를 내보이며 '이게 무슨 물 같니?'라고 물은 적이 있었다. 소년이 물끄러미 스웨터 앞자락 얼룩을 바라보자 소녀는 이렇게 말했다.

"내, 생각해냈다. 그날 도랑 건널 때 내가 업힌 일 있지? 그때 네 등에서 옮은 물이다."

맞다. 저 얼룩은 그때 옮은 물이다.

그날, 소나기를 피하고 돌아오던 길에서 소년은 불어난 개울물을 건너기 위해 소녀를 업은 적이 있었다. 빛마저 붉은 흙탕물에서 중심을 잃고 한 번 휘청거린 적이 있었는데 소녀는 소년 목을 꼭 그러안았다. 스웨터에 진 얼룩은 그때 소년 옷에서 배어나온 소금기 섞인 염료다.

지금 소녀는 그날 그 스웨터를 똑같이 입고 있다. 갈변되어 색이 누레진 것 외 다를 게 하나 없는 예전에 보았던 그 옷이다.

소년은 징검돌을 불쑥불쑥 건너갔다.

소년이 다가가자 소녀가 기다렸다는 듯 쳐다봤다.

소년은 쪼그리고 앉아 있는 소녀를 물끄러미 보았다. 윗눈시울이 축 처진 틈 안 소녀의 동막은 공허했다. 무른 쪽빛이 어른거리기도 했다. 저런 눈은 비상을 잘못 먹고 아침에 죽어 있던 뒷집 삼돌이네 개한테서 본 적이 있다. 소녀 코에는 흰 솜이 박혀 있었다. 저건 고름이 흘러내리지 말라고 박아놓은 것이다. 목 아래로 몇 알의 종기도 튀어나와 있었다.

온 세상이 푸르른데 오직 소녀만 잿빛 사진 안에 들어가 있는 것 같았다.

쪼륵—.

소녀가 물을 털고 일어났다.

훅 끼치는 비린내.

소녀는 소년에게 다짜고짜 동전 세 닢을 내보였다.

"이게 뭔지 아니?"

'그거, 반함 때 넣는 동전이다'라는 말이 목구멍까지 치올라왔지만, 소년은 간신히 참았다.

반함이란 관 뚜껑을 닫기 전 망자에게 마지막 음식을 올리는 절차다. 보통 죽은 사람의 입안에 불린 쌀과 동전 세 닢을 쑤셔 넣는데 이는 저승길 식량과 노자를 주는 것이다. 입에 넣어준 쌀은 어느 틈에 뱉었는지 소녀는 그 동전만 가지고 있었다.

"너 할래?"

소년은 소녀에게서 동전을 받아서 호두알이 든 주머니에 넣었다.

소녀가 벌 끝을 가리켰다.

"저 산 너머에 가본 일이 있니?"

"저 산 너머?"

"응. 저 산 너머."

소년은 역시 기억하지 못하고 있구나, 하고 생각했다.

둘은 이미 산 너머를 다녀왔다.

언덕을 달렸고 허수아비 줄도 잡아당겼고, 맵고 지린 무도 씹어보고, 들국화, 싸리꽃, 도라지꽃도 꺾고, 송아지 등에도 올라탔었다.

그리고 소나기를 만났다.

지금 소녀는 자신이 죽은 줄 모른다.

둘이 산에 다녀온 이후, 소녀와 소년은 한 번 더 만났었고 소녀가 소년에게 예의 그 스웨터 얼룩을 보여주었다. 그리고 며칠 뒤 소녀는 죽었다.

꼭 보름이 지난 일이다.

개울가를 다 건너기 전에 끊겼던 소나기, 가을 하늘이 언제 그랬는가 싶게 구름 한 점 없이 쪽빛으로 퍼지던 그날 맞은 소나기로 인해 소녀의 병세는 크게 악화하였다고 한다.

아버지 말에 의하면 소녀는 잔망스럽게도 소나기를 맞았을 때 입었던 옷, 지금 이 아이가 입고 있는 스웨터를 함께 묻어달라고 했단다.

소년은 떠나는 상여를 바라볼 뿐 따라갈 용기가 없었다. 광에 숨어 혼자 몇 번 훌쩍거린 것 같기도 하다. 윤 초시 집 쪽으로 저무는 노을이 그즈음 왜 유난히 붉은가 멀뚱멀뚱하게 생각했을 뿐이다.

소년은 태어나서 처음으로 누군가의 죽음을 보았고, 또 죽은 이가 첫사랑임을 깨달았다.

인간은 언젠가 죽으며 죽음에는 두려움과 슬픔이 존재하고, 시간이 가깝고 먼 것의 차이에서 그 두려움과 슬픔을 잠시 또는 영원히 미루고 사는 존재임을 배웠다. 인생은 간단하고 협소하며 재빨리 날아간다는 것도 알았다.

죽은 지 꼭 보름이 지난 지금.

소녀가 돌아왔다.

어른들이 소녀 몸을 땅속에 묻었는데 소녀는 지금 땅 위로 나와 있다.

다시는 분홍 스웨터 얼룩과 파리한 입술을 벌리던 소녀의 말간 얼굴을 못 볼 거라고 생각했는데 이렇게 보고 있다.

이게 무슨 일일까?

하늘은 그때처럼 여전히 여름빛을 머금었고, 지금도 누군가가 뜨내기 북이라도 치면 툭 하고 소나기가 터질 것 같은데 거짓말처럼 죽은 소녀가 나타났다.

제 유언대로 제 할아버지가 입혀준 진흙물 밴 스웨터를 입고서.

"듣고 있어?"

소년은 생각을 멈추고 소녀를 바라보았다.

소녀는 핼쑥한 볼을 씰룩거리며 다시 묻는다. "저 산 너머에 가본 적이 있냐고?"

"아, 아니." 소년은 거짓말을 했다.

"우리 가볼래? 시골에 오니까 심심해서 혼자 못 견디겠다."

"저래 봬두 멀다."

소년은 벌써 이 말이 두 번째다.

그래서 속으로 '가봐서 알겠지만'이라고 덧붙였다.

"가보고 싶어."

"……가보고 싶다구?"

"응. 궁금해서 너무 가보고 싶다."

"……."

"왜? 싫어?"

"그래. 가보자."

소녀가 웃는 것 같았지만 탁기(濁氣) 서린 볼은 편편했다.

"아 참. 그리고."

소년은 만지작거리던 호두알 두 개를 주머니에서 꺼냈다.

"이거. 예전에 너 주려고 내가 따놓았던 건데, 니가 죽는 바람에……."

아차.

말실수를 깨닫고 황급히 입을 막았다.

소녀는 그 말도, 호두알도 관심 없다는 듯 연신 자신의 어깨와 팔에 코를 대고 킁킁 냄새만 맡았다.

"그런데 내 몸에서 이상한 냄새가 나. 흙냄새 같기도 하고. 달걀 썩은 냄새 같기도 하고."

소녀는 삭정이 같은 팔뚝을 내밀었고 소년은 마지못해 그 냄새를 맡았다.

"그러네."

"나한테서 나는 냄새 맞지?"

"응."

"무슨 냄샐까?"

"글쎄."

소녀는 나비질하듯 두 팔을 오르락내리락 흔들며 자기 몸에서 나는 냄새를 허공에 날렸다.

276

그러면 냄새가 사라질 것으로 생각하는 모양이었다.

2

원두막 위에서 소녀는 먼 곳을 쳐다보고 있었다.

메어 있는 송아지가 음매, 하고 한 번 울었다.

소년은 소녀가 말해주길 기다렸다. 한 번만이라도 '우리, 일전에 여기 한번 왔었지?'라며 함께한 시간을 기억해준다면 얼마나 좋을까.

하나 소녀는 저 너머를 바라볼 뿐 아무 말도 하지 않는다. 무슨 생각을 하는지 알 수 없는 누렁이 소처럼 멍하다. 소라면 등을 쳐줄 테지만.

소녀는 멀리 억새가 끝나는 지점에서 시작되는 구릉을 응시하고 있었다.

그곳은 공동묘지였다.

마을 소작농들뿐 아니라 난리 때 양평강 전투에서 죽은 사상자들, 거랑하다 길에서 죽은 사금쟁이들, 읍내 큰 병원 무연고자들이 묻혀 있다고 들었다.

기억으로 저 구릉 무덤가는 검은 흙이 가득했다. 저곳 흙은 늘 축축했고 장마철이 아닌 날에도 시큼한 비린내가 올라왔다. 어른들은 악지(惡地)라고 했다. 마르지 않은 자리에 집단 무덤을 쓰니 마을에 병이 자주 생긴다고 했다. 누구는 오래전 저수지가 있던 자리라고도 했다. 어쨌든 기분 나쁜 땅인 건 분명하다.

소년은 소녀 옆에 서서 무덤이 있는 그곳을 바라보았다.

막 떼를 올린 봉분 몇 기를 제외하면 마른 짚세기와 도깨비풀, 화산재 같은 흙이 뒤섞여 온 천지가 불탄 것 같다.

무덤가에는 호랑나비가 많이 난다는 옛말이 맞는지 손바닥만 한 호랑나비는 유독 그곳에서만 잡혔다. 간혹 나비를 잡으러 가면 젖은 흙이 발목까지 질척거렸고 다녀오면 옷이나 종아리에 든 검은 물이 쉬 지워지지 않았다. 삼돌이 놈은 그게 시쳇물이 안 빠지는 것이라고 말했다. 시쳇물이 살에 배이면 곧 시체가 된다고 했다. 그 말을 믿지 않았지만 기분이 안 좋은 건 사실이었다. 소년과 친구들은 채집 숙제가 있을 때 외에는 그곳에 얼씬거리지 않는다.

윤 초시네 선산은 여기서 50리 떨어진 금마산이라고 들었다. 소년은 소녀가 금마산이 아닌 저 공동묘지에 묻힌 것이 아닐까 생각했다. 요 며칠 소녀가 개울로 나오는 시간을 보면 그렇다.

징검돌 위에서 놀던 소녀는 해가 지면 스르르 일어나 어디론가 돌아갔는데, 자신이 묻힌 곳으로 돌아가는 것이라면 금마산은 너무 멀었다. 저 무덤 구릉이라면 거리상 딱 적당하다. 오늘 집에 돌아가면 아버지한테 소녀가 어디에 묻혔는지 물어볼 참이었다.

소년은 턱을 긁으며 흘깃 소녀를 훔쳐보았다.

먼 곳을 보고 있는 소녀는 두 손으로 자신의 치마허리를 움켜쥐고 있었다.

자르르 떨림이 있다.

소녀가 이렇게 간절하게 저 구릉을 바라보는 이유는 뭘까?

자신의 무덤을 알려주려는 게 아닐까?

종종 찾아오라는 뜻이라면?

혼자 누워 있으니 외롭다는 뜻이라면?

죽기 전, 소녀는 소년에게 서울에서 이곳으로 내려와 몹시 외롭다고 말했다. 입었던 옷을 그대로 묻어달라고 했다니 소년과 소나기를 맞았던 일은 소녀에게는 무덤까지 가지고 갈 만큼 소중한 추억이었을 테다. 지금은 잊어버린 듯하지만.

그렇다. 소녀는 죽어서 외로운 것이다. 그래서 자신이 누운 자리를 알려주려는 것이다. 그런 생각에 이르자 소년은 슬퍼졌다.

먹장구름이 저 무덤 구릉까지 빼곡하게 들어찼다. 바람이 우수수 소리를 내며 억새를 훑었다. 삽시간에 주위가 보랏빛으로 변하기 시작했다.

이윽고 소녀가 돌아보며 말했다. "우리 저쪽에 가보자."

"저쪽은 무덤가인데."

"가보자."

소년은 겁이 났다.

소나기가 올 것 같은 짓무른 하늘이다.

바람이 휘돌고 있고 거뭇한 억새들이 우는 소리가 크게 퍼진다.

"가지 말자."

"왜? 저기 가보자."

소녀가 슬프고 아련한 눈망울을 지으며 소년을 바라보았다.

소녀는 소년이 알고 있던 살풋한 보조개를 깊이 패며 부탁한다는 표정을 지었다. 낡았지만 그 표정이 소년에게는 무척 달았다.

망설이던 소년은 거부했다.

소녀가 묻힌 무덤 자리가 궁금했지만, 소나기가 올 것 같았다.

소녀에게 또 소나기를 맞히고 싶지 않았다.

소녀는 실망한 듯 고개를 숙였다. 안 된다니 아쉬운 표정을 짓는 것 같았다.

미안해진 소년이 달랬다. "다음에 가자. 소나기가 안 올 때."

"흥, 썩어버리라지."

그 말에 소년은 놀라 입을 막았다.

"썩어버려. 너도 썩고 다 썩어버려. 썩으라고. 지금 당장!"

썩으라니. 그게 무슨 말일까.

소녀가 난데없이 질질 침을 흘렸다.

끼기긱.

끼기긱.

소녀가 각다귀처럼 턱과 어깨를 여러 번 마디 지어 꺾기 시작하자 소년은 몇 발짝 뒤로 물러났다.

소녀는 턱을 치들고 그 작은 얼굴을 돌아가지 않을 때까지 꺾으려 하고 있다. 마치 초 시곗바늘이 끊기며 불편하게 이동하는 그런 움직임. 턱을 움직이며 무덤 구릉을 바라보는 소녀 입꼬리가 묘하게 치솟고 그렇게 움직인 주름과 근육들은 제자리를 찾는 데 오래 걸렸다. 그것은 소녀의 의지가 아닌 것 같았다.

푸슈, 푸슈.

소녀는 점차 등을 구부정하게 굽히더니 비트적비트적 소년 쪽으로 몸을 돌렸다.

꿀꺽, 소년은 침을 삼키면서 소녀를 지켜보았다.

나를 보겠다면 고개만 돌리면 쉬울 것을, 왜 저런 식으로 무섭게 움직이냐. 아까처럼 예쁘게 서 있지 왜 몸을 이상하게 만드냐. 저러다가 팔이 뚝 떨어지겠는데.

소녀는 몸을 다스리지 못하는 인형처럼 몸 전체를 경직시켜 방향을 틀었다.

"왜, 왜 이러냐?"

소녀가 새아학, 문풍지 새는 소리를 내며 입을 벌린다.

악취가 났다.

드러난 소녀의 긴 송곳니는 아까 웃을 땐 없었던 것이다.

사람 이가 어찌 고무줄처럼 늘어난단 말인가. 아니지. 이
제 이 아이는 사람이 아니지. 그래도 죽었을 뿐 사람이다.
죽으면 이가 엿가락처럼 늘어나는 걸까?

날 물려는 것인가?

소녀 혀는 좀작살나무 열매를 따 먹은 것처럼 온통 시퍼
런 보랏빛이다.

소년이 몇 걸음 물러나려다 그만 엉덩방아를 찧었다.

소녀의 한쪽 허벅지를 타고 오줌이 줄줄 흘렀다. 몸 어디
에서 힘을 주고 있는지 모르겠지만 소녀는 있는 힘껏 악을
썼다. 목 언저리에 난 도톨도톨한 종기 망울에서 피가 송송
배어 나오고 있었다.

역시 시귀였어.

시귀는 사람을 못 알아본다던데.

난 이렇게 죽는 건가?

새하악―.

소녀는 비트적비트적 소년에게 걸어오더니 소년을 내려
다보며 뜻 모를 소리를 중얼거렸다.

쓰무리 캬약―.

"뭐?"

싸무라 시타카─.

소년은 저 입에서 나오는 소리가 무슨 뜻인지 알 수 없었다.

소녀는 염불 외듯 수상한 말을 중얼거렸고 급기야 분홍 스웨터를 벗으려 했다. 옷이 몹시 거추장스럽고 답답한 듯했다. 몸을 감싼 천을 더듬다가 원피스 단추를 마구 뜯으려 한다.

결국, 맘대로 되지 않자 소녀는 마구 소리를 질러댔다.

주저앉아 있는 소년 눈에 원피스 자락 너머 소녀 속옷이 보인다. 가느다란 허벅지와 툭 불거진 무릎노리는 온통 울혈이 고여 보랏빛으로 젖어 있다.

소년이 민망해져 고개를 돌렸다.

"그, 그러지 마. 옷은 입고 있어야 해."

점점 시귀가 되어가는 소녀에게 소년의 외침은 소용없었다.

소녀가 바람처럼 원두막을 뛰어내렸다.

"어디 가?" 소년이 뒤에서 소리쳤다.

음매.

시야에서 소녀가 사라진 후 바로 짐승 우는 소리가 났다.

소년은 기어가 원두막 아래를 내려다보았다.

소녀는 원두막 기둥에 묶어둔 송아지에 올라타 있었다.

송아지 목이 부드러워서 볼을 대고 있는 것처럼 보였지만
다시 보니 아니었다. 가죽을 파고 그 안 살점을 뜯어내려 한
다. 처박은 머리를 마구 흔들고 있다. 송아지가 하늘을 향해
느리게 울부짖었다. 소년이 원두막을 뛰어내렸다. 소녀 팔
목을 잡았다. 팔목은 뚝 부러질 듯했고 꾸덕꾸덕하고 거칠
고 차갑고 가늘었다.

"그러지 마. 그러지 말라고."

캬아악―.

소녀가 소년의 팔을 물려고 했다. 소년은 데이기라도 하
듯 팔을 뺐다.

뙤록 뜬 소녀 눈. 대화할 수 없는 눈이다.

동공이 고양이처럼 세로로 좁고 흰자는 온통 피로 물들어
있다.

두리번거리던 소년은 수숫단을 쌓아놓은 곳으로 달려가
단단한 수수 작대기를 가지고 돌아왔다. 송아지 위에 올라
탄 소녀는 가죽을 한 점이나 뜯어내고 붉은 속살을 씹고 있
었다. 소년이 기다란 수숫단으로 소녀 명치를 푹 찔렀다.

소녀가 송아지 옆으로 떨어졌다.

소녀가 떨어진 쪽으로 기울어지려던 송아지는 다리에 힘
을 주며 허정허정 버티고 있었다. 소년은 소녀를 질질 끌어
낸 다음 줄을 풀고 송아지를 절뚝절뚝 걷게 하면서 반대편
기둥으로 옮겼다.

송아지는 목이 탄지 바닥에 고인 물을 빨아댔다. 소년은 휘청거리며 원두막을 흔드는 송아지와, 잠든 것처럼 기절한 소녀를 번갈아 보며 어찌해야 할지 몰랐다.

소녀 입가는 송아지 피가 붉게 물들어 있었다.

3

아버지가 달구지를 끌고 나가자 소년은 조용히 방에서 나와 닭장으로 갔다. 가장 살찐 놈으로 골랐다. 둥우리에서 졸고 있던 암탉은 소년의 힘에 저항하지 않았다.

소리가 나면 안 되기에 대가리에 천을 덮어씌우고 줄로 묶은 다음 목을 비틀었다. 늘어진 암탉은 살아 있을 때보다 더 묵직했다. 소 불알처럼 덜렁덜렁 처진 닭을 망태기에 넣고 새로 간 낫도 넣었다. 혹시 몰라 감자떡도 몇 개 챙겼다. 인간 음식이 그립다면 줄 생각이었다.

아직은 새벽.

마을 초가들 너머로 핏빛 구름이 타원을 지며 어스름을 훑어내고 있었다.

소년은 주머니를 한 번 더듬었다.

어머니 서랍에서 훔쳐 온 고약은 갱지에 잘 싸여 있었다. 고약은 소녀 목에 난 종기에 발라 줄 참이었다.

뭐가 더 필요할까?

여동생이 즐겨보던 서양 공주가 그려진 그림책을 챙길까. 뚝뚝 떨어지는 침과 새악거리는 소녀의 숨소리를 떠올리고는 단념했다. 아무래도 좋아하지 않을 것 같다. 이게 중요한 게 아니잖아. 소년은 그림책 따위를 고민하는 자신이 우스웠다.

그랬다. 소녀가 바라는 것은 그림책 따위가 아니었다.

소년은 어젯밤부터 내내 고민하던 그것에 대해서는 생각했다.

소녀가 바라는 것을 소년은 이미 알고 있었다.

아직 결정을 내리지 못했지만 그렇게 해줘야 할까?

소년은 결국 결심하고 삽을 챙겨 가기로 했다.

원두막에서 기다리고 있던 소녀는 죽은 닭을 물끄러미 바라보았다.

소년은 어떤 일이 벌어질 것인지 어림잡기라도 하듯 소녀 얼굴을 뚫어지게 바라보았다.

하루 동안 많이 달려져 있었다.

눈 주변에 멍이 점점 커진다. 징검다리에서 만났을 때만 해도 눈두덩 근처만 오목하게 서려 있던 멍은 이제 광대까지 퍼져 있다. 희미하게 보조개를 띄우는 것 빼고는 모든 게 시귀의 모습이다.

배고프지 않냐고 물어봐도 바람 빠지는 소리만 낼 뿐 말이 없다.

소녀는 점점 대화하는 법을 잊어가는 듯했다. 모든 것이 건조했지만 오직 입안만 축축했다.

소년이 소녀 손바닥을 모으게 한 다음 낫으로 닭 대가리를 끊고 피를 흘려주었다. 소녀는 혀를 내밀어서 손에 고인 닭 피를 핥았다. 곧 미친 듯이 먹어 치우겠지. 시귀가 싱싱한 피를 원한다는 것쯤은 소년도 알고 있었다.

손바닥을 다 핥은 소녀는 예상대로 소년에게서 닭을 빼앗더니 얼굴을 파묻고 깃털을 뜯기 시작했다. 털이 사방으로 날렸다.

"내가 해줄게."

소년이 닭을 빼앗았다.

소녀는 내장까지 깨끗하게 먹어 치웠다.

좀 떨어진 곳에 등을 돌린 채 앉은 소년은 오도독오도독, 뼈 씹는 소리를 들으며 먼 하늘을 바라보았다.

벌판은 두루두루 황금색으로 변하고 있었다.

참으로 기분 좋은 하늘이었다.

4

무덤이 시작되는 지점에서 소년과 소녀는 걸음을 멈추

었다.

파도처럼 구불구불 퍼진 검은 습곡 지대에는 봉분이 여드름처럼 솟아 있다. 마치 세상의 끝에 온 것 같은 기분이었다.

소녀가 흙을 밟자 땅에서 물이 배어 나왔다.

소녀는 축축한 감촉이 마음에 들지 않는 듯 몸을 움츠렸다.

북쪽 하늘은 검은 구름으로 빡빡하게 덮이기 시작했다.

삽을 든 소년이 앞장섰고 소녀가 따라왔다.

소녀는 절뚝거리고 있었다. 소년이 보니 왼쪽 골반이 반쯤 무너진 것 같았다.

"다리 아파?"

소녀는 그저 봉분들만 노려보며 걷기만 했다.

소녀는 점점 뒤처졌다.

소년이 소녀를 업었다.

업고 더 깊이 들어갔다. 봉분들은 대부분 주인 없는 것들이었고, 도랑창마다 도깨비풀이 소년 키만큼 자라 있었다. 바닥을 밟을 때마다 알 수 없는 물이 깊어졌다.

소녀가 커다란 봉분 하나를 가리켰다.

그 봉분은 상석이 다른 것보다 두 배는 넓었다.

둘은 그쪽으로 갔다.

반들거리는 상석에 올라선 소녀는 반반한 바닥이 기쁜지

아이처럼 통통 뛰어 보였다. 소녀는 예전처럼 하늘거리며 웃었다. 소년은 기뻤다. 죽지 않았다면 저렇게 웃으며 송아지를 타고 놀았을 텐데. 소년은 오늘 내내 저 아이가 웃으면 좋겠다고 생각했다. 원하던 곳에 왔으니 그랬으면 좋겠다.

소년은 반쯤 무너진 납작한 봉분 하나를 골라 파기 시작했다.

소녀는 상석에 웅크리고 앉아 소년을 바라보았다.

습기 젖은 땅은 삽날에 푹푹 잘도 패였다.

얼마쯤 파 내려가니 물에 만 밥처럼 흙이 질척거렸다. 드러난 관은 시커멨다. 물속에 잠긴 듯하다. 관 뚜껑을 손으로 비비니 떡처럼 물크러진다. 삽으로 뚜껑을 뜯어내자 관 속은 검은 물이 가득 차 있었다.

진흙인지 시신인지 모를 덩어리가 수채처럼 덩어리져 있다. 뱀 한 마리가 기어올라 어디론가 사라졌다.

소년은 관 속에 고인 진흙물에 손을 넣고 휘휘 저어 시신 머리를 꺼냈다.

두개골에는 걸쭉한 흙이 덕지덕지 붙어 있고 긴 머리카락이 엉켜 있었다.

소년은 흙을 털어내고 두개골을 이리저리 살폈다. 지난 동짓날 어머니가 삶은 소머리에서 살을 찢어내던 일이 생각났다. 이 해골에는 그 정도는 아니지만, 소녀가 먹을 만한 살이 붙어 있었다.

소년은 그것을 삽에 올려 소녀가 있는 상석으로 가지고 갔다.

구저분한 두개골을 받아든 소녀는 물어뜯기 시작했다.

소년은 그게 지난날 소녀와 언덕에 올랐을 때 한입 베어 물던 무였다면 얼마나 좋았을까 생각했다.

"퉤."

소녀가 두개골을 던지고 주먹으로 입을 닦았다.

소년은 소녀가 다시 말을 했다는 것과 저쪽으로 굴러가는 두개골을 잃어버리면 안 된다는 두 가지 생각에 몹시 혼란스러웠다. 달려가 버덩이 아래로 굴러가는 두개골을 주워 들었다. 돌아오니 소녀는 심통 난 얼굴이다.

"맛없어."

"너, 다시 말을 하는구나."

"너무 시큼해. 흙도 씹히구."

역시 소녀는 분명하게 말하고 있었다.

소년은 소녀의 의식이 왔다 갔다 한다는 걸 알았다.

소녀의 정신이 아득하게 사라지지 않은 것에 감사했다.

"맛없어? 꺼내 달라며?"

"아흠…… 간이 먹고 싶어."

"간?"

"싱싱한 걸루 다."

"간을 어디서."

"여기 막 올린 무덤이 있네."

소녀는 상석의 무덤을 가리켰다.

"막 올린 무덤은 단단해서 나 혼자는 파기 힘들어."

소년이 떼를 올린 봉분들을 쳐다보며 말했다.

소녀가 상석에서 일어선다.

"그럼 다른 곳으로 가보자."

"무덤을 이렇게 파헤쳐놓고 가면 안 돼. 원 상태로 만들어놔야지."

"가자."

"벌 받아. 기다려."

소년은 서둘렀다. 두개골을 관에 넣고 뚜껑을 닫았다.

구덩이를 흙으로 메꿔 넣으면서 관 속에 고인 물은 도랑을 내어 다른 길로 흘러가게 했다. 애초부터 봉분은 낮았다. 높게 산을 쌓지 않고 평평하게 두어도 되겠다 싶었다.

미안합니다, 미안합니다. 소년은 삽질하며 망자에게 용서를 빌었다.

그때였다.

"너희 예서 뭣들 하느냐?"

농부 하나가 푸서리를 헤치며 내려왔다.

소년이 눈치를 주자 소녀가 상석에서 뛰어내렸다.

농부는 아랫마을 김씨였다.

오른손에 낫을 들고 있는 것을 보아 부탁받은 봉분을 벌

초하러 온 모양이었다. 그러고 보니 곧 추석이었다. 김씨가 종종 이런 일들을 해주는 것을 소년은 잘 알고 있다. 마을에서 돈 되는 일은 모두 이 사람이 도맡아 했다.

농부 김씨는 소년이 무덤을 파헤친 것을 눈치채지 못했다.

소년 앞에 비스듬한 경사가 있었고 파헤친 봉분은 도깨비풀 넝쿨이 더북하게 뒤엉켜 있어 농부 시선에서는 보이지 않았다.

김씨가 풀을 헤치고 걸어왔다.

소년이 침을 꿀꺽 삼켰다. 소녀가 다시 상석에 올라섰다.

"야. 어서 내려와." 소년이 소녀에게 속삭였다.

"싫어. 신발이 없잖아."

소녀도 이때만큼은 몹시 긴장한 표정이었고 살아 있을 때와 똑같은 목소리를 내고 있었다.

김씨는 둘 바로 앞까지 내려왔다.

"어서들 집으루 가거라. 소나기가 올라."

소년이 하늘을 보았다.

쿠르릉.

멀리 하늘에서 빛이 번뜩이며 겁주는 소리를 낸다.

먹장구름 한 장이 머리에도 와 있다. 갑자기 사면이 소란스러워진 것 같다.

바람이 우수수 소리를 내며 지나간다. 삽시간에 주위가

보랏빛으로 변한다.

"근데 너 여기서 뭐 하니?"

김씨 물음에 소년은 입을 옴지락거렸다. "……그, 그게."

"네 아버지가 꼴 베는 지게가 없어졌다며 찾더라. 어?"

김씨가 소년이 덮다 만 무덤을 바라본다.

그리고 소녀를 본다.

김씨가 고개를 갸웃거린다.

보름 전 윤 초시네 초상날 마을에서 누구보다 일을 많이 한 사람이 바로 농부 김씨였다.

소년이 소녀를 등 뒤로 감추었다.

그러나 상석 위에 올라선 소녀는 소년보다 두 자나 키가 컸다.

"저 아이는 누구냐?"

"아, 지금 내려갈 거예요."

소녀를 유심히 바라보는 농부 김씨 양미간이 점점 쪼그라들었다. 점점 가늘어지는 눈에서 무언가를 기억해내는 것 같았다.

쏴아아―.

몰려오는 돌풍 소리가 주위에 울렸을 때, 김씨는 다시 저 아이가 누구냐고 물었고 순간 소녀가 용수철처럼 튀어나와 김씨의 목을 물었다.

농부가 넘어졌다.

소년은 질척질척 심줄 도리는 소리와 농부 김씨가 커걱대는 소리, 소녀가 무언가를 씹는 소리, 철단색 피가 소녀 입술과 피부에서 미끄러지는 소리, 콜록, 농부가 깊게 한 번 기침하는 소리, 농부 발꿈치가 젖은 흙을 툭툭 치는 소리를 들으면서 멀리 꾸무리한 하늘만 바라보았다.

짓무른 구름 속에서 탁한 빛이 몇 번 번뜩였고 곧 소나기 방울이 소년의 정수리를 때렸다.

소년은 삽을 잡은 채 멍하게 소나기를 맞았다.

돌아보니 소녀는 빗장뼈 언저리의 근섬유를 숨겼다가 들어내며 김씨 피를 마음껏 빨고 있었다.

김씨의 마른 다리가 점점 비틀어진다.

소녀 호흡은 빨라지고 농부 호흡은 사그라지고 있다.

비가 돌처럼 떨어진다.

농부 가슴에 머리를 박은 소녀의 푸석한 피부는 모처럼 번들거리며 생기가 돈다.

그것이 소나기 때문인지 사람 피를 먹어서인지 소년은 알 수 없다.

이윽고 소녀는 다리를 쭉 펴고 앉았다. 표독스럽던 눈이 다시 멍해졌다. 목덜미를 긁는 것이 꼭 누렁이 소 같다.

소년은 피투성이가 된 채 벌거벗은 농부 시신을 끌고 와 파던 무덤구덩이에 밀어 넣었다. 농부가 들고 있던 낫도 구덩이에 던졌다.

소녀가 다가와 쪼그리고 앉더니 손으로 흙을 밀며 도우려 했다.

"저리 가!"

소년은 소녀를 화들짝 밀치고 신경질적으로 흙을 메웠다.

움직이는 소년 등에 소나기가 억수같이 쏟아졌다.

소녀는 비를 맞으며 흙을 메우는 소년을 보고 있었다.

소년은 소녀 손을 잡고 구릉을 올랐다.

무덤에서 벗어나 억새밭을 헤치고 원두막으로 돌아왔다.

"소나기가 그칠 때까지 여기서 기다리자."

원두막은 몸부림친 송아지 때문에 네 개의 기둥이 기울었고 지붕도 갈래갈래 찢어져 있었다. 둘은 원두막으로 올라갔다. 소년은 그런대로 비가 덜 새는 곳을 가려 소녀를 안으로 들였고 자신도 자리를 잡고 앉았다. 소녀는 어깨를 자꾸 떨었다. 소년은 자신의 무명저고리를 벗어 소녀 어깨를 싸주었다. 소녀는 비에 젖은 눈을 들어 한 번 쳐다보았을 뿐, 소년이 하는 대로 잠자코 있었다.

천둥이 북쪽 하늘에서 우르릉댄다.

억새가 가라앉듯 비를 맞는다.

바닥에 빗방울이 총알처럼 박힌다.

둘은 한동안 비를 보며 앉아 있었다. 바람이 억새를 갈기갈기 쥐어뜯을 때마다 소년은 자신이 저지른 짓을 하나씩 머리에서 지우려 노력했다.

문득 소녀가 무슨 생각을 하고 있는지 궁금했다.

돌아보자 소녀는 소년의 무릎을 바라보고 있었다.

무릎에는 농부를 묻을 때 난 생채기가 불거져 있었다. 피를 보자 소녀 눈은 또 탁해졌다. 방금까지 그렇게 살을 뜯고서도 허기진 모양이었다.

"왜 그래?" 모른 척 물었다.

소녀는 윗니로 자신의 혓바닥을 긁어댔다. 빨지 못해 그짓을 하는 강아지마냥.

"배고파?"

소녀가 고개를 끄덕였다.

"떡 있는데."

소녀가 고개를 저었다.

"하긴 감자떡은 슴슴하지."

소년은 자신 무릎노리를 들어 보였다.

상처를 보자 소녀 동공이 커진다. 생일날 커다란 과자를 얻은 듯 입이 벌어진다.

한참을 생각하던 소년은 "아, 맞다" 하며 망태기를 뒤져 어머니의 고약을 꺼냈다.

"이리 와봐."

소년은 소녀 머리를 끌어당겨 숙이게 했다. 소년은 소녀 목덜미에 난 오돌톨한 종기 망울에 고약을 발랐다. 소녀는 소년의 무릎을 빨았다.

"이번만이다."

소녀가 머리를 움직인다. 끄덕이는 것.

"아니, 무덤 파는 건 이번만이라고."

소녀는 대답이 없다.

소녀 등에서 피어오르는 시큼한 악취가 소나기 물비린내와 섞여 코에 끼얹혔지만, 소년은 고개를 돌리지 않았다. 도리어 오물거리는 소녀 입술로 인해 떨리는 자신의 몸이 적이 누그러지는 느낌이었다.

빗소리가 사방을 가득 메웠다.

소년은 피가 그리웠다면 무덤을 파지 말고 그냥 내 피를 줄걸, 하고 생각했다.

앞으로는 그래야겠다고도 생각했다.

5

고깃간 주인은 파리를 쫓을 생각이 없는 듯 칼을 갈기만 했다.

소년은 차양이 쳐진 커다란 판상 옆에 서서 진열된 곤자소니와 대창을 바라보았다.

"뭐냐. 뭘 사려고?"

주인이 물었다. 소년은 침을 한 번 삼켰다.

주인이 갈던 칼을 놓고 다가왔다.

"고기 사 오라더냐? 마침 달기살이 싱싱하다. 제사상에 올릴 거냐?"

"아. 아니에요."

소년은 저도 모르게 손사래를 쳤다.

"싱겁긴. 괜찮다, 원래 고기 심부름은 사내가 하는 법이다."

흘끔거리며 보니 널빤지꼴에 올려놓은 고기들은 내장보다 육살이 많았다.

"안찝은 없나요?"

"내장은 왜? 국 끓인다더냐?"

"아. 그게 아니고."

"심부름 온 게 아니냐? 뭘 사 오라던데?"

"간요. 생간요."

주인의 한쪽 눈썹이 올라갔다.

"생간은 없나요?"

주인은 귀찮은 표정으로 쇠 서*를 싸놓았던 신문지를 풀어서 신문지만 들고 안으로 들어갔다.

소년은 고깃간 주인이 가지고 나온 윤기 없는 거무레한 간을 물끄러미 바라보았다.

* 소 혓바닥.

"피 묻은 건 없나요?"

"없다."

"……피가 묻은 거라야 하는데."

"피 묻으면 음식에 냄새난다. 어차피 삶을 거 아니냐?"

"얼마예요?"

"얼마를 가져왔냐?"

소년은 소녀가 준 동전 세 닢을 보였다.

주인은 물끄러미 동전을 바라보았다.

"모자라나요? 그럼 이 돈만큼만 주세요."

주인은 말없이 간을 싸서 내밀었다.

소년은 주인의 때 묻고 번들거리는 손바닥에 동전을 떨어뜨렸다.

소년이 돌아서자 주인이 뒤에서 불렀다.

"이 동전 가져가거라."

"네?"

주인은 동전을 올린 손바닥을 내보인다.

"간은 그냥 주마. 그러니 이건 가져가."

소년은 아니에요, 라고 말하고 고깃간을 뛰어나왔다.

읍내 장터에는 사람이 많았다. 소년은 신문지를 싼 물컹거리는 그것을 주먹으로 누르며 달렸다. 소녀가 이것을 받아 들고 얼마나 즐거워할지를 생각하니 절로 웃음이 났다. 지그재그로 움직이는 자신의 두 다리가 축지법을 쓰듯 빨라지고 있었다.

　마을 어귀에 어른들이 모여 있었다.
　이장과 마을 청년들은 약속이나 한 듯 긴 간짓대를 들었
고 작물을 망치는 멧돼지를 잡으러 갈 때 쓰는 각반을 착용
하고 있었다.
　"다리목 너머 원두막?"
　"칠구가 논 매다가 그쪽으로 올라가는 걸 보았대요."
　"그리고 사흘 동안 내려오지 않았다?"
　"네. 그 집 지금 난리예요."
　"읍내 논다니년과 어디서 기집질하고 있는 거 아냐? 원래
그 인간, 날탕이잖아."
　"아휴. 아니에요. 김씨 아저씨, 아들이 감옥 간 뒤부터 그
런 짓 안 해요."
　청년들 말에 이장은 음, 하고 고개를 끄덕였다.
　"그럼 올라가보세."
　"원두막부터 가보는 거죠?"
　"그쪽에서 없어졌다니까 그쪽부터 찾아봐야지."
　소년은 생간을 사 올 때보다 더 빨리 달렸다.

　원두막에는 소녀가 기다리고 있었다.
　소녀는 마타리꽃을 한 옴큼 안고 있었다. 피를 먹어서 그

런지 소녀 볼은 생기가 돌고 있다. 소년은 다짜고짜 소녀가 들고 있는 꽃을 빼앗아버리고 팔을 잡았다.

"가자!"

소녀가 흐엽스름한 눈으로 소년을 바라보았다.

"어서 일어나! 가자니까!"

소년은 소녀 팔을 잡고 달렸다.

두 사람이 처음 만난 개울가에서 소년은 멈춰 섰다.

소년은 갈변된 소녀의 옷을 벗겼다. 분홍색 스웨터와 원피스가 바위에 떨어졌다. 소녀 몸은 군데군데마다 구들재처럼 검었다. 시퍼런 멍 사이로 진물이 흘러내렸다. 소녀는 자신의 옷을 벗기는 소년을 멀뚱멀뚱하게 보며 옆구리를 긁기만 했다.

소년은 자신의 잠방이와 동옷을 벗어 소녀에게 내밀었다.

"이거 입어!"

소녀는 입으려 하지 않았고 소년은 강제로 옷을 입혔다.

시쿠타가.

"뭐라고?"

시투다리.

옷이 거추장스럽다고 말하는 것 같았다.

"내 말 잘 들어. 이 옷, 벗으면 안 돼. 발가벗은 시귀는 금방 눈에 띄니까."

소녀는 돌에 놓인 원피스 물끄러미 본다.

"저 옷은 잊어. 저 옷을 입고 있으면 사람들이 니가 누군지 금방 알아차릴 거야. 이제 넌 내 옷을 입는 거야. 내가 없더라도 절대로 옷을 벗으면 안 돼. 알겠지? 어서 알겠다고 말해!"

속옷 차림이 된 소년은 소녀의 어깨를 흔들며 대답을 요구했다.

소녀가 사내 옷을 입고 있으면 누군가의 눈에 띄더라도 그저 거지 아이가 돌아다니는 것으로 보일 수 있다고 생각했다.

무루사카라.

"좋아. 그럼 됐어."

강물은 불어나 있었다. 소년은 소녀를 업었다.

그때처럼 소년은 강을 건넜다. 그때처럼 소녀는 가슴을 소년 등에 기댔다.

그때처럼 소년의 속옷까지 물이 차올랐다.

몸에 물이 닿자 소녀는 크샤루악, 뜻 모를 소리를 지르며 소년 목을 감았다.

"강을 건너면 곧장 산을 넘어. 니가 있던 곳으로 가. 어떻게 나왔는지 모르겠지만 다시 땅을 파고 관으로 들어가. 다시는 마을에 오지 말라고."

등에서 싯싯거리는 시귀 숨소리가 들렸다.

거위걸음으로 살여울을 버티는 소년은 소녀가 땀에 번들

거리는 자신의 목덜미 냄새를 맡고 있다는 것을 알았지만 고개를 돌리지 않았다.

소년은 이렇게라도 소녀를 다시 만날 수 있었던 것에 감사했다.

다시는 못 볼 것이다. 소녀는 자기가 나왔던 곳으로 곱게 돌아갈 것이다.

소년은 시귀가 되기 전 소녀의 흰 얼굴을 떠올렸다. 소녀 웃음을, 소녀 분홍 스웨터를, 안고 있던 꽃과 범벅이 되어 하나의 커다란 꽃묶음 같았던 소녀 남색 치마를 생각했다. 소년은 소녀가 그 시절 소녀로 다시 돌아가주기를 바랐다. 인생은 간단하고 협소하며 재빨리 날아가는 것이니까.

소녀가 다시 관 속으로 돌아가면 그때의 소녀가 될 것이었다.

6

둘은 금마산 자락이 시작되는 국도변에서 마을 사람들에게 잡혔다.

7

소녀는 윤 초시네 마당에 묶인 채 사람들을 노려보며 씻
씻거렸다.

소녀 목에 감긴 줄은 멀찍이 박아놓은 쇠정에 단단하게
감겨 있었다. 불김에 어른거리는 소녀의 석탄 같은 두 눈에
는 두려움과 살기가 동시에 고여 있었다.

마을 사람들이 모여들었다. 그들은 천으로 코를 막고 서
서 쭈뼛쭈뼛 소녀를 기웃거렸다. 겁 없는 아이 하나가 작대
기를 들고 소녀에게 다가가자 아낙이 아이를 낚아채 사라졌
다.

마을 사람들은 소녀를 자세히 보기 위해 점점 밀려들었
다.

소녀가 누군가의 발을 물려고 엉덩이를 쳐들자 사람들이
우르르 뒤로 물러났다. 사실 소녀는 물 생각이 없었다. 그저
다가오는 그들에게 떨어져달라고 위협하는 것이었다.

누군가가 장작이 활활 타고 있는 커다란 단지 화로를 쑤
셨다. 김을 뿜으며 탄가루가 뭉게뭉게 하늘로 치솟았다. 저
녁 어스름의 마을은 마치 잔칫날이라도 된 양 수선스럽다.

대청 위에서 윤 초시가 마당을 보고 있었다. 옆에 마을 무
당과 이장도 서 있었다.

마을 무당이 윤 초시에게 물었다.

"증손녀가 맞지요?"

"네. 맞습니다." 이장이 윤 초시 대신 대답했다.

윤 초시는 가느다란 입술을 꼭 다문 채 마당에 웅크리고 있는 손녀딸을 바라보기만 했다.

선비의 풍취가 고였던 널따란 마당은 손녀딸 상을 치른 후 급격히 쇠락했고 냉기가 돌았었다. 하나 이 밤은 달랐다. 난리에 전 불안함과 숙덜거리는 호기심, 모호한 냉기와 습기, 그리고 사악한 악취가 섞이며 부글부글 끓어오르고 있었다.

윤 초시의 마른 시선으로도 이 사태는 좀처럼 이해되지 않는 것이었다.

무당이 방울 부채로 소녀를 가리키며 말했다.

"저건 시잔(尸殘)이오."

"시잔?" 이장이 놀란다.

"죽은 지 일주일이 넘지 않고 다시 살아온 시체를 말하지."

"그럼 저, 정말로 시체란 말이오?" 이장이 묻자 무당은 이장에게 눈길도 주지 않은 채 오직 윤 초시에게만 희멀건 얼굴을 들이댄다.

"당장 목을 잘라야 해!"

목을 잘라야 한다는 말에 윤 초시는 몇 올 없는 수염 박힌 턱을 부르르 떨었다.

아니, 시체가 어떻게 다시 나왔데?

거봐, 그때 부적을 쓰자고 했잖아.

아니야, 상을 하루 만에 치러서 그래.

아무리 아이라도 그렇지 하루 만에 상을 치르면 어떡하나 했지.

이장과 사람들이 숙덕거렸고 무당은 짜증 난 듯 이맛살을 찌푸리며 고함을 질렀다.

"다시 나온 게 아니라니까!"

이장이 눈을 동그랗게 떴다. "그럼 뭐요?"

"자쥐나 청계 또는 뜬것들이 몸을 구하려 떠돌다 저 아이 몸에 들어간 것이야! 저건 허주요. 당장 머리를 베고 굿을 해야 해. 아니면 냄새가 더 진동할 것이고, 더 센 것들이 저 안에 있는 놈들을 밀쳐내고 몸에 들어갈 것이우다. 그땐 나도 어쩌지 못해! 이건 필시 하관살이 끼어서 그런 거야!"

"하관살?"

"지관 놈이 하관 시간을 맞추지 않고 관을 묻었어. 그래서 땅속에 있던 흉악한 기운이 올라온 게지. 시체가 하관살을 맞았다고. 끝까지 나한테 맡겼으면 상여가 나갈 때 허수아비 거적으로 속였을 텐데. 이게 다 유교식으로 매장해서 그래. 엥."

소녀가 죽었을 때 무당은 제멋대로 찾아와 굿을 했고 염할 때 즈음 쫓겨났었다.

"도통 뭔 소린지 하나도 못 알아듣겠구만."

"당신들은 됐고, 윤 초시 어른. 얼른 결정하시오. 저 아이의 목을 베라고 말하시오!"

무당의 고함에 턱을 쳐들고 언덕 위로 기우는 초승달을 바라보던 소녀는 불김이 퍼지지 않은 마당 어둠 속으로 황급하게 숨었다.

어서 죽이시오. 시굼시굼한 냄새가 고약하오!

마당의 누군가가 소리치며 소녀에게 잔돌을 던졌다.

카악―.

소녀가 돌을 던진 쪽을 노려보며 보랏빛 진물을 토해냈다.

이마에 달라붙은 젖은 머리카락 사이로 빠끔하게 뚫린 소녀의 눈이 붉게 변하는 것 같더니 이윽고 피가 맺혀 흘렀다. 소녀는 길고 날카로운 어금니를 드러내고 짐승처럼 컥컥댔다. 마치 검치호 같다. 그 모습에 잔돌을 던진 사내는 호기를 감추고 슬그머니 사람들 속에 숨어버렸다. 이장과 청년들, 사람들도 일제히 움찔거렸다.

저, 저것 보오.

오오메, 송곳니가 저렇게 긴 건 처음 봤다야!

짐승으로 변하려나봐.

아낙 중 하나가 돌아서며 헛구역질을 했다.

무당이 부채를 씹으며 윤 초시 멱살을 잡았다.

"아니야! 저건 보름달이 떠서 그래. 완전한 시잔으로 탈변

(脫變)하려는 행태야! 어서! 어서!"

무당 고함에도 윤 초시는 처참한 몰골의 증손녀를 말없이 바라보고만 있었다.

우에엑.

무당이 갑자기 구토했다. 입에서 나오는 게 걸쭉한 침밖에 없었지만, 무당은 마치 자기가 고통을 받는 듯 꽥꽥댔다.

어메. 귀신이 무당한테 접신하려나보이. 이장과 사람들이 웅성거렸다.

그때였다.

"안 됩니다!"

사람들이 문 앞을 돌아보았다.

김 선생이 서 있었다.

그는 읍내 하나뿐인 소학교 선생이었다. 그는 흰 모시 두루마기를 늘어뜨리며 턱턱 걸어와 윤 초시 앞에 섰다. 주먹에는 나무 십자가가 달린 묵주가 감겨 있었다.

"병원에 데리고 가야 합니다."

이장이 또 간섭했다. "벼, 병원이라니? 귀신이라잖소."

"귀신? 귀신은 없습니다. 어서 병원으로 데리고 가서 몸을 살펴야 합니다."

시선이 선생에게 돌아가자 무당은 침을 뚝뚝 흘리는 입에 손가락을 쑤셔 넣기까지 했지만 아무도 무당을 쳐다보지 않았다. 꾸에엑. 켁. 켁.

"으메, 씨. 더러워라." 이장이 한쪽 다리를 들었다.

김 선생은 무당을 노려보고 있었다. 무당도 선생을 노려본다.

앙숙 사이를 이장이 가로막았다.

"저렇게 말명처럼 싯싯거리는데 저게 귀신이지 어찌 사람이란 말이오? 슨생 코에는 저 냄새가 고약하지 않소?"

"눈을 떠보니 관 속에 갇혀 땅에 묻혔는데 이장님 같으면 제정신이겠습니까? 뭐 하십니까? 저 아이의 줄을 풀어주세요!"

누구도 소녀에게 다가가려 하지 않자 김 선생이 나섰다.

그는 십자가 묵주가 감긴 손으로 소녀 정수리에 손을 대려 했다. 십자가가 눈앞에서 대롱거리자 쿠아악, 소녀가 짐승처럼 이를 드러냈다.

"아가야. 걱정하지 말 거라. 하나님이 너를 돌봐주실 거다. 하나님이 보호하사."

소녀가 그의 손날을 물었다.

으아아, 사람들이 놀라 뒷걸음쳤고 김 선생은 손을 빼려고 엉덩이에 힘을 주었다. 김 선생이 손을 잡아당기며 주변을 둘러보았지만, 누구도 그를 도우려 하지 않았다. 김 선생 손의 반이 소녀 입에 들어갔고 이가 파고든 자리에서 피가 질질 배어나고 있었다.

투투툭, 묵주 알갱이가 사방으로 흩어졌고 대롱거리던 십자가도 어두운 흙에 묻혔다. 얼마간 힘겨루기가 있었고 김 선생은 겨우 팔을 빼낼 수 있었다. 소매에 피가 흥건했지만 김 선생 손은 형태가 온전했다. 누군가가 그에게 붕대를 감아주었다.

무당이 회심의 미소를 지었다.

김 선생은 소녀의 발광에 차마 다가가지 못하고 주위를 둘러보았다.

"하, 하. 정신적 충격이 크군요. 안정을 취하면 괜찮을 겁니다. 뭣들 하시오! 어서 도와주시오! 줄을 풀란 말이오!"

지랄, 지도 못 하면서 누구더러 줄을 풀라 마라 해.

어디선가 김 선생을 비난하는 소리가 들렸다.

김 선생은 오른손을 부여잡은 채 윤 초시에게 소리쳤다.

"증손녀 따님은 산 채로 묻힌 겁니다!"

그러자 윤 초시가 눈을 동그랗게 떴다.

"산 채로 묻혔다니?"

"증손녀 따님이 앓았던 병이 골수종이라고 했지요? 당연히 그럴 수 있습니다. 그 병은 혼수상태가 되면 죽은 듯 며칠 동안 숨을 쉬지 않는다고 하니까요. 어른께서는 그걸 몰랐던 겁니다. 그래서 살아 있는 아이를 그만 장례 치른 거예요. 주님의 가호로 용케 땅을 파고 올라왔지만 그 충격은 어마어마했을 겁니다. 저 아이는 그 충격으로 기억을 잃어버렸을 뿐이지 귀신도, 시잔도 아닙니다. 그러니 자책 마시고

어서 병원에 데리고 가세요."

그제야 윤 초시가 분명하지 못한 소리로 소녀 이름을 웅얼거리며 마루에서 내려갔다.

소녀를 안으려는 것이다.

무당이 그런 윤 초시를 덜미를 잡고 끌어당겼다.

"미쳤소? 그러다 물리면 끝장나!"

"아니라니까!" 김 선생이 마루로 올라와 무당을 밀쳤다.

무당이 부채로 김 선생의 정수리를 때렸다.

김 선생은 무당의 방울 부채를 빼앗아 발로 지근지근 밟았다.

"이 예수쟁이, 마을이 결딴나는 걸 보려는 게야?"

"박수 새끼, 네놈한테 사기당한 사람이 마을의 반이야!"

"저 시귀, 네놈한테 붙여줄까?"

"네놈 입술에 바른 루주, 읍내 박 마담 거지?"

무당은 김 선생 목을 물었고 김 선생은 손에 묻은 피를 무당 얼굴에 처바르며 씨름 박지를 해대기 시작했다.

이장과 마을 사람들은 어찌할 줄 모르고 두리번거렸다.

소년이 끌려온 것은 한 시간 뒤였다.

소년은 어른들 질문에 어떤 말도 하지 않았다. 언제 처음 만났느냐? 무엇을 가져다주었느냐? 만났을 때 아이의 상태가 어떠하더냐? 아이가 무엇을 먹더냐?

소년은 땅만 바라보았다.

묻는 말에 대답해라, 이눔 새끼야. 소년 아버지가 커다란 손바닥으로 소년 머리를 두어 차례 때렸지만, 소년은 끝까지 입을 다물었다.

소년에게서 아무 답을 얻지 못한 이장과 사람들은 무당 말과 선생 말 사이에서 어찌할 바를 몰랐다.

윤 초시는 무당을 내치지도, 그렇다고 김 선생이 시키는 대로 손녀딸을 품에 안지도 못했다. 글 읽는 윤 초시는 죽은 아이가 돌아온 것이 공맹의 이기(理氣)로 해석할 수 없는 일임을 알았지만 시잔은 고서에도 기록된 말이니 손녀딸이 시잔이 되었다는 사실 또한 믿는 모양이었다.

얼굴에 시뻘건 화장품 칠을 한 무당이 윤 초시를 겁박했다.

"결정하시오. 내 말을 따를 것인가? 아님 저 예수쟁이 놈 말을 따를 것인가?"

그러자 김 선생도 소리쳤다.

"그래요, 결정하세요. 보름 전 저 아이 상을 치렀을 때도 저 박수 놈이 북을 쳐주고 갔겠지요. 저놈 또 굿을 하고 돈을 받아낼 심산인 거요."

"이 자식이."

"이 자식이라니."

"저걸 데리고 읍내로 나갔다간 당장 난리가 날 것이오. 당신 손녀딸이 흉하게 주살되는 걸 기어이 봐야겠소? 마을 안에서 굿으로 해결하는 게 옳다니간."

"서울에 잘 아는 의사가 있습니다. 소개장을 드리지요."

결국, 윤 초시가 입을 뗐다.

"……상태를 분명히 알아야만 하겠지."

정확하게 소녀의 상태를 정의하란 뜻이었다.

무당과 선생은 각자 탄식을 뱉었다.

그때 멀리서 소리가 들렸다.

"무당 말을 들어야 합니다!"

사람들이 돌아보자 고깃간 주인이 서 있었다.

고깃간 주인은 성큼성큼 마당을 가로질러 걸어오더니 섬돌 아래에 섰다.

그는 소년을 힐끔 본 후 윤 초시에게 동전 세 닢을 내보였다.

소년이 생간을 살 때 건넸던 동전이었다.

"생간을 달라고 했소."

모두 눈이 휘둥그래졌다.

"저 아이가 생간을 달라고 했단 말이오. 이 동전은 장의사들이 염할 때 쓰는 것이지 진짜 돈이 아니라고. 이걸로 엿가락 한 자루도 살 수 없소."

다들 소년을 노려보았다.

윤 초시가 소년에게 물었다.

"생간이 왜 필요했냐?"

이장이 거들었다. "묻는 말에 대답해라. 생간을 주니 먹더냐?"

소년은 눈을 찔끔 감았다.

무당이 튀어나오며 소리 질렀다.

"생간은 시잔이 제일 좋아하는 먹이요! 춘추 시대 때 쓰인 《귀곡자》 편에도 그리 쓰여 있소!"

그제야 마을 사람들이 수군거렸다.

오호, 그럼 시잔이 맞군. 생간을 사주려고 했다면 도리 없지.

그렇지. 꼬맹이가 시장에 나와 생간을 사려고 하진 않지.

그럼 김씨도 저것에게 당한 거야!

사람들을 헤치고 김 선생이 다가와 소년 앞에 쪼그리고 앉았다.

그는 붕대 감은 손으로 소년의 턱을 들었다.

"생간을 주니 먹더니?"

소년이 고개를 도리도리 저었다.

소년은 생간을 먹이지 못했다. 주려고 했지만, 어른들이 산으로 올라간다기에 버리고 달렸다.

"내 눈을 똑바로 봐라."

소년은 김 선생 눈을 바라보았다.

"마을에 잡일하는 김씨 알지?"

소년은 고개를 끄덕였다.

"윤 초시 어른의 증손녀가 김씨를 해쳤니?"

소년은 울먹이며 입술을 깨물었다.

"다시 묻겠다. 저 아이가 김씨를 죽였니?"

결국, 소년이 고개를 끄덕였다.

사람들이 탄식했고 선생이 무표정하게 일어났다.

무당이 부채를 쫙 폈다.

"굿을 준비하시오!"

소녀는 시잔으로 정의되었지만, 누구도 윤 초시 증손녀를 함부로 건드릴 수 없었다. 시잔을 건드리고 싶은 사람은 없다.

사람들은 처분을 윤 초시 뜻에 맡기기로 했다.

윤 초시가 맨발 걸음으로 마당을 가로질러 소녀에게 다가갔다.

소녀는 푸르스름한 이마를 내리고 윤 초시 발만 노려보았다. 물 곳을 찾는 중이었다. 윤 초시는 어깨를 부들부들 떨며 증손녀를 바라보았다. 윤 초시가 떨리는 두 손으로 소녀 얼굴을 부여잡았다.

샤크라야기!

소녀가 낮게 으르렁거렸다.

모두 예의주시했지만, 소녀는 할아비를 물지 않았다.

찢어진 윤 초시 눈에서 물이 고였다.

"……베시오."

결국, 윤 초시가 결심했다.

8

술시(戌時)가 되었다.

마당은 음식과 불빛으로 환했다.

병풍 양옆으로 태극기와 무기(巫器)들이 꽂혀 있다. 멍석
위에 북, 장구, 징들을 잡은 박수들이 앉아 있고 독경 외는
박수는 따로 앉았다.

돗자리 위에 서 있는 무당은 머리에 계수나무꽃을 꽂고
청사포를 입었다.

떨어진 곳에 부적 붙인 관이 하나 놓여 있었다. 끝나면 소
녀를 담을 관이었다.

소녀는 기역 자 형태의 나무들에 대롱대롱 매달려 있었
다. 두 발아래에 커다란 항아리가 놓여 있다.

병풍 뒤에는 잡귀 가면을 쓴 사람들이 웅성거리고 있었
다. 이들은 귀신 역을 해야 할 마을 사람들이었다. 소녀의
굿은 아주 큰 굿이었고 마을 사람들도 일정한 역할을 해야
했다.

이장이 고깃간 주인에 귀에 대고 속삭였다.

"증손녀 몸에 든 것을 빼내려면 잡귀들을 다 불러내야 한 다는군."

고깃간 주인은 아무렴, 하듯 고개를 끄덕였다.

둥, 둥, 둥, 둥.

이윽고 징과 북이 울리고 무당이 뛰었다.

한바탕 놀이가 벌어진 후, 병풍에서 한량 귀신, 총각 귀 신, 처녀 귀신, 곱사등 귀신 탈을 쓴 이들이 줄줄이 나왔다. 무당이 이들에게 술을 뿌리고 쌀을 던졌다. 무당이 한량 귀 신과 총각 귀신과 어우러져 질펀하게 성행위 흉내를 냈다. 처녀 귀신이 아낙들에게 백설기를 얻자, 이들은 주섬주섬 퇴장했다. 병풍 너머에서 탈을 쓴 사람들이 순차를 헷갈리 는 듯 웅성댔다.

잠시 진행이 끊기자 무당이 꽥 소리 질렀다.

"이노무 손들아! 숨어 있지 말고 다 나오너라!"

무당의 호통에 병풍에서 총 맞은 귀신, 임산부 귀신, 소동 패 귀신, 벙어리 귀신, 목멘 귀신이 나왔다. 무당이 쌀을 퍼 서 이들에게 던지듯 뿌렸다. 무당이 커다란 칼로 이들을 벴 다. 그들도 엉거주춤 무당의 법석에 휘말리다 사라졌다.

북소리가 커졌다.

무당이 술 한 동을 멈추지 않고 비웠다. 이제 무당의 독무 대가 시작될 모양이다.

무당이 묶인 소녀에게 다가갔다.

야장* 역할을 하는 박수가 커다란 삼지창을 들고 따라왔
다.

매달린 채 접힌 듯 늘어져 있던 소녀가 어리둥절한 얼굴
을 들었다.

무당이 소녀 앞에서 한바탕 춤을 췄다.

소녀는 이마를 찌푸리며 고통스럽게 소리를 질러댔다.

그것은 무당의 무기(巫氣)가 영향을 미친다는 뜻이었다.

북소리와 꽹과리 소리가 소녀의 괴성을 이겨야 한다는 듯
더 높아졌다.

소리에 결국 소녀가 단념하고 신음했다. 무당이 칼을 잡
고 소녀의 어깨와 등에 이리저리 휘둘렀다. 무당이 칼을 건
네주고 동도지**를 받았다. 무당은 동도지로 타작하듯 소녀
머리와 어깨를 때렸다.

쿠아카리!

소녀가 무당을 향해 묵 같은 걸쭉한 것을 뱉었다.

무당은 끄떡없었다. 얼굴에 묻은 그것을 손으로 긁어 닦
고는 다시 주문을 외운다.

소녀의 신음이 커진다.

이 처녀 힘이 쇠약해 넘어지기 몇 번이던고.

*   대장장이.
** 동쪽으로 뻗은 복숭아 나뭇가지.

한 계집이 등장하니 이 또한 구천이리라.

나와야 들어간다.

나와야 들어간다.

팔뚝 짓에 다리 짓에 대가리를 흔들고 나오너라.

취발이가 칼 흔들면 목 떨어져 나오리라.

소년은 귀를 막았다.

바닥에 이마를 박고 자신 탓이라고 질책했다.

북소리가 울릴 때마다 머리통을 얻어맞는 기분이었고 심장은 마구 뛰었다. 저러다가 소녀가 죽으면 어쩌나 싶어 연신 마른 침을 삼켰다.

무당이 숯불을 들고 와 소녀 아래에 놓인 항아리에 던졌다.

불이 치솟았다.

소녀 앞에서 퍼지는 주문이 높아만 갔고 소녀는 무당을 물기 위해 목을 이리저리 늘렸다. 발아래에서 타오르는 불길에도 아랑곳없이 소녀의 몸은 흠뻑 젖어 있었다. 소녀는 잡아먹고야 말겠다는 듯 무당에게 기를 써댔다. 하나 무당은 자유로웠고 소녀는 구속되었다.

무당이 동도지로 소녀 머리를 강하게 내리쳤다.

소녀가 처졌다.

산 너머에서 늑대가 울었고 구름이 몰려왔다.

섬뜩하고 메마른 불길이 기절한 소녀를 핥아댔다.

챙그랑.

야장이 큰 삼지창으로 항아리를 깨뜨렸다.

불김이 흩어졌고 푸른 재가 밤하늘로 휘돌아 올랐다.

무당은 소녀를 죽일 때가 왔다며 고개를 끄덕였다.

"목을 따라."

야장은 무당으로부터 커다란 칼을 건네받았다. 고깃간 주인이 제공한, 날이 바짝 선 진짜 칼이었다.

줄이 당겨지고 소녀 턱이 들렸다.

야장은 길게 늘어난 소녀의 목을 베기 위해 어깨 위로 칼을 치들었다.

그때였다.

할……아……버……지.

소녀가 중얼거렸다.

작은 소리였지만 그 소리는 저쪽, 이장 무리에 둘러싸여 머리를 움켜쥐고 있던 윤 초시에게까지 들렸다.

할……아……버……지.

윤 초시가 벌떡 일어났다.

이장과 사내들도 벌떡 일어났다.

뭐야? 말을 했어?

소년도 퍼뜩 고개를 들었다.

소녀 눈은 두려움과 서러움에 젖은 채 찡그리고 있다. 살기가 사라진 모습이었다.

소녀는 강에서 건져진 아이처럼 머리를 도리도리 저으며 제 할아버지를 연신 불러댔다.

"아가야."

병풍을 넘어뜨리고 달려온 윤 초시는 야장을 밀쳐내고 소녀를 부둥켜안았다. 야장이 말렸지만 윤 초시 눈은 막무가내였다. 손녀딸의 볼을 부여잡고 얼굴 곳곳을 찌르듯 살핀다. 소녀는 그렁그렁한 눈으로 턱을 들었고 다시 윤 초시를 부른다. "할아버지."

"그래, 할애비다."

"……무서워요."

윤 초시가 식칼로 줄을 끊었다.

소녀가 살아 있는 불 잿더미에 떨어졌다. 소녀는 뜨거운 것을 못 느끼는지 맨발로 잿더미를 비비며 흐느적거렸다. 윤 초시가 소녀를 부여잡고 통곡했다.

아가야. 아가야.

마을 사람들이 슬금슬금 주위로 몰려들었다.

위매. 정신이 돌아왔나봐.

제 할아버지를 알아보자네.

다행이다. 다행이야.

윤 초시와 소녀는 바닥에 퍼질러 앉아 서로를 안은 채 흔들거린다. 윤 초시는 소녀 등과 소녀 팔을 연신 쓰다듬는다.

소녀의 젖은 등에서 풀풀 오르는 재가 불숨 사이로 흩어진다.

저쪽에서 버슷버슷하게 서 있던 이장과 사내들도 다가왔다. 그들은 무당을 밀어내고 윤 초시와 소녀를 둘러쌌다.

윤 초시가 칼로 소녀 몸에 감아놓은 줄을 마저 끊었다.

윤 초시가 손녀딸 얼굴을 살폈다.

"우리 아기. 다친 덴 없고?"

"……추워요."

"그래, 그래. 어서 들어가자."

윤 초시는 소녀를 안고 일어섰다.

소녀는 할아버지 목을 꼭 안고 있었다. 사내 하나가 자기가 업겠다고 나섰고 윤 초시는 고개를 저었다. 소녀는 윤 초시의 목에 이마를 파묻었다.

사람 하나가 모포를 가지고 오자 이장이 휙 빼앗아 소녀 어깨에 덮어준다.

"이럴 줄 알았어. 난 처음부터 이 아이, 구신으로 생각 안 했다니께."

이장이 사람들 앞에 어깨를 편다. 사람들이 고개를 끄덕거린다. 모두 저마다 큰 꿈을 꾸었다는 듯 안도했다. 서로 어깨를 치며 다행이다, 다행이야, 그럼 그렇지, 하며 상대를 위로했다. 그것은 꽉 조여진 숨이 풀어지는 자연스러운 행동이었다.

"뭐냐, 이건. 치워라."

이장이 머쓱하게 서 있는 야장이 쥔 칼을 빼앗아 저쪽에 던진다.

윤 초시가 엉기적엉기적 마루로 이동하자 사람들로 줄줄 따랐다.

불쑥 누군가가 길을 막았고 윤 초시가 고개를 들었다.

무당이었다. 얼굴에는 시퍼런 살기가 서려 있다.

"시팔, 다 끝나가는데 이게 뭐 하는 짓이야?"

윤 초시 뒤에서 이장이 용감하게 눈을 부라렸다.

"아, 정신이 돌아왔잖소!"

"돌아온 게 아니야, 우릴 속이는 거라!"

"에라이. 저 눈을 보고도 그래? 윤 초시 어른에게 할아버지라고 했잖아! 시잔이 할아버지를 알아봐?"

무당은 이장을 죽일 듯 노려보다가 자신의 무리에게 소리쳤다.

"뭐 해? 어서 떼어내!"

우르르 박수들이 달려가 윤 초시를 둘러쌌다.

손에는 낫과 들장대, 몽치 등을 잡고 있었다.

"비켜라."

윤 초시가 낮게 말했지만 박수들은 꼬떡없었다.

돗자리에 앉아 북을 둥둥 칠 때는 몰랐지만 지금 보니 박수들은 꽤 우람했고 떡대가 벌어졌다.

뒤에서 퍼지는 무당의 소리.

"시잔이 인간보다 백 배는 영리해! 필경 위험해지니까 저리 연기하는 거라고! 뭐 하냐. 어서 다시 묶어!"

명령에 박수들이 소녀 목과 어깨를 잡았다.

윤 초시에게서 뜯어내려는 순간, 소녀 눈이 불잉걸처럼 새빨개졌다.

캐아악.

어금니가 다시 솟아올랐다.

이장이 워메, 하며 물러났다. 사람들도 옴마야, 다시 흩어졌다.

박수 하나가 그럴 줄 알았다는 듯 소녀 울대를 잡고 조였다. 다른 커다란 손이 소녀 이마를 터트리듯 움켜잡았다.

소녀는 그 손을 물었다.

소녀는 제 할아비 품에서 용수철처럼 튀어 올랐고 훤한 달 너머로 조그만 몸을 드리우며 가슴을 폈다.

바닥에 착지한 소녀가 원숭이처럼 재주를 넘으며 박수 무리를 물어댔다.

그들은 시뻘게진 목을 움켜잡았다. 관이 깨지고 솥이 뒤집히고 상이 무너졌다. 소녀에게 물린 박수들은 하나같이 자맥질 후 물을 뿜어내듯 검은 피를 뿜어냈다.

병풍 뒤에서 김 선생과 고깃간 주인이 나왔다. 두 사람은 소녀를 보자 어쩌지 못하고 주춤거렸다.

소녀가 마당 한가운데 늑대처럼 웅크리고 있었다. 가까운 곳에서 무당이 피 뿜는 목을 부여잡고 누운 채 혼이 나간 듯 흥얼거리고 있었다. 소녀는 사람들을 경계하며 무당 쪽으로 기어가더니 무당의 목을 날름날름 빨았다. 그 모습을 본 아낙 몇 명이 쓰러졌다. 소녀는 쓰러진 자들을 징검다리 건너듯 이리저리 올라타 같은 방식으로 피를 빨았다. 소녀 눈은 영락없는 시잔의 눈이었고 깊고 깊은 우물 같았다.

저벅저벅 고깃간 주인이 소녀에게 걸어갔다.

그는 자신이 간 칼을 잡고 있었다.

불김 서린 고깃간 주인의 어깨는 단단해 보였다. 고깃간 주인이 단번에 소녀의 머리채를 잡고 칼등으로 목덜미를 한 번 쳤다.

소녀는 기절하지 않았다. 다시 칼등이 내려왔고 소녀가 한 번 짐승 소리를 냈다.

고깃간 주인은 소녀를 닭 잡는 도마 앞으로 질질 끌고 갔다.

소녀가 그의 팔목을 물었다.

그는 배어 나온 피를 한 번 보더니 던지듯 소녀를 놓았다. 나뒹군 소녀가 일어나려고 버르적댔다. 피를 본 고깃간 주인 눈이 돈 듯했다. 걸어가더니 소녀 몸 아무 곳을 향해 칼을 휘둘러댔다.

소녀는 어느새 그의 등에 올라타 있었다.

고깃간 주인 머리는 아무에게 인사라도 하는 양 떨궈진 채 덜렁거렸다.

소녀가 그의 목뼈를 통째로 씹었기 때문이다. 소녀는 고깃간 주인 등에서 뽑아낸 누런 힘줄을 카악, 뱉었다.

이장과 사람들이 새파랗게 질려 윤 초시네 누마루 쪽 구석으로 달아나기 시작했다.

엉망이 된 마당에는 목이 덜렁거리는 커다란 고깃간 주인만 우뚝 서 있었다.

"우아아, 경찰 불러! 경찰이 와서 쏴버려야 해!"

소리 지르던 이장이 소녀와 눈이 맞았다.

고깃간 주인 몸에서 떨어진 소녀는 이장과 사람들에게로 천천히 걸어왔다.

소녀는 모두 죽일 작정이었다.

그때였다.

소년이 소녀를 막고 섰다.

이장이 달려 나가려는 소년의 아버지를 붙잡았다.

소년은 소녀를 마주 보았다.

소녀 눈이 촉촉하게 젖은 것은 피를 먹었기 때문임을 소년은 잘 알고 있었다.

"그러지 마."

카라이무이.

"……니가 있는 곳으로 돌아가."

나쿠라샤무이.

"제발."

소년이 주먹으로 소녀 입술을 닦아주었다.

소녀는 소년의 냄새를 맡았다. 소녀는 자신이 입고 있는 소년의 옷 냄새도 맡았다.

소년은 신고 있던 고무신을 벗었다.

소년은 무릎을 꿇고 앉아 소녀의 짓무른 발을 잡았다. 그런 다음 소녀 발바닥에 묻은 재를 정성스레 털고 신을 곱게 신겨주었다.

소년이 올려다보며 웃었다.

"우리, 산 너머에 갈까?"

소녀는 살기를 게우며 피가 뚝뚝 떨어지는 송곳니를 드러낸 채 소년을 보기만 했다.

"자."

소년은 소녀에게 등을 보였다.

소녀가 업혔다.

소년은 소녀를 업고 불가로 걸어갔다.

소녀는 소년 등에 아기처럼 볼을 댄 채 잠잠해지고 있었다.

소녀를 업은 소년은 광 앞에 몰려 있는 어른들을 한번 바라보았다. 겁에 질린 어른들은 좀처럼 소년 쪽으로 다가가려 하지 않았다.

소년은 한동안 이렇게 서 있기도 했다.

등에 업힌 소녀 숨이 잦아지는 것을 느꼈기 때문이다. 소녀는 소년 등이 편한 모양이었다.

소년은 소녀가 이상한 외국말 같은 소리 말고 조선말을 사용해서 어떤 말이든 해주기를 바랐다. 미타리꽃이라던가 도라지꽃이라던가, 개울가에서 잡은 조약돌이라던가, 아니면 이사 가는 슬픈 이야기라도 좋았다. 아무 말이라도 예전처럼 속삭여줬으면 좋겠다고 생각했다. 소년의 바람은 이루어지지 않았다.

소녀는 말하지 않았고 소년은 더 바라지 않았다.

소년은 꺼무룩한 하늘을 보았다.

소나기가 내려서 빗물이 마당에 흥건하게 퍼진 피와 저 기분 나쁜 불김들을 모두 없애주면 좋겠다고 생각했다. 또 빗물이 소년 등과 소녀 가슴 사이에 스며들어서 그 옛날 둘이 처음 강을 건널 때 맡았던 시큼하고 달큼한 도라지꽃 냄새를 만들어주면 좋겠다고 생각했다.

뒤는 새근새근했고 소년은 더욱 가만히 있었다.

산 너머에서 늑대가 다시 울었다.

음식과 피와 시체들로 엉망이 된 윤 초시네 앞마당에는 소녀를 업은 소년만 우뚝하게 서 있었다.

뚜벅뚜벅 칼을 들고 그 둘에게 다가오는 사람이 있었다.

소녀는 결국 김 선생이 휘두르는 칼에 목이 베였다.

9

"허, 참 세상일두."

모로 누워 있던 소년은 귀를 기울였다.

마을에 갔던 아버지가 언제 돌아왔는지, 어머니와 앉아 있었다.

"윤 초시네 집도 말이 아니여. 그 많던 전답도 팔고 악상까지 당했는데, 죽은 아이가 시잔으로 돌아와 억지로 다시 죽었으니."

남폿불 밑에서 바느질감을 안고 있던 어머니가 시큰둥하게 물었다.

"증손이라곤 그 계집애 하나뿐이었지요?"

"그렇지. 따지고 보면 크게 나쁜 일도 아니었는데 무당의 푸닥거리에 놀란 게지."

"아니에요. 얼마나 무서웠다구요. 그 눈, 꿈에 나올까 아직도 겁나는구먼."

"허 참, 요즘 세상에 시잔이 있다니. 별 희한한 일을 겪었어."

"이번엔 제대로 묻었답니까?"

"응. 회벽을 치고 관을 단단하게 밀봉했다는군. 글쎄 말이지, 시잔이라서 그런가. 목이 떨어져도 얼마간은 정신이 돌더라고. 그 아이, 목이 떨어지구서도 그렁그렁한 눈으로 제

할아버지를 노려보는데, 어찌나 애잔하던지. 그래도 어린
것이 여간 잔망스럽지가 않아. 죽기 직전에 제 할아버지한
테 자기가 죽거든 입었던 옷을 꼭 함께 묻어달라고."

젊은 장르문학 작가들의

좀비 재담록

〈관동행: GAMA TO GWANDONG〉 작가 후기

김성희

1

소설이 시놉시스였을 때부터 고치고 싶던 단점 중 몇 개는 결국 고치지 못했습니다.

그중 하나를 꼽는다면, 〈관동별곡(關東別曲)〉이라는 조선 선조 때 정철이 쓴 가사를 소설로 바꿔 썼으면서도 시대도, 인물도, 내용도 역사적 사실과는 너무나 다르다는 것입니다. 물론 좀비가 나오는 시점에서 고증은 망한 거고, 정 대감은 정철과는 완전히 다른 인물이지만, 조선 시대를 소재로 삼은 소설 특유의 무언가를 기대했던 분들께는 실망스러웠을 것입니다.

저 역시 실망하고 싶지 않았기 때문에 단점을 고쳐보려 나름 발버둥을 쳤습니다. 그래서 결말까지 다 나온 시놉시스를 두고 이걸 어떻게 뜯어고칠까 고민하고, 역사책과 김치 관련 책에 매달렸습니다.

그런데 문득 정 대감이 단점을 잘 발휘해 성공한 케이스라는 생각이 나서, 저도 그냥 그렇게 해보기로 했습니다. 단점을 숨기지 않기로 했어요. 나아가서 단점을 더욱더 뽐내보자, 라는 정신 나간 생각이 들었습니다. 그래서 붙들고 있던 책들을 놓아버렸습니다. 잘한 일인지는 모르겠지만 덕분에 단점 몇 개는 발휘할 수 있었던 것 같습니다.

결국 제가 기대했던 완벽한 작품이 아닌, 그냥 〈관동행: GAMA TO GWANDONG〉을 독자 여러분께 내놓게 되었습니다. 성공한 케이스가 될지는 독자 여러분의 감상에 맡기겠습니다.

2

그럼에도 역사책들과 김치 관련 책들의 도움을 많이 받았습니다. 공부하고 참고한 책을 모두 다 적지 못해 죄송합니다. 그 모든 책에 감사합니다.

《조선왕조실록》 원문과 국역은 조선왕조실록(sillok.history.go.kr)에서 가져왔습니다. 김 대감 딸이 담근 물김치는 풍석문화재단《조선셰프 서유구의 김치 이야기》의 〈숭제방〉 부분을 참고했습니다.

만복사의 그 청년은 누구일까?

정명섭

    예전에 남원에 강연을 가게 되었을 때 가볼 만한 곳을 찾아보다가 만복사를 발견했다. 정확하게는 만복사의 터였다. 고려 때 세워진 만복사는 정유재란 때 일본군의 손에 불타 버렸고, 규모가 너무 큰 탓에 복원되지 못한 채 버려졌다. 발굴 작업을 통해 주춧돌과 건물터가 나왔고, 불상을 모셔 놓은 작은 전각과 석탑, 당간지주만이 덩그러니 남아서 나를 반겼다. 비록 전각은 사라졌지만 절터의 상당 부분은 남아 있었다. 거기다 주춧돌과 건물터를 확인할 수 있었기 때문에 대략적이나마 만복사의 규모를 확인할 수 있었다. 만복사는 그 규모에 걸맞게 수백 명의 승려들이 있었는데 이들이 아침에 시주를 받기 위해 밖으로 나갔다가 해가 질 무렵 돌아오는 모습인 '만복사 귀승'은 남원 8경 중 하나로 꼽히기도 했다. 아울러 이곳은 생육신의 한 명인 김시습이 쓴

최초의 한문소설인《금오신화》중 하나인〈만복사 저포기〉의 무대이기도 하다.

　상대적으로 잘 알려지지 않은〈만복사 저포기〉에 흥미를 느낀 것은 전적으로 주인공인 양생 때문이다. 배짱 좋게 부처님을 상대로 사기도박(?)을 치는 이유가 참으로 서글펐기 때문이다. 양생은 대체 무슨 이유로 가족들과 헤어져서 홀로 만복사에서 지냈던 것일까? 여자와 혼인을 하고 싶다는 소원을 비는 것으로 봐서는 절대 스님은 아니었고, 부처님을 농락하는 모습을 보면 절에서 일하는 불목하니도 아닌 것 같았다. 만복사의 전성기는 고려 후기로 왜구들의 횡포가 극심하던 시대였다. 만복사가 있던 남원 부근도 왜구들의 침략을 받았던 곳이다. 어쩌면 양생은 왜구에게 가족을 잃고 홀로 만복사로 흘러들어온 피난민이었을지 모르겠다. 가족을 잃은 외로움에 만복사라는 낯선 절에서 느끼는 절망감이 그로 하여금 부처님을 상대로 대담한 도박에 나서게 했을지도 모르겠다. 우리는 낯선 곳에 가면 늘 경계를 하게 된다. 특히 가족과 친한 사람과 헤어진 채 홀로 남게 된다면 말이다.

　〈만복사 저포기〉에서는 그런 불안감을 증폭시키는 장치로서 좀비를 사용했다. 밖으로 나갈 수 없으며, 언제 넘어올

지 모르는 존재. 사람이었지만 사람이 아니고, 죽었지만 죽지 않은 존재라는 모호한 경계감은 좀비만이 줄 수 있는 잔혹하고 매력적인 장치라고 할 수 있다. 죽은 줄 알았던 사람이 살아서 돌아온다는 신화는 좀비의 고향인 아이티를 비롯해서 전 세계적으로 퍼져 있다. 아마 의학적으로 완전히 사망에 이르지 않은 사람이 장례식을 치르는 도중 깨어나면서 시작된 이야기인 것 같다. 어찌되었건 죽은 사람에 대한 그리움과 그가 죽음에서 벗어나 돌아온다는 공포의 끝에는 좀비가 수문장처럼 버티고 있다.

〈만복사 저포기〉 아니, 〈만복사 좀비기〉의 주인공 양생은 홀어머니에게 효도하고 공부를 열심히 해서 출세를 한다는 지극히 평범한 꿈을 꿨다. 하지만 한순간에 그것들은 무참하게 박살이 났고, 만복사에서 감금 아닌 감금 생활을 해야만 했다. 그는 자신의 운명을 바꾸기 위해, 혹은 조롱하기 위해 부처님 앞에서 주사위를 굴렸다. 그리고 그것으로 인해 〈만복사 좀비기〉라는 새로운 운명과 맞닥뜨려야만 했다. 고전과 좀비라는 전혀 어울릴 것 같지 않은 조합은 죽음이라는 접착제를 통해 단단히 결합되었다. 그것이 매혹적인 이야기가 될지 안 될지는 오직 독자 여러분의 판단에 달렸다. 선홍빛 죽음의 이야기를 저와 함께 즐겨주길 바란다.

〈사랑손님과 어머니, 그리고 죽은 아버지〉 작가 후기

전건우

이 앤솔러지 제안을 받았을 때 대번에 하겠다고 했습니다. 고전 소설과 좀비를 결합한다니, 이건 호러 미스터리 작가에게는 그야말로 꿈같은 기획이었습니다. 매력적이기 짝이 없는 좀비라는 존재가 우리의 옛 고전 속에서 살아 움직인다는 상상을 하는 것만으로도 즐거웠습니다. 문제는 어느 작품을 고를 것인가 뿐이었습니다.

고전 소설이야 많지만 그 안에서 좀비가 날뛸 만한 작품을 찾는 건 쉽지만은 않았습니다. 좀비 장르의 특성과 매력을 살리면서도 원작의 분위기를 해치지 않겠노라 다짐한 끝에 찾아낸 작품이 바로 〈사랑손님과 어머니〉입니다.

좀비의 매력은 '전복'에 있습니다. 좀비는 종종 체제를 뒤엎고 사회를 붕괴시키며 나아가 세상 전체를 멸망에 빠트립니다. 익숙한 시스템이 전복될 때 우리는 진정한 공포와 함께 쾌감도 느끼게 됩니다. 이 작품 역시 그런 '전복'의 공포와 쾌감을 동시에 선사할 수 있어야 한다고 생각했습니다. 그러자면 원작의 이야기 자체도 뒤엎을 필요가 있었습니다. 원작의 분위기는 유지하면서도 이야기를 전혀 다른 방향으로 바꾸는 것, 그것이 목표이자 숙제였습니다.

〈사랑손님과 어머니〉는 여러 방면으로 해석이 가능한 작품이었고, 거기에 좀비를 더하니 자연스럽게 지금의 이야기가 술술 나왔습니다. 쓰는 내내 즐거웠고 한편으로는 쾌감도 느꼈습니다. 물론 너무나도 유명한 작품에 손을 대는 것 같아, 그리고 누를 끼치는 것 같아 걱정도 되었지만 굶주린 좀비가 인간을 향해 달려드는 기세로 모든 걸 잊고 맹렬히 써내려갔습니다.

좋은 기획에 참여할 수 있게 해주신 출판사와 동료 작가들에게 감사를 드립니다. 그리고 무엇보다 독자들에게 감사를 드립니다. 공포와 쾌감을 동시에 느끼면서 이 작품을 읽으셨기를 진심으로 바랍니다.

덧붙이자면, 여전사로 거듭난 우리의 옥희 어머니가 귀여운 옥희와 함께 진정한 행복을 누리게 될 거라 저는 믿습니다. 옥희 어머니가 주인공인 긴 이야기도 써보고 싶네요.

〈운수 좋은 날〉에 덧붙이는 글

조영주

이 기획을 처음 제안 받았을 때 크게 두 가지 이유로 당황했습니다. 첫 번째는 "내가 뭘 안다고 좀비 소설을 써"라는 생각 탓이었고, 두 번째는 "기억나는 고전이 하나도 없다"는 사실 탓이었습니다. 그랬더니 저도 모르게 문제의 대사가 떠올랐습니다. 어쩐지 운수가 좋더라니, 단편을 제안받았는데 왜 쓰지를 못하니……. 아, 〈운수 좋은 날〉로 쓸까?

이렇게 시작한 〈운수 좋은 날〉. 소 뒷발 쥐 잡듯 모티브를 잡은 것까지는 좋았으나 어디서부터 어떻게 이야기를 풀어내야 할지 모르겠더군요. 그래서 주변에 하소연을 했더니 정해연 작가님이 "내가 좀비 소설을 쓸 때 참고로 한 책을 한 권 드릴까요?"라며 조언을 해주셨습니다. 그 책이 본문에 거론되기도 한 《THE 좀비스》입니다. 흔히 말하는 벽

돌책 두께의 책이었죠. 이 책을 천천히 들여다보다 보니 좀비에 대한 제 생각이 지나치게 평이했다는 반성이 들었습니다. 세상엔 참으로 많은 좀비가 존재하더군요. 이런 존재를 어떤 식으로 드러내는가는 결국 작가의 몫이었고요. 그러자 다음 영감이 떠올랐습니다. 채식주의자 좀비가 있다면 어떨까, 하고 말이에요.

우리가 아는 좀비는 모두 육식을 합니다. 하지만 채식을 하는 좀비가 있다면 어떨까, 만약 좀비가 채식을 한다면, 인간을 먹지 않으니까 썩지 않고 영원히 살 수 있는 새로운 존재가 될 수 있는 건 아닐까, 하는 생각이 들었달까요.

이 이야기는 그러한 생각의 발로입니다.

우감(遇感): 우연히 기다림을 해소하다

차무진

소녀가 돌아올 것을 믿어 의심치 않았다.

소녀는 돌아와야 했고 소년으로 투영된 나와 미완의 사랑을 이루어야 했다. 〈소나기〉는 〈사운드 오브 뮤직〉과 함께 내 인생 최고의 스토리였기 때문이다.

2018년 겨울, '좀비' 혹은 '죽은 자가 살아난다'는 내용으로 단편을 모아 소설집을 내보자는 정명섭 작가의 제안에 가장 먼저 생각난 것은 소녀였다. 소녀가 이 프로젝트로 돌아올 수 있겠다고 생각했다.

"작가님. 저는 황순원 선생의 〈소나기〉에서 죽은 소녀를 돌아오게 하고 싶습니다."

나의 말에 정명섭 작가는 손으로 무릎을 쳤다.

"멋집니다. 고전을 오마주하는 것이군요. 그럼 단순한 좀비물을 쓰지 말고 각자 좋아하는 고전을 하나씩 선택해서 특색 있는 좀비물로 만들어봅시다."

프로젝트는 그렇게 시작되었다. 시공사 편집장이 호응했고 정명섭 작가의 수완으로 멋진 작가들이 구성되었다.

이 프로젝트에서 소녀는 잠시나마 돌아왔고 나와 못 다한 사랑을 나누었다. 쓰는 내내 흥분했고 글이 끝난 순간 왈칵, 눈물이 나왔다.

그랬다. 좋았고 아련했고 아득했고 시원했고 섭섭하다.

이제 소녀가 돌아오지 않음을 나는 알고 있다. 오랜 시간 남아 있던 여인은 그렇게 떠났다.

지면을 주시고 멋진 책을 만들어주신 시공사에 감사드리고 정명섭, 조영주, 전건우, 김성희 작가가 참여한 소설집에 내 글이 실려 뜻깊다.

좀비
철록

2019년 10월 11일 초판 1쇄 인쇄
2019년 10월 18일 초판 1쇄 발행

지은이 | 김성희·전건우·정명섭·조영주·차무진
발행인 | 윤호권
책임편집 | 박윤희
책임마케팅 | 정재영·임슬기·박혜연

발행처 | (주)시공사
출판등록 | 1989년 5월 10일(제3-248호)

주소 | 서울 서초구 사임당로 82(우편번호 06641)
전화 | 편집 (02)2046-2852·마케팅 (02)2046-2883
팩스 | 편집·마케팅 (02)585-1755
홈페이지 | www.sigongsa.com

ISBN 978-89-527-3986-5(04810)
ISBN 978-89-527-3985-8(set)

이 도서의 국립중앙도서관 출판예정도서목록(CIP)은 서지정보유통지원시스템 홈페이지
(http://seoji.nl.go.kr)와 국가자료종합목록 구축시스템(http://kolis-net.nl.go.kr)에서 이용
하실 수 있습니다.(CIP제어번호 : CIP2019038966)